Dello stesso autore

nella collezione Oscar

Anima amante
La Califfa
Una città in amore
Il Curioso delle donne
La Donna delle Meraviglie
L'Eros
La festa parmigiana
Gialloparma
Il gioco delle passioni
La Grande Giò
I grandi della risata
Lettera alla madre sulla felicità
Una misteriosa felicità
Questa specie d'amore
Una scandalosa giovinezza
I sensi incantati
Umana avventura
Il viaggio misterioso

nella collezione I Miti

Sorrisi dal mistero

nella collezione Scrittori italiani e stranieri

Gli anni struggenti

ALBERTO BEVILACQUA

UN CUORE MAGICO

OSCAR MONDADORI

I edizione Scrittori italiani ottobre 1993
I edizione Bestsellers Oscar Mondadori febbraio 1995

ISBN 88-04-39564-8

Questo volume è stato stampato
presso Mondadori Printing S.p.A.
Stabilimento NSM - Cles (TN)
Stampato in Italia. Printed in Italy

Ristampe:

2 3 4 5 6 7 8 9 10 11

2001 2002 2003 2004 2005

http://www.albertobevilacqua.net

http://www.mondadori.com/libri

Un cuore magico

Prima parte

dedica e premessa

La dedica è a Gustavo Adolfo Rol.

Intorno al grande Sensitivo si è creata una leggenda. Protagonisti del secolo, fra i più prestigiosi in ogni campo, lo hanno definito "fenomeno vivente". Concordo con Federico Fellini: "Certo, è l'uomo più sconcertante che io abbia conosciuto. Sono talmente enormi le sue possibilità, da superare anche l'altrui facoltà di stupirsene".

Considero Rol il più dolce e attento dei miei amici. Egli sa raggiungermi, col sostegno della sua chiaroveggenza affettiva, nei momenti importanti e difficili della mia vita. Avrò modo di descrivere i suoi poteri, ma quanti interventi a distanza, quante comunicazioni di natura medianica ci hanno unito, anche senza che l'interpellassi.

E la mia gratitudine è profonda.

Molte volte ho parlato, con Rol, dei suoi rapporti con Albert Einstein, che ebbe modo di assistere, affascinato e scosso, ai suoi esperimenti eccezionali.

Quei rapporti, documentati, provano come le ricerche e le teorie della fisica avanzata, che tende all'interpretazione della realtà straordinaria collegata alle problematiche della coscienza, siano ormai in grado di offrire spiegazioni logiche dei fenomeni paranormali. La "nuova fisica" rivela che la trama dell'invisibile, del Meraviglioso, opera in modo ben diverso dalle norme e dalle convinzioni tradizionali: il tempo può diventare elastico, può essere invertito; misteri profondi della nostra esistenza, compreso il rapporto fra vita e morte, possono essere chiariti attraverso lo studio di particelle più veloci della luce; prodigi vengono compiuti grazie alle potenzialità, non utilizzate, della mente umana.

Ha ragione chi sostiene che la "nuova fisica" sembra "paranormale".

Rol e Einstein concordano su un punto che è alla base di ogni scoperta: la realtà è trasformata dall'immaginazione, e l'immaginazione dalla realtà. Offrirò dunque a Rol, come omaggio d'amicizia, la mia immaginazione, col desiderio di contribuire alla conoscenza del suo talento e della sua onestà intellettuale.

Rol, spesso, si è confidato con me; ho avuto il privilegio di ascoltare racconti e rivelazioni da lui così restìo a parlare di se stesso, deciso a mantenere nel segreto la sua autobiografia di cui in tanti vorrebbero impadronirsi.

E attraverso quei racconti me lo figuro dialogare con Einstein nel giorno lontano in cui avvenne il loro primo incontro.

I due sono coscienti di aver percorso vie solo in apparenza diverse, in sostanza convergenti, fino a violare il tabù delle leggi fisiche, dimostrando la potenza d'azione che la mente ha sulla materia.

Parlano del loro esordio in ciò che passa per l'Inconoscibile:

«Fu un giorno del 1927» ricorda Rol. «Stavo osservando un arcobaleno ed ebbi come una folgorazione.»

«Anche i miei passi verso nuove verità» ricorda Einstein «sono stati accompagnati dal fascino del mistero. Chi non ha familiarità col senso del mistero, è come un uomo morto... Avevo quattro anni, mio padre Hermann mi regalò una bussola. Una curiosità febbrile si accese in me, e l'ago magnetico mi indicò, nella finestra aperta sul cielo, un punto di luce che mi fece affiorare alle labbra una parola che pronunciai con una felicità dei sensi che conoscevo per la prima volta. La parola: magia...»

«L'importante è che l'uomo si accorga che il Meraviglioso esiste, e che può accedervi.»

«A me è costato una vita di studio, il capirlo. A lei è bastato nascere con le sue facoltà.»

«Purché non si trasgredisca, con i nostri poteri, ai principi fondamentali di un'armonia.»

«La mia mente, a volte, vacilla. Quando faccio un passo avanti nel mistero dell'Universo, è come se il cuore mi battesse per il terrore di trasgredire.»

Rol ripete:

«Spalancare le porte dell'infinito, distruggere la malinconia, superare la paura della morte.»

E si mette in contatto con lo "Spirito intelligente" dell'amico scienziato, spiegando:

«Per "Spirito intelligente" intendo l'attributo massimo conferito alla persona umana. Ad essa vengono trasmesse possibilità inimmaginabili per le quali, attraverso un processo di libera scelta, l'uomo è in grado di riconoscersi nella propria natura divina. Agendo in tale dimensione, l'uomo, autentico "procuratore di Dio", è capace di compiere qualsiasi prodigio. È questo il principio dell'eternità.»

Lascio che la mia immaginazione vada oltre.

Descrivo una visione (spiegherò cosa deve intendersi per *visione*) da cui sono stato sedotto, e che mi pare racchiudere e riflettere, come in uno specchio, la sintonia che intimamente legò i due personaggi.

Vedo Rol accompagnare Einstein sulla tomba del padre Hermann che, per un certo periodo, si trasferì in Italia, e anche per il figlio Albert ci fu "un gioioso interludio italiano".

Rol si ferma a scrutare l'amico che si avvicina alla tomba umile, sulla quale cade, dagli alberi, quella luce degli universi nel cui segreto lo scienziato è penetrato, fino a intravedere uno spiraglio delle porte ultime. Ma ora quella luce, umanissima, con un riverbero intorno alla fotografia di Hermann, sembra avere un potere anche più grande e fatale: di stringere il cuore. Rol percepisce un dramma istantaneo: il genio che ha stravolto i concetti di tempo e di spazio con la sua teoria, si trova smarrito di fronte a una morte terrena, alla memoria di una vita rimpianta.

Allora, mentre un silenzio commosso scende sui due come la luce che si indebolisce, Rol si produce in uno dei suoi "minimi prodigi".

La tomba di Hermann, per un istante, diventa uno di quegli angoli del mondo che si specchiano nella natura intatta, ad esempio dell'Himalaya, dove il tempo sembra non esistere, fra orchidee selvatiche e fiori carnosi, come velluti deposti coi loro colori intorno alle radici degli alberi, contro lo sfondo di vette simili a isole scintillanti nelle profondità. Dove ogni visione è indimenticabile, e le albe e i tramonti manifestano come, sulle cose della terra, possano regnare la trasparenza, le purezze primordiali.

Dove lo sconfinato silenzio della volta celeste, che comunica e parla al pensiero, ci avverte che, lassù, esiste un linguaggio che siamo noi.

1.

I Sensi Incantati si concludevano non con una fine, ma con una sospensione, una pausa.

Miriam era scomparsa.

Da allora è continuata, assai più sorprendente di prima, la mia storia con lei, con la sua presenza magica, così come la mia vita ha continuato a registrare fenomeni anomali e fatti straordinari che non cessano di accadermi.

Essi dipendono da ciò che chiamo il "contagio magico".

Una domanda mi ha ossessionato in tutti questi mesi: cosa mi hanno lasciato, nel corpo e nella mente, le avventure che mi hanno profondamente coinvolto con i Grandi Sensitivi che, oltre a guarire me e mia madre dalla depressione, mi hanno fatto uscire da una solitudine inattiva, che rischiava di paralizzarmi? Intendo gli amici che la mia curiosità, la mia pratica del mistero mi hanno spinto a frequentare fin dalla giovinezza, e durante i miei viaggi per il mondo, o gli sconosciuti che si sono impadroniti del mio caso, avendo avuto percezione, per vie arcane, del male che mi ha afflitto per anni.

Di che natura sono i poteri di cui mi sono scoperto padrone, dal momento in cui Miriam mi ha lasciato solo con gli idoli che un giorno, venendo a vivere da me, disseminò in quella che allora vedevo come *La Casa della Grande Solitudine*? Tolse dalla valigia gli idoli e li dislocò in punti strategici: l'atmosfera subito mutò, si colmò di sottili incantesimi, di riverberi d'oro.

E disse:

«Un giorno... Grazie a questi oggetti, io ti darò segno di esserti accanto, ancora.»

È ciò che si sta verificando. E racconterò attraverso quali sorprese incanti e piccoli miracoli si mantenga questo "rapporto d'amore a distanza" con una donna che non so dove sia, dove manifesti ora le sue facoltà, avendo la certezza che lei, perduta via via in punti ignoti del mondo, non cessa di esistere con me. Nella lettera che mi ha lasciato – che io rileggo con la stessa intensità con cui mi soffermo davanti alle statuine, icone, miniature, specchi dalla forma insolita, per decifrarne i messaggi – Miriam scrisse:

"Conserverò intatto il mio sentimento per te, Marco..." sorrido per questa grazia eccentrica con cui lei mi ha sempre chiamato col mio secondo nome "Ma tu devi capire che, data la duplicità della mia natura, era giusto che io vivessi accanto a te due vite: una reale, che si è conclusa, e l'altra magica, che sta per cominciare. Alla fine, esse confluiranno in un'unica esistenza, e noi ci rivedremo... Non so ancora quale destinazione mi aspetti. Le Montagne Sovrane dove l'Himalaya è tutta vertigini ed eccessi, forma e luce? Una metropoli? Uno sperduto paesino sul grande fiume che tu ami di amore padano? Oppure una qualunque casa di Roma, in cui nascondermi?"

A volte ho davvero l'impressione che Miriam sia nei pressi.

Mi dico: potrei incontrarla per le stradine del mio quartiere di Vigna Clara; potrebbe essersi chiusa in uno dei caseggiati persi nella distesa della capitale che abbraccio dalla terrazza del superattico, dove la Cerva-fiore, la pianta privilegiata, in questi giorni sta dando linfa a un suo pennacchio regale, e dove Salomone è da mesi che non si fa vedere, mentre io continuo ad aspettarlo questo volatile amico, veggente con le ali, che è diventato caro ai miei lettori, e che per primo mi portò la sua solidarietà durante la mia malattia.

Altre volte, invece, Miriam la so remota come una stella.

La sua lettera si concludeva:

"Scoprirai, ogni giorno di più, che i tuoi sensi non saranno soltanto incantati, ma attivi, dotati di una forza crescente. Perciò la vita continuerà a sorprenderti, e tu continuerai a sorprendere attraverso la vita. Come succederà a me, con altre magie, ora che la mia scena si sposta altrove."

Mi ripeto: cosa mi ha lasciato questo "contagio magico"?

La gente che, da quando la mia storia è diventata nota, mi assedia per ottenere da me ciò che io ho ottenuto grazie ai miei compagni del mistero, mi trasforma in un taumaturgo. Ma ho una sola certezza, per ora: che il mio contagio si è tradotto in una sensibilità, umana, naturale, acuita all'estremo, spinta ai limiti raggiungibili da chi assorbe, in misura anomala ed eccessiva, percezioni, premonizioni.

È questa sensibilità esasperata che si nutre delle forze inesplicabili che abitano in noi, di solito assopite, esiliate in un angolo del nostro essere perché non ne abbiamo coscienza o perché il confuso trascinarci nella sopravvivenza quotidiana ci impedisce di udirne il richiamo. Essa spinge la mente oltre il sistema sensorio, esprimendosi in quella che viene definita "memoria extrasomatica", con cui le coscienze sono in comunicazione fra di loro e sintonizzate con il cosmo.

Mi chiedo se tutto ciò potrà sconfinare in ben altre manifestazioni della medianità, che sconvolgono, per primi, coloro che ne sono soggetti. È uno dei tanti interrogativi della storia che mi accingo a raccontare, e che si riassumono in uno, il più semplice, che ogni lettore si pone all'inizio: *come andrà a finire?* Il dubbio di essere spinto oltre il limite, fino ad entrare nel regno dei poteri che sfuggono alla natura umana, costituisce la grande incognita, una sorte di suspense dell'anima che turba i miei giorni.

Basta la scintilla di una delle continue avventure in cui mi coinvolgo, ed ecco che il "contagio magico" si accende. Il suo segnale consiste nel *batticuore*, semplice e tuttavia arcano, che provo prima che certe cose mi accadano, prima ancora di vedere, di sapere, di vivere... È come un cuore magico che pulsa, d'improvviso, dalle profondità inesplorate del sesto senso e mi consente di ravvisare i segreti e il destino di certe vite altrui con cui vengo a contatto, in cui mi immedesimo con un transfert immediato.

Sono mantenuto in un continuo stato d'allarme.

Questo cuore magico si insinua anche nel sogno, potenziandone le precognizioni. Si possono, addirittura, sognare i sogni degli altri? Certo è che mi capita di sognare di nuovo immedesimandomi nella persona per cui ho provato, in stato di veglia, il *batticuore*, e in tal modo si accresce la conoscenza di ciò che mi ha magneticamente trasmesso.

Li chiamo i miei "sogni del faraone" perché, fin da bambino, mi ha incantato il racconto biblico di Giuseppe, personaggio privilegiato dell'arte del narrare, folgorazione di chissà quale ignoto quanto geniale fabulatore: Giuseppe che sapeva fino a che punto la telepatia nel sogno illumina verità sconosciute.

Una similitudine può chiarire il *batticuore* che ora

porta anche me a incantare, sempre più spesso, i sensi altrui. È l'unisono con cui la seduzione riesce a coinvolgere un uomo e una donna.

Ricordo un giorno, l'"improvviso" di quel giorno, quando con Miriam eravamo ancora agli inizi: nella solitudine di questa casa. Stavamo leggendo in poltrone distanti ai lati opposti del salone. Non so cosa fu a indurla a lasciare il libro, ad alzarsi, a mettere la musica di una canzonetta: forse, appunto, la nostra solitudine che si trasformò in reciproco richiamo, mentre arrivava, dalla distesa dei tetti romani, una malia d'Oriente, che racchiudeva la melodia della vita quando la sentiamo allontanarsi, lasciando dietro di sé, e in noi, il timore di esserne esclusi per sempre, di non poter più rispondere, col nostro ritmo, alla bellezza del suo.

Miriam avanzò verso di me e mi invitò con galante ironia.

«Io non ho nessuna voglia di ballare» le dissi.

«Neanch'io» mi rispose.

Eppure bastarono pochi giri di ballo. La solitudine che ci aveva afferrato operò il più semplice dei suoi giochi di prestigio. Ciascuno dei due si accorse che non anticipava e non seguiva l'altro; giravamo all'unisono, come se avessimo ballato insieme da sempre. Ma c'era di più: eravamo capaci di leggerci negli occhi la precisione infallibile della sintonia che ci muoveva e questa sintonia faceva compiere, ad entrambi, un salto immenso nella confidenza.

La canzonetta incalzava. A Miriam sembrò di lasciarsi alle spalle le umane amarezze che offuscavano i suoi privilegiati poteri; le vedeva raccogliersi in una figura, come un'altra da lei, che si rimpiccioliva, sempre più remota su una riva da cui fosse scampata, che reggeva la valigia con cui Miriam mi aveva raggiunto: non quella degli idoli, la seconda, pesante delle cose e degli affanni di ogni giorno.

Così fu per me, con le mie depressioni.

Finché durò la canzonetta, fummo leggeri e liberi, guariti. E ci conoscevamo, come se fosse trascorso un lungo tempo. Mentre non erano passati che due giorni dal nostro vero incontro.

Ecco cosa intendo in senso umano per unisono con chi, fino a un istante prima, mi era sconosciuto.

2.

La gente, gli altri...

Vengono: o a farsi soccorrere, con la loro buona fede, o ad assalirmi con l'invadenza, più che del curioso, del profanatore.

Si mettono in contatto nei modi più diversi: con telefonate – anche conturbanti, persino di minaccia – lettere, abbordandomi in pubblico, insinuandosi in casa mia, aspettandomi con rispetto nei luoghi che abitualmente frequento, o facendomi appostamenti insidiosi, ricorrendo a impensabili stratagemmi.

Attraverso un'umanità affondata, anche per le colpe vergognose di chi dovrebbe averne a cuore le sorti, in inferni di solitudine e di affetti malati, che vive aspettando una salvezza, o almeno il bene di una mano stretta, di una parola con cui dividere la propria condizione, essere capita.

Si va dai depressi a caccia del magico a chi vorrebbe riudire la voce dei suoi morti: un giovane figlio, un marito, una madre, la cui memoria è ancora viva, straziante.

Mi coinvolgo, attraverso di loro, nei casi umani più

sorprendenti e, sul versante dell'eccentrico, nelle mille avventure. Avverto all'istante l'autenticità del contatto, e spesso evito, sfuggo. Ma per lo più sono tentato: oltre che dalla mia naturale curiosità di scrittore, dal bisogno di confrontare il mio stato di guarito recente con gli incubi in atto della depressione altrui, e soprattutto dalla certezza di poterla trasmettere davvero, a volte, una parola, almeno quella. Allora incontro un gran numero di persone, vengo a conoscenza di segreti toccanti o ripugnanti, mi faccio partecipe del dolore e della follia, corro rischi gravi, mi trovo a dover reagire a colpi di scena.

E a ogni incontro che mi turba, torno a chiedermi, come quando mi interrogo sui possibili sviluppi del mio contagio magico: *come andrà a finire?*

Ma l'assalto del mondo, ripeto, è anche di un'altra specie, la peggiore. Essa non invoca comunioni umane, cristiane, non tende a impadronirsi di una speranza, una minima salvezza, affatto; pretende, al contrario, di impossessarsi della mia identità, per saccheggiarla.

Non più richiesta d'anima, ma "Istruttoria":

«Chi sei?»

Ed è già il tono dell'Inquisitore sarcastico.

«Devi dirci chi sei.»

Devo... Mi ripetono ossessivamente: *devi*!

«Sei un taumaturgo? Un mago? Un uomo placebo per i depressi?» Ironizzano: «Uno spirito guida?».

Nella società di oggi, la diceria riesce a trasformare un granello in una montagna e si serve di questa vocazione al gigantismo dei fatti, anche i più semplici, per compensare il vuoto di idee, sentimenti, personaggi in cui credere come ispiratori e guide. È una società che, perso ogni potere di scandalizzarsi, ha acquistato l'abilità del prestigiatore nel confezionare, per puro gioco, scandali a ripetizione, destinati a durare lo spazio di un mattino.

«Sei un evocatore di apparizioni? Un necromante che consente di parlare coi morti?... Devi darci una prova, qui, subito, di come riescano realmente a guarire certi poteri, delle sintonie fra te e il cosmo intelligente, di come l'attività della tua psiche si manifesti in modi diversi da quelli abituali...»

Domande lanciate a caso:

«Credi nel karma, nella reincarnazione?»

Dovrei rispondere "chi sono" non in nome di ciò che sono nella realtà, ma in nome della diceria con cui l'odierno Inquisitore – servendosi di illazioni e fanatismi pari alle ironie dissacranti – mette insieme i pezzi dei suoi fantocci mostruosi da buttare in pasto all'opinione pubblica.

Taccio sulla mia identità. Che accadrebbe se rispondessi con la semplicità?

«Sono un uomo, portato dalla forza delle cose, spesso terribile, a essere più sensibile di tanti altri. E la sensibilità, quando si spinge fino al suo più segreto batticuore, è già una magia. E credo di essere, a volte, forse, un poeta...»

Suonerebbe deludente all'orecchio degli investigatori. Non mi ascolterebbero nemmeno. Perché un uomo che si dichiara solo più sensibile degli altri, che crede persino, a volte, di essere un poeta, non serve a un mondo che maschera il suo silenzio d'anima – di fronte al quale sa di essere impotente, incapace di dargli vera voce – con le parole chiassose, le finte indignazioni ideologiche e le finte denunce di verità che altro non sono che le verità del chiasso: il mondo delle risse volgari che, dai teleschermi, è scolato con le sue muffe e veleni nella nostra vita di ogni giorno. Grida che non lasciano, nel loro polverone, nemmeno il bene di una parola, una, che illumini.

«Chi sei?!»

È tale la brutalità con cui ti incalzano che sarei tentato di rispondere: sono Dio.

E a volte lo dico, con tutto l'odio d'ironia di cui sono capace. E quasi mi prendono sul serio, nel senso che sono disposti anche a questo, a prendere sul serio l'ipotesi che io sia pazzo, purché il loro gusto vizioso della scena, la loro ansia scandalosa solo in quanto scandalistica, ne vengano gratificati.

Se i corrotti – nella mente, nel cuore, oltre che nella gestione dei poteri politici, sociali – comporteranno la dissoluzione di questa società, ciò avverrà per un'infamia in particolare. Una sorta di compensazione spinge quei degenerati a vedere ogni persona non contaminata – anzi, tanto peggio se limpida – alla loro stregua, a sospettarla di malafede, furbizia affaristica. Essi sporcano chiunque abbia un senso di onestà, fede, poesia, con la loro stessa sporcizia, per il terrore oscuro di sentirsi soli, per circondarsi di specchi in cui ravvisare dei propri simili.

Li ascolto:

«Le figure fantasmagoriche, le lanterne magiche a cui hai prestato il tuo interesse di scrittore...»

So, fin dall'inizio, dove vogliono arrivare:

«Sono creature di una menzogna?» non dicono nemmeno la "finzione di un poeta" «La menzogna può far parte della letteratura, no? La menzogna dell'immaginario... Lo ammetta che è una menzogna da scrittore!»

Reagisco con un controsenso. A chi vorrebbe che rispondessi "Sì, è una menzogna", affermo: «È la verità. Io, e mia madre con me, siamo stati guariti dai poteri eccezionali dei Grandi Sensitivi». A chi, invece, si aspetta che confermi la verità delle mie esperienze, magari per ironizzarle, la mia umile Commedia in cui ho avuto per Virgilio tanti amici, e in particolare una donna di nome Miriam, rispondo: «Avete ragione, è una menzogna. Di cui si è servita la mia fantasia, di cui sono stato il burattinaio: nel mio piccolo, la Menzogna del mio amato Ariosto, e di Cervantes, e di Rabelais...».

Ineffabile è il piacere di rispondere a vanvera. Gli va bene ugualmente. Purché divida il loro pregiudizio, potrei emettere mugugni, fischiettare, intonare canzonette oscene.

So bene che l'"Istruttoria" continuerà, non mi darà tregua. La Balena mi ingoierà? Mi chiedo, anche a questo proposito: *come andrà a finire?*

Ma intanto l'importante è riguadagnare il mondo, non il loro, il mio, in cui fuggo, mi rifugio, e lì sono io, per quanto sono, e posso essere...

3.

... mi capita di rifugiarmi da Tano che, ne *I Sensi Incantati*, battezzai "l'uomo che vola", perché ha il dono della levitazione: un fenomeno di telecinesi per cui uno riesce a sollevarsi in aria senza alcun appoggio o contatto.

Il più spontaneo dei Sensitivi che mi capitò d'incontrare, a cui resto molto legato in quanto, dopo Salomone e la Cerva-fiore, fu la terza presenza che divise la mia solitudine con umiltà e simpatia. Nelle nuove avventure che sto per raccontare, Tano conserva una sua parte ben viva, ma con una variante: egli è fuggito dalla moglie, bizzosa e dispotica, che lo maltrattava anche alla presenza dei figli, magari seduti a tavola, che diventavano a loro volta rissosi.

Pranzi e cene, un continuo litigio.

Allora Tano ci pensava su un attimo, e d'improvviso non udiva più le grida e gli insulti; guardava in alto, sorrideva al soffitto e galleggiava dalla sua sedia a capotavola, restando fermo nel vuoto e così sentendosi un piccolo dio, con le braccia disposte come quelle dei santi.

La moglie e i figli lo contemplavano con soggezione, scrutandosi fra loro, finché la pace non tornava e uno sussurrava a Tano:

«Papà, puoi scendere, ora...»

Riacquistata la libertà, l'amico non si solleva più da terra, e dalle pene terrene, per rabbia o dispetto, bensì per puro diletto e voluttà, soprattutto per incantare le donne, che si lasciano conquistare dal suo potere, essendo diventato un accanito cacciatore di amanti, di cui si innamora ogni volta alla follia.

Tano ha lasciato la moglie, ma non la bislacca capretta bianca, Malù, che si trascinava dietro per i campi, spettatrice privilegiata delle sue esibizioni solitarie. Egli la fermava di fronte a un albero poi, con fulminea grazia, si sollevava a mezz'aria: avvezza al prodigio, la capretta belava, come se applaudisse, con occhi mansueti e pazienti.

Ora, Tano ce l'ha su in un terrazzino, Malù, che bela il suo rimpianto per le campagne perdute e crea qualche inconveniente con le amanti di turno.

Ma non c'è solo Malù. Tano si è rivelato un autentico talento dell'umorismo e dello spirito beffardo, nonché aggregante profeta di personaggi non meno di lui fuori norma. Insomma, si è formata una combriccola di amici spiritosi e sensuali, a cui mi accompagno spesso, di cui avrò modo di parlare.

Fra costoro, Alessio primeggia.

... mi rifugio, anche, davanti al telescopio dell'amico Alessio, che io chiamo l'*Omino Alessio*.

Ci siamo conosciuti facendo discorsi sul Sesto Senso che, a differenza dei cinque sensi ordinari (funzioni per cui l'essere vivente raccoglie gli stimoli provenienti dal mondo esterno e dai propri organi), percepisce per vie extranormali i segnali dalle nostre profondità insondate, dall'Oltre di noi stessi.

L'amico sostiene:

«Anche l'Universo ha un Sesto Senso.»

L'Omino Alessio va ascoltato con la pazienza sorridente che si concede ai bambini, perché i suoi concetti per lo più si aggrovigliano, ma a volte esplodono come fuochi d'artificio, e qualche illuminazione lascia il segno.

Egli spiega:

«È Dio... Dio è il Sesto Senso dell'Universo.»

E riferendosi al mio caso:

«Dei cinque sensi di cui hai trattato l'incanto, il Sesto è il padre, il profeta. Nulla e nessuno lo può incantare. Perché è lui, l'Incantatore... La nostra società va in cancrena? Ma è chiaro. Essa ha perso tragicamente questo grande ispiratore, che più non la conduce, e si abbandona fino all'inerzia al Lucifero dei sensi, negazione massima della loro armonia: il Senso Obbligato!»

Perché l'Omino Alessio ha un telescopio?

Per spiegarlo bisogna riportarsi al momento in cui, da ragazzo – ora ha settant'anni e una vitalità sorprendente – ebbe la prima illuminazione di fronte all'orizzonte del mare Adriatico, e capì che era suo destino diventare, oltre che un sorprendente esperto, un anarchico ideologo, appunto, del Sesto Senso.

Me l'ha raccontata cento volte, questa storia.

Il 26 luglio del '34, l'Italia aspettò, come ospite di pace, il Presidente dell'Austria, Engelbert Dollfuss. Già di mattina presto, una gran folla era in attesa davanti all'albergo Regina di Cattolica. Ma le ore passavano e nessuno arrivava.

L'Omino Alessio scrutava il mare con un'emozione

mai conosciuta prima, che lo faceva sentire il messaggero di una verità immensa, e lottò con se stesso, tremò, ritenendosi indegno di quell'annuncio che gli sembrava avere qualcosa di divino. Poi si decise ed esclamò:

«Il Presidente Dollfuss non arriverà.»

Lo derisero.

Solo al tramonto spuntò il motoscafo. Vedendolo che s'ingrandiva e tagliava le onde con imperiosa dirittura, cercarono di riconoscerne la bandiera, ma nessuno avvistava bandiere, giustificandosi col fatto che l'imbarcazione correva metà in luce e metà nel riflesso verdescuro del sole calante.

Era alla guida un marinaio e alle sue spalle stava in piedi un giovane ufficiale: la mano sinistra sul fianco, si reggeva con la destra all'asta di un globo già acceso, e l'uniforme da quella distanza appariva tutta nera; sul cuscino di velluto azzurro, dove avrebbe dovuto sedere Dollfuss, c'era il vuoto. È troppo giovane per essere Dollfuss, commentarono dell'ufficiale, e forse un Presidente non starebbe in piedi con simile spavalderia.

«Comunque sia» ordinò il responsabile della delegazione italiana «suonate l'inno austriaco!» E la banda attaccò l'inno, con gli alti gradi sempre più nervosi, che sbattevano gli stivali, scrutando con sospetto crescente l'Omino Alessio che cercava, da una parte, di farsi ancora più piccolo.

Il motoscafo attraccò. L'ufficiale scese con un salto e, salita la scaletta, annunciò con la voce rotta:

«Il Presidente Dollfuss è morto!»

Resse per un lungo istante lo sbalordimento, il mutismo pieno di domande. Quindi spiegò: «È stato ucciso nella giornata di ieri, all'interno del Palazzo della Cancelleria, in procinto di partire per trascorrere una vacanza qui, sul vostro bel mare».

Allora la banda spezzò l'inno, e per un po' non si udirono che i gabbiani, le sirene dei battelli. Un colonnello abbracciò l'ufficiale austriaco chiedendogli:

«Chi ha ucciso Dollfuss?»

Nel silenzio generale, si alzò la voce dell'Omino Alessio. Egli non aveva mai sentito parlare di nazisti: era troppo giovane, e faceva una vita appartata, fuori del mondo. Eppure non riuscì a trattenere quel grido, che gli arrivava da una fonte imperiosa, grande come il mare e il cielo. Gridò:

«I nazisti!»

E il Sesto Senso, esplodendo in lui, lo colmò della visione agghiacciante del mondo che, da quel momento, sarebbe precipitato nell'orrore, in una disfatta delle coscienze che avrebbe insanguinato il futuro.

L'ufficiale austriaco ritornò sul motoscafo e questo al punto dell'orizzonte da cui era venuto, con le luci abbassate e la bandiera che ora scoprivano abbrunata, perciò invisibile a distanza; e sembrò che il cuscino di velluto, allontanandosi fra le volute della scia, diventasse più vuoto. Dalle finestre delle case le radio a tutto volume confermavano che Dollfuss era caduto per mano di assassini degenerati; che si trattava di una svolta per la civiltà, una delle più drammatiche. E la voce di Mussolini tuonò, mentre l'Omino Alessio si perdeva per il lungomare:

«Ci opporremo ai degenerati che uccidono i giorni felici!»

Da allora, l'Omino Alessio si lasciò portare dal suo Sesto Senso, obbedendogli ciecamente ogni volta che gli comandava. Col suo dire "No" a prepotenze, prevaricazioni sociali, dittature, anche se gli erano estranee e si esercitavano su nazioni di cui non conosceva né la lingua, né la storia. Col suo dire "Sì" a rivoluzioni, sommosse, cause ideali, spesso perse in partenza, di popoli che avrebbero dovuto essergli indifferenti. Correva a dividerne la sorte, e il Sesto Senso lo spingeva a volare nei luoghi più disparati della terra.

L'Omino Alessio ha trascorso più anni in galera che in libertà. Trascinato nelle prigioni del mondo. Nel chiuso di una cella, un uomo opera su di sé identificazioni che impediscono alla solitudine, all'immobilità, di degenerare in follia. C'è chi si identifica in animali che gli è concesso tenere nei soffocanti perimetri: un gatto, un cane, bestie strane, persino topi e lucertole; e finisce per assimilare le tecniche di sopravvivenza di quegli esseri che dividono il suo destino, fino a diventare un gatto, un cane, un topo, una lucertola...

Per l'Omino Alessio furono le stelle.

Egli le andava fissando nelle finestrelle delle galere, specchiando il suo isolamento nella loro luce remota, proiettandosi in esse, quando cominciavano a brillare fra le sbarre. E via via nei mesi, negli anni, raggiunse un'estasi che gli consentiva di uscire non solo dalle pareti delle celle, ma addirittura da se stesso, fino a muoversi, a respirare lassù, nell'infinito.

Oltre che a fissarle per notti intere, egli prese a conquistarsele, le stelle, coi mezzi rudimentali di cui si servirono i primi esploratori dei cieli: rozze lenti, piccoli telescopi fabbricati con la pazienza con cui altri prigionieri costruivano velieri dentro le bottiglie.

Mi sono insinuato nei massimi Osservatori del mondo, autentici archivi del cosmo (nei miei viaggi di giornalista, ho privilegiato la mia vera passione, l'astrofisica); affermo dunque, con cognizione di causa, che il telescopio dell'Omino Alessio è uno strumento di ottima efficacia.

Si potrebbe sospettare che l'amico sia ricco di possibilità, oltre che fantasiose, economiche, insomma un facoltoso signore in grado di concedersi un hobby costoso; e invece no, è povero in canna. Ha investito il denaro di un'eredità paterna in quella banca veggente che ha la forma di un fusto di cannone. Il casale spoglio in cui vive, simile a una canonica abbandonata, non ha che il telescopico tesoro, e lo squallore stesso della costruzione sembra una scenografia creata apposta per far risaltare la bocca da fuoco sospesa nel cielo, a cominciare dal terrazzone da cui essa si proietta, così trascurato che, fra le pietre, crescono le erbacce.

L'Omino Alessio dorme in un lettuccio, si ciba quasi di nulla come un uccello: è ben altro il suo cibo. Indossa sempre lo stesso completo grigio con cravatta rossa, residuo dell'ultima detenzione carceraria, perfettamente in armonia col suo corpo minuto, ma dal quale svetta – come dal terrazzone il telescopio – un gran profilo da frate antico, di quelli dotati di mefistofelici segreti.

Non c'è un libro, nel casale, ma l'Omino Alessio è coltissimo.

E dunque stiamo lì, immersi nella mappa del cielo, con le nostre due teste vicine dentro la calotta gremita di stelle, quasi facessimo parte degli infiniti sistemi, respirassimo con il loro stesso respiro. E lui, a volte, mi costringe ad abbassarmi di scatto, per portarmi alla sua altezza:

«Attento alla testa!»

E sopra di me non c'è una trave, ma l'Universo.

Non esiste purificazione più profonda dai mostri dell'"Istruttoria".

Se mi soffermo sull'Omino Alessio è anche perché, portando i miei occhi al telescopio, egli mi fa tornare alla mente le prime parole che udii da Miriam, quando andavo ad ascoltarla nel giardino dell'Isola Tiberina, che racchiudeva, quasi fosse un castello incantato, la sede del suo Gruppo. Agli adepti, Miriam insegnava le sue teorie, a cominciare dalla suggestiva ipotesi, ora avvalorata dalla scienza, secondo la quale tutto ciò che è avvenuto e avviene lascia le sue tracce, la sua memoria, in una "zona psichica universale", definita Serbatoio Cosmico, a cui certi Sensitivi possono attingere per conoscere fatti lontani nel tempo e nello spazio.

Quando ascoltiamo il silenzio sconfinato della volta celeste, l'Omino Alessio mi afferra la mano, perché anche questo silenzio che comunica e parla, ci avverte che, lassù, esiste un linguaggio che siamo noi:

«In quanto incanto e Incantatore, il Sesto Senso è armonia, è musica.»

Allora, furtivo, scivola nel buio, manipola strani congegni, torna reggendo con mani adoranti nastri magnetici di cui si è impadronito chissà come. Nei grandi Osservatori, ho già ascoltato registrazioni di musiche stellari, davvero il più sorprendente fra gli spartiti della natura, ma non glielo dico. È tale la soavità del suo gesto, quasi portasse la coppa miracolosa del Santo Graal, che gli lascio credere che sia lui il primo a farmi notare come quei suoni contengano tutte le supreme sinfonie sfuggite ai più geniali compositori terreni:

«Un'ouverture... Ascolta: il riso soave di un'ouverture!» esclama mentre l'onda dei suoni accompagna la visione delle stelle.

Il frate antico si trasforma in fauno: esulta, accenna, tende l'orecchio e approva, muovendosi quasi in una sua danza:

«Ed ecco un allegretto!... E là, per Andromeda, la senti, la mia *Settima* prediletta? Ah, l'illuminata amante mia che ritorna... Guarda: è un puro contorno d'armonia per la più dolce delle costellazioni... Come siamo lontani, come voliamo, voliamo dal mondo che non fa che trascinarci l'anima verso il basso dei suoi pantani, gracidante immonda rana!»

È un fauno invasato di cosmica ebbrezza, che agita le braccia di fronte al telescopio, un direttore d'orchestra stellare:

«Che colpo d'archetto, là, verso Sirio... E come Alfa Centauri dà melodia al suo silenzio!»

Due stelle, due bagliori, sembrano accostarsi come due frutti su un ramo:

«Bel duetto d'insigni violoncelli!»

Mi sussurra, ora:

«... e ascoltalo bene questo grido, di una stella che s'ammala, che muore. Non sembra l'invocazione di una donna che si rifiuta di venire esclusa dall'armonia superba che fino ad allora l'ha accolta, di essere murata nell'emarginazione del buio, del nulla?»

Penso al grido di mia madre, quando la sua mente si ammalò nella nostra casa di Sabbioneta, all'ultimo grido prima della sua assuefazione al silenzio, al vivere imprigionata nelle sue ossessioni, emarginata dalla vita normale... Come, poco prima, mentre l'Omino Alessio esultava al riso stellare, ho pensato al riso di mia madre, al suo primo ridere, quando la sua mente si è liberata dalle tenebre: a lei guarita, stretta nell'abbraccio di Miriam.

L'Omino Alessio continua a trascinarmi fra le luci infinite delle sue "mille e una notte".

E di tutto ciò che mi appare mentre sto con lui, provo, ovviamente, uno stupore immenso.

Ma il *batticuore*, ecco, d'improvviso, lo provo per lei, una stellina, poco più di un piccolo bagliore, e il batticuore diventa poi, la notte, il sognarne il dramma di stella che si contorce e si rifiuta, per non morire nell'Universo, non essere privata delle sue musiche e dei suoi silenzi... Quel suono, quell'indefinibile bagliore-voce, si trasforma in un grido che appunto sembra umano, e può accadere che esso mi svegli di soprassalto.

L'Omino Alessio non mi aveva preavvertito che si trattava di una stella condannata. Me lo conferma la volta successiva: che l'agonia della stella è esattamente come l'ho percepita e sognata.

4.

L'apprensione, la paura di me stesso...

Fra le carte di Miriam, andavo scoprendo pagine che mi incantavano e mi sconvolgevano.

Erano una specie di diario dove annotava riflessioni, ricordi, propositi, esperienze. Lei faceva in modo che le scoprissi, adottando una strategia che ormai conoscevo bene, e l'assecondavo, stando al gioco. Ossia dimenticava apposta il diario qua e là, a mia portata; poi arrivava di sorpresa a interrompermi, e io dovevo fingere, allontanarmi, come se non avessi letto niente.

In uno dei suoi appunti, confessava:

"Dei fenomeni di 'percezione' che si producono in me, ho temuto e sofferto, in particolare, l'apprensione per il loro primo manifestarsi: le prime volte che mi sono trasformata in *ricevente* di realtà altrui, terribili o liete che fossero. Io resistevo con tutta me stessa e pregavo: Dio, non farmi entrare nel cervello di quell'uomo, di quella donna!"

... provo questa inquietudine mentre siedo davanti al televisore: nello schermo, le immagini, diffuse da Belgrado, di una strage fra soldati serbi e mercenari arabi musulmani.

Di nuovo si produce, in me, uno sdoppiamento emozionale.

Per ciò che mostrano le inquadrature, che si soffermano con minuzioso sadismo sui dettagli più raccapriccianti, ho orrore e sdegno. Ma poi ecco, nella sequenza, un bambinetto che se ne va solo per una stradina di polvere, e pare più lieto che indifferente, forse talmente avvezzo alle crudeltà, da inseguire, pur affondando in esse, le sue fantasie di fanciullo, come se attraversasse un campo di papaveri della mia terra.

Il *batticuore*, all'istante: per quella creatura così sommersa nel massacro che nessun telespettatore, certo, può afferrarne la presenza.

Ho registrato il reportage, torno daccapo, uso più volte il "ralenti" e il fermo-immagine scoprendo, per sereni dettagli opposti a quelli sfruttati dal cameramen, l'esattezza sorprendente di quanto ho percepito: in effetti il bambinetto ha, negli occhi chiari, una letizia a dispetto della mostruosità che lo circonda; egli cammina leggermente claudicante, forse per una ferita di guerra, e ciò insinua, nella sua grazia, un senso di pietà; e il gesto che compie verso destra, dove le immagini sono offuscate tanto da sfuggire alla proiezione normale, non è a caso: la sua mano si tende con amore verso una figura di donna ai margini, quasi tagliata a metà, del teleschermo.

Lo so: è sua madre.

Un'altra presenza che nessun telespettatore, assolutamente, poteva individuare. Eppure ho avuto presagio anche di lei, scarna, meschina madre, che appare al bambinetto un'insperata sorgente di luce. Anche la donna tende la mano, anzi il pugno, in cui stringe qualcosa che sembra un frutto... È un frutto, una mela rossa!... Sorride, ma con una luce nei tratti che è delle belve protettive verso i piccoli, perché il figlio è scampato...

Come accadeva a Miriam, l'apprensione cresce, mi stringe lo stomaco, per l'"aver visto prima di vedere" l'unisono fra due creature di cui ho provato lo stesso batticuore nell'incontrarsi, con il loro amore materno e filiale: dentro l'oblìo che il mondo ha di sé, a volte, anche nell'esplosione più feroce dell'odio.

Vedo, prima che accada, le due figure che si fondono in una, in nome della grazia di una mela rossa da stringere fra le dita.

I messaggi di Rol si associano, a volte, a quelli che so provenire da Miriam.

Quando accade, è come se l'uno desse voce alla comunicazione medianica dell'altra. O forse sono io, nella mia sfera, il medium di una confluenza.

Stavo uscendo di casa, a cena.

Mi sono soffermato davanti agli idoli di Miriam, e ho avuto la sensazione che una presenza, vicinissima, alle mie spalle, di cui quasi potevo avvertire il respiro, le unghie che si incidevano lungo la mia mano destra, cercasse di trattenermi, mettendomi sull'avviso che stavo correndo un pericolo.

Poco prima, una comunicazione medianica di Rol. Anch'essa mi lasciava capire che correvo un pericolo.

Sono uscito ugualmente. Sono rincasato verso l'una di notte. Il ragazzo, sui vent'anni, mi ha colto di sorpresa. In camicia aperta e jeans, è sbucato da dietro un pilastro, a lato del portone. Era massiccio, una macchina di muscoli.

Mi teneva la lama contro il collo. Fissi nei miei, due occhi atoni, che parevano senza sguardo. Si è assestato il coltello nel pugno.

La mia imperturbabilità si è immediatamente opposta al suo farmi capire: userò questo coltello, ho già avuto modo di usarlo, so come si uccide. Il suo furore freddo continuava ad assorbire la mia imperturbabilità, che non veniva da me, ma da un'energia protettiva al di fuori di me: essa mi rendeva tranquillo, come se quell'aggressione la vedessi proiettata su uno schermo.

La mia assoluta mancanza di reazione ha prima sconcertato, poi turbato il ragazzo fino a uno strano terrore. L'ho capito dai suoi occhi che, ora, avevano un lampo.

A questo punto è stato come se la freddezza di cui ero, ripeto, osservatore, si trasformasse in una mano invisibile ma talmente forte che, con una morsa, afferrava il polso dell'altro, glielo torceva... Dalla voglia di uccidere, l'aggressore è passato, lentamente, alla voglia di uccidersi, mentre gli occhi gli si colmavano di lacrime e i tratti del suo viso, tesi poco prima allo spasimo, si abbandonavano a una smarrita disperazione, a una controversa pietà per se stesso.

La punta acuminata si puntava, ora, contro il suo stomaco. Un piccolo segno, appena una riga di sangue, hanno macchiato la camicia. Il ragazzo sembrava intenzionato ad affondare il coltello fino all'impugnatura. Forse non aspettava altro che una mia reazione, una mia parola finalmente, per farlo.

Ma nulla. Di nuovo soltanto la mia imperturbabilità che esercitava un magnetismo superiore. Ed è stato questo a trattenerlo dall'uccidersi, come l'aveva trattenuto dall'uccidere.

Il coltello è caduto fra i nostri piedi.

Ho guardato il ragazzo fuggire. Mentre tornava in me il sentimento di essere ancora in possesso di reazioni. Anch'io ho provato, per lui, della pietà.

Ma ormai era troppo lontano per dirglielo.

Nel sogno, una giovane donna accompagnava al pianoforte un cantante classico. La scena, metà in luce, metà in ombra, mostrava quei due soli esecutori a una platea gremita, buia. A seconda delle emozioni sulle note di Mozart e di Berlioz, come di Richard Strauss o Massenet, il fascio di luce si spostava a investire, con vivido risalto, ora la pianista, ora il cantante: si scopriva che lei possedeva la bellezza, il talento, la passione, uniti all'umiltà necessaria al suo ruolo di accompagnatrice, e che lui era ammirato, dotato di mezzi vocali potenti, consapevole e fiero della grandezza della sua personalità artistica.

La platea era tesa, immersa in un profondo silenzio.

Poi lo sdoppiamento del fascio di luce si faceva un gioco di prestigio. Ed ecco che, al pianoforte, veniva a sedersi la figura maschile, acquistando all'istante l'umiltà dell'accompagnatore, le sue note perfette al servizio di lei, che cantava, elevata da quel canto a regina dominatrice della scena.

Così ho sognato di Miriam e di Rol.

Così il sogno mi ha aiutato a chiarire l'idea che mi possedeva, finora oscura, di Miriam e di Rol che a volte si scambiano i ruoli per la platea che sono io.

Essi sono i due interpreti di quello che ho definito il mio cuore magico, di cui vado componendo con crescente chiarezza lo spartito, quasi lo vivessi simile a un disegno di note che d'improvviso l'ispirazione accende.

La prima volta che i due interpreti si esibirono insieme per incantarmi fu in occasione del viaggio che decisi di compiere dopo la scomparsa di Miriam.

5.

Uno dei legami più forti con Miriam è consistito in un irresistibile istinto di viaggiare.

Ripeteva:

"Sono sempre stata una viaggiatrice incantata." E sottolineava: “Se questa storia fra noi, Marco, nasconde un segreto – e il segreto esiste, e sarà svelato – credo che la soluzione starà anche in quel *cammina, cammina* che era della favola e che portava la nostra prima immaginazione, nell'infanzia, a superare ogni confine”.

Non era forse vero che la madre di mia madre – prima di esclamare “C'è qualcosa!...” e di uscire la notte nel giardino della nostra casa di Sabbioneta, portandosi la gatta sotto il braccio, verso le sue apparizioni dall'Aldilà – mi leggeva le cronache dei favolosi viaggiatori, esploratori dell'ignoto: Caboto, Magellano?

Mi compensava, in tal modo, con una fuga verso il sogno e la libertà senza limiti, mentre la depressione di mia madre – già più volte sottoposta ai primi, devastanti elettroshock – si diffondeva nella casa, e nelle lunghe ore notturne si udivano scendere i singhiozzi della malata prigioniera nella camera di sopra.

Miriam sosteneva che quel *cammina, cammina* nei luoghi del mistero del mondo, mi avrebbe aiutato ad uscire dalla gabbia in cui stavolta mi ero chiuso io, con la *mia* depressione, verso una destinazione, un giorno definitiva, dove avrei potuto decidere il mio destino senza che nessun male della mente, nessun terrore dello spirito potessero intervenire a negarmi una simile libertà, a cui ogni creatura ha diritto: una libertà divina, perché Dio è anche la possibilità di scegliere fra ogni possibile atto umano.

Miriam mi parlava di un viaggio, uno dei nostri, l'ultimo, nel solo posto della terra dove Dio si può vedere davvero, un posto noto soltanto a pochi iniziati. Non ci è stato possibile compierlo perché il nostro rapporto si è interrotto pochi giorni prima della partenza (lei aveva organizzato tutto, mantenendo il segreto sulla destinazione).

Doveva essere l'atto più alto della nostra unione. Invece non mi restavano che la sua lettera d'addio e un nastro registrato dove Miriam confermava:

"Esiste quel posto. Esiste, credimi. E io ti ci porterò. Qualunque cosa accada, abbi questa certezza: che ci andremo. Ma quando sarà arrivato il momento. Allora ci rivedremo, *fisicamente*, e quello sarà il nostro 'viaggio alla grande luce estrema'."

Dopo la sua scomparsa, decisi di andarmene temporaneamente da Roma: volevo mettere, fra me e i fatti che avevo vissuto con lei, una distanza, anche oggettiva, che mi permettesse di valutarli senza l'urgenza delle emozioni; un distacco in cui speravo di recuperare la padronanza di me stesso.

Non sarei andato a caso, come mi era sempre piaciuto ai tempi in cui ero stato anch'io un viaggiatore incantato dalle meraviglie della terra.

Sarei rimasto per qualche mese a Creta, che mi ha sempre affascinato con le sue leggende, sulle quali domina il Disco di Festo, che tutti possono vedere nel museo archeologico di Iraklion, riprodotto per inspiegabili affinità nelle piane del Perù e dell'India. Le sue iscrizioni geroglifiche racchiudono, come simboli, certi avvenimenti straordinari del nostro futuro, che sembrano offrirsi alla decifrazione con una sorta di trepida fraternità.

Restai, a lungo, di fronte al Disco.

E nelle sue iscrizioni lessi una comunicazione medianica che – col primo *batticuore*, allora sconosciuto, che mi prese – seppi con assoluta certezza venirmi da Rol. Era lui che mi parlava, mi convinceva:

"Continua il tuo viaggio. Non è questa la tua sosta."

Da quel momento, mi sentii guidato.

In ogni luogo che raggiungevo, trovavo tracce di Miriam, che mi aveva da poco preceduto lungo lo stesso itinerario. Potevano essere frasi dette come a caso da qualche sconosciuto che andavo incrociando; o dediche in cifra tracciate nel libro dove i piccoli alberghi e i locali conservano le firme e le testimonianze dei personaggi che hanno ospitato; o indizi anche meno espliciti e vistosi, da interpretare.

Ne venivo spinto, spostato. Così arrivai agli arcani della Persia mirabile, fino al sepolcro di Ciro il Grande, dove i Sensitivi Maggiori comunicano con la "coscienza chiara" dei defunti. E furono, ancora, la Stanza del Trono, la più misteriosa di Ebla, l'antichissimo regno della Siria, sede privilegiata degli enigmi del passato; i deserti nigeriani del Gran Tenerè, che i tuareg chiamano l'"Immenso Nulla": un mare di miraggi dove le Malalla, le necromanti più potenti che si conoscano, si riuniscono nei loro riti.

E fu l'India: la Grotta di Elephanta.

C'era un raggio di sole che filtrava da una fenditura, come da un punto irreale, assurdo in quel regno delle tenebre. Ma più assurdo ancora era il fiore che esso illuminava. Il *batticuore*, di nuovo, quando mi avvicinai per staccarlo. Quel fiore, lo sapevo bene, cresceva solo sulle pendici del Kamalu, il monte del fiume Kama, fra il Sikkim, il Nepal e il Tibet, che le popolazioni di origine tibetana conoscono come Cho Limpo:

La Montagna Re.

Era il mio punto d'arrivo, in quel primo viaggio che, secondo i segnali dei due interpreti del mio cuore magico, dovevo intendere come una prova generale dell'altro viaggio che mi attendeva alla fine della storia.

Quando il momento giusto sarebbe arrivato.

I Sensi Incantati si aprono con una visione che doveva segnare la mia vita.

Era stato appunto sulla Montagna Re che il volto di

Miriam mi era apparso anni prima che la incontrassi realmente.

Andavo attraversando queste regioni, allora, con l'intenzione di descriverle in una serie di articoli per il mio giornale. Fu occasionalmente che mi unii a una delle spedizioni che i Grandi Sensitivi compiono con quella che si definisce "euforia del soprannaturale", per ottenere, oltre che la conferma dei loro poteri, messaggi dall'Ignoto che comunica con visioni e apparizioni.

Mi trovai coinvolto in una delle cerimonie più alte della tradizione tibetana: *il rito degli istanti fermati*.

Esso inizia con l'ascesa al "Lago degli eventi futuri", venerato come oracolo. Sulla riva si staglia un maestoso Chorten, il reliquiario esoterico che racchiude i segreti della cosmogonia nel microcosmo delle sue pietre sgretolate dai venti impetuosi, e custodisce anche le verità che i Maestri concepirono, o gli furono rivelate, a cui gli adepti hanno attinto nei secoli.

Là avvengono le evocazioni; scesa la notte, accesi i fuochi.

Soltanto chi ha vissuto questo tipo di esperienza sa cosa significa il fascino del tempo che d'improvviso si ferma, e negli *istanti fermati* si prova un senso di dilatazione corporale all'infinito.

Nel "Lago degli eventi futuri" il vento muta dapprima il colore dell'acqua in un bianco accecante, poi crea vortici, e in quei vortici si producono metamorfosi. Come su un palcoscenico acqueo, si formano e si animano forme che diventano figure, volti, in cui ciascuno può riconoscere i tratti di persone che entreranno nella sua vita, con un ruolo fatale. Esse potranno portare drammi o, al contrario, incarnare il sogno, l'ideale, essere protagoniste di uno di quegli incontri che sono nel desiderio di ogni uomo, di ogni donna.

Per me, dieci anni prima dell'incontro con lei, fu il volto di Miriam.

Si delineò ai miei occhi in apparenza senza alcun artificio magico, vicinissimo e umano, un miracolo di semplicità, mentre girava il profilo verso oriente, con un respiro felice, per poi volgerlo a occidente, con malinconia. Lo misi a fuoco e subito la fisionomia, con uno stupore che la percorse come in chi viene scosso da un sogno, concentrò il suo incantesimo negli occhi chiari: lo sguardo mi penetrò e, da quel momento, si incise nella mia memoria con le stimmate della seduzione.

Seppi con certezza che, un giorno, avrebbe in qualche modo coinciso col mio destino.

Ricercai quei tratti nei volti che entrarono, in seguito, nella mia esistenza; poi l'ansia di identificare la visione momentaneamente si placò, annebbiata dalle distrazioni del quotidiano, finché Miriam non la conobbi nella realtà, durante una notte dolce e tormentata, nella sede del suo Gruppo romano, all'Isola Tiberina.

Sulla Montagna Re si capisce, con più evidenza che altrove, come possa succedere che dal cuore oscuro dell'Universo – simile al cuore magico che è in ogni uomo, anche se non lo sa – giungano fino a noi segnali di ciò che accadrà. Ho scritto, all'inizio de *I Sensi Incantati*, che il fenomeno non deve intendersi eccezionale (l'eccezione consiste, semmai, nella maggiore intensità, nel più sviluppato potere di comunicazione medianica con cui la premonizione si insinua in alcuni privilegiati).

Si tratta di facoltà attraverso le quali la natura concede al suo mistero di diradarsi, lievemente, per trasmetterci una solidarietà superiore che addolcisce le nostre solitudini, accarezza e traduce in realtà i nostri sogni, non lascia morire le speranze.

È ciò che intendo per Provvidenza.

Siamo noi, solo noi, con i nostri pregiudizi e la superbia per cui crediamo che la moderna civiltà consista in un pragmatismo obbligato, a ignorare certi privilegi che ci cambierebbero la vita.

La Montagna Re. Ora la fronteggiavo.

Essa dominava la boscaglia di rododendri, felci, orchidee selvatiche, con il suo silenzio immenso, la sua luce di cristallo, fra gigantesche rocche di ghiaccio.

Comparve il Lama coperto d'oro, con la maschera rossa fiammeggiante che è il simbolo della vita che si reincarna, trascinando il suo seguito di monaci, musici, umili donne.

L'ascesa si animò. Cominciammo a inerpicarci.

Tutt'intorno, tracce di miti, leggende. Di nuovo, guglie come cattedrali, mentre la luce delle cime passava a un azzurro diverso dall'intensità del cielo, fino a una tinta rosata: quel colore che chiamano il "velo d'oblio" tibetano. Il profumo dei rododendri, che lassù sono alti e possenti, ci stordiva. E dalle nevi che formavano l'orizzonte prese ad avventarsi sui nostri volti una miriade di cristalli scintillanti nel sole che facevano dello spazio un bagliore dove gli occhi bruciavano, come trafitti da minuscole lame di fuoco.

Arrampicandomi col respiro mozzato fra radici enormi, che sembravano volermi ghermire, radici tentacoli, mi chiedevo ansiosamente cosa mi sarebbe apparso, stavolta, dalle acque del Lago, nello specchio rivelatore degli *istanti fermati*. Cosa mai, del mio futuro?

Mi ripetevo: sarà di nuovo un volto di donna destinata ad entrare nella mia vita: amante, salvatrice? O al contrario un volto nemico: di qualcuno capace di distruggermi con la sua malevolenza e determinato a vendicarsi? Mille ipotesi mi si confondevano nella mente, le più assurde. Frugavo i lati oscuri del mio passato e ne vedevo emergere donne che mi odiano a morte perché ho svergognato il loro essere infami, e persino despoti del potere costituito che, con la mia sete di indagine anche fra gli orrori della politica, ho scoperto conniventi di delitti: e loro sanno che so, e potrei farli quando voglio i loro nomi, e li farò…

Così mi tormentavo, con un turbine di sogni e di terrori, di immagini seducenti e delittuose, simile alla tempesta degli aghi di ghiaccio che si abbatteva su di noi.

Fu notte: i fuochi si accesero intorno, i monaci si misero la maschera rossa e alzarono i loro canti. Il rito stava per arrivare alla sintonia suprema degli *istanti fermati*.

Caddi nell'attesa comune. Ma la mia si prolungò, senza che nulla accadesse.

Fissai le acque con una tensione a cui prestai ogni energia, aguzzai la vista fino a sentirmi gli occhi due globi di dolore, ma nessuna magia animò, al mio sguardo, forme umane sorgenti dal Lago. Ero escluso, stavolta, dall'armonia dei prodigi che invece coinvolgevano gli altri. O almeno così fui portato a credere.

L'unica sorpresa, tutta mia e concreta, piccola e terrena, fu quel *batticuore*… Fra i poteri che i Grandi Sensitivi stavano manifestando, capaci di sintonizzarsi con il cielo, l'indizio delle mie premonizioni si insinuava come un capriolo fra gli elefanti.

Il mio cuore magico cominciò a darmi segnali allorché una delle donne del corteo – colei che appariva la più appartata e silenziosa – mi toccò il braccio, mi sorrise. Pensai subito che fosse per confortarmi, a causa della mia delusione evidente. E mi girai verso di lei, distratto, per ricambiarla con un vago sorriso.

Rimasi folgorato. La donna aveva il volto di mia madre. Esattamente il suo volto.

Il rito degli *istanti fermati* non si era servito, per darmi un'idea del mio destino, delle acque del Lago, ma di un essere umano, il più caritatevole fra i presenti. E mi aveva fatto apparire non già una figura da identificare nel futuro, come mi era accaduto con Miriam, bensì un volto che nella mia vita esisteva, che anzi la mia vita l'aveva scrutata per primo. Esso racchiudeva tutto il mio passato, ne era la radice e la ragione; tuttavia, nel mio futuro, avrebbe avuto un ruolo nuovo e fatale.

Continuando a fissarmi intensamente, per farmi capire che lei, proprio lei, incarnava la magia, la donna del corteo portò la mano all'altezza della bocca, accompagnando con un gesto di pudore il suo sorridermi, e il ridere che ne seguì, con cui manifestò la sua felicità: prima sommesso, poi sempre più pieno.

Erano, di nuovo esatti, il gesto, il riso a cui si era concessa mia madre quando era guarita, dopo tanti anni, dai mali della sua mente; il gesto e il riso che avevano concluso un altro rito compiuto, lontano da lì, da Miriam e da quanti possedevano, nella sua stessa misura, le facoltà necessarie per quello che continua ad apparirmi un miracolo.

Il rito che allora definii dell'"Incantagione", a cui ho dedicato pagine che considero fra le più care ne *I Sensi Incantati*.

Scrutai, nell'umile donna del corteo, il volto di mia madre radioso in quel momento finale, davvero un istante fermato, e ne sfiorai le labbra, la fronte, con la sensazione di avvertire concreto, sotto le dita, il ritorno del suo cervello dalle tenebre alla luce. Così mi fu chiaro ciò che la Montagna Re mi aveva rivelato: che io e mia madre avremmo certamente vissuto fra noi, alla nostra età – ma come tornando a quando io avevo dieci anni, lei meno di trenta – tutto ciò che ci era stato negato da quelle che chiamano le leggi dell'esistere, e che come tutte le leggi andrebbero riviste: se non in terra, in cielo.

6.

Fu dopo quel viaggio che cominciai a lavorare intensamente a questo progetto narrativo.

Ne avvertivo la necessità per ragioni a cui un narratore non si può sottrarre. Esiste anzitutto il *desiderio* di certi personaggi, certe storie: che il loro spettacolo continui. Questo desiderio lo si può mettere alla prova, per saggiarne l'autenticità e la consistenza, allontanandolo a più riprese come una tentazione. Ma se esso torna, se i nostri fantasmi ripetono con la caparbietà di Baudelaire "Odio il sipario calato!" e il loro invito si fa imperioso, il narratore deve stare al gioco, qualunque possa essere l'esito o il rischio.

La seconda ragione consisteva nel processo naturale, dovuto alla realtà dei fatti assai più che alla mia fantasia, che aveva aggiunto sviluppi a ciò che viene raccontato ne *I Sensi Incantati*, dove le storie, ripeto, si arrestano in un finale sospeso, nell'"attesa": più esattamente, nella premonizione di altre figure protagoniste di un progetto non concluso.

La premonizione era esatta. L'attesa si era animata.

Che m'importava delle possibili congetture dei capziosi ciarlatani dell'"Istruttoria"? Per loro, orafi della malafede, basta il disprezzo che ne provo. Ben altro m'importava: l'amore del lettore, che mi era stato manifestato, e io dovevo ricambiarlo con le nuove verità che andavo scoprendo e vivendo.

Intervenne, opportuna, una comunicazione di Rol:

"Ricorda... Cerca di ricordare... Qualcosa di te: il figlio piccolo che eri, che s'attorcigliava alle coperte. Tocca il tavolo che hai davanti, toccalo, come se fosse quel tuo lettuccio sgangherato, dove avevi paura del buio... Il figlio piccolo che ascoltava il coito dei genitori nella camera accanto... E poi tuo padre fumava per dare un azzurro di fumo al suo profilo all'insù, soddisfatto come una cicala stanca, con la testa affondata nel cuscino... Il figlio piccolo che andava a spiare, e fuggiva via se appena una persiana sbatteva al vento."

Il ricordo mi fu subito preciso. Mi aspettai l'avvertimento.

"Come tentavi di spiegarti la vita, allora! E come questo ti stancava, tanto che ti pareva giusto darla per scontata... Guardavi la tua fotografia dove avevi due anni. E ti sembrava che già ci fosse tutto di te: il passato, il futuro."

Fui consapevole anche di quell'emozione che non era ancora pensiero, ed essa mi ritornava da quell'infinito inconoscibile a noi stessi, che sono le nostre emozioni perdute. Mentre Rol insisteva:

"Spiega ora. Ciò che stai per fare, che ti proponi. È un mondo a cui bisogna spiegare affinché possa capire che anche una primula è scienza, è sogno... Ieri, ho visto la mano di una bambina, ferma sulla tastiera di un pianoforte. Non dava suono. Ma dava, alla bambina, una memoria di una musica che aveva udito, sublime. Come mi è sembrato sufficiente per capire quella sfumatura che poi è il tutto della vita... Ma tu..."

La comunicazione di Rol già si stava dissolvendo:

"Tu spiega il tuo progetto, perché è un tuo bene prezioso. Difendilo spiegandolo con allegria, coinvolgi giocosamente chi dovrà ascoltarti."

E io l'avrei spiegato.

Il giorno in cui occupò i punti strategici della mia casa con i suoi idoli, e anche con cose più modeste, tuttavia legate a qualche sua eccezionale esperienza, come conchiglie strane o sassi dipinti, Miriam mi spiegò uno dei fenomeni più suggestivi del paranormale: la "psicometria" che, per un Sensitivo, è una vera e propria arte, paragonabile a ciò che, per un poeta, rappresenta la scrittura in versi.

Concentrandosi su un oggetto, senza nemmeno bisogno di toccarlo, il Sensitivo capta la storia di colui a cui è appartenuto o appartiene; addirittura riesce a far proprio, medianicamente, il pensiero altrui.

La psicometria conferma che siamo tutti collegati gli uni agli altri, al di là dello spazio e del tempo, da una sorta di filo d'Arianna che percorre il labirinto di una creatività comune. Tanto che Miriam definiva i grandi artisti dei sensitivi inconsapevoli che vengono spinti da un'entità magnetica (ciò che passa per ispirazione) a sintonizzare il proprio genio con la vasta Immaginazione del mondo, e così a creare i loro capolavori.

Esiste anche una "psicometria d'ambiente". Si tratta di casi in cui è l'ambiente stesso ad agire, come l'oggetto, da induttore: una casa, un paesaggio, un luogo insolito dove abbiamo vissuto felicità, dolori, fantasiose solitudini (la siepe dell'infinito leopardiano).

Secondo Miriam, nello studio dove scrivo e vado a caccia delle mie invenzioni, io sarei stato sollecitato dai suoi idoli. In effetti, essi si accordarono subito, e festosamente, col mio tavolo di lavoro, sul quale ho sempre tenuto le penne allineate con cura maniacale, facendone geometrie di cui soltanto il mio istinto oscuro conosce la cifra.

Ridendo, Miriam mi fece notare che erano umili idoli psicometrici anche le penne così disposte, nonché le due lampade che illuminano il mio scrivere, orientate in modo da ottenerne un taglio di luce che io ritengo propizio: *stratagemmi* di buona sorte, come amavano chiamarli gli antichi cinesi, che ne avevano un raffinato culto.

E tanto più – affermò – erano a loro modo idoli psicometrici le cartelline colorate che vado disseminando per casa, addirittura invadendola, quando comincio a lavorare a un libro che nasce. Tante cartelline quante sono le storie che via via prendono vita, il cui intreccio formerà alla fine la Storia maggiore. Un colore, scaramantico, per ciascun personaggio o vicenda. E ogni cartellina la battezzo, per così dire, con sintetiche didascalie che traccio su etichette autoadesive: nomi, note, ghiribizzi solo a me decifrabili, una segnaletica grezza, anche ingenua e divertente.

Così mi trovo a vivere circondato da un mare variopinto di cartelline, nelle quali infilo, di giorno in giorno, spunti, appunti, brani scritti di getto e nei momenti di vena. Fogli, foglietti volanti, aspettando che si colleghino in un'orchestrale armonia: e ne traggo un'euforia impagabile, che non scambierei con nessun altro piacere, perché questo è il sale dello scrivere una storia, questa la fase più avventurosa e felice, e detesto chi pianifica la costruzione di un romanzo con un'ingegneria univoca e metodica. No, io devo saltare, ora qui, ora là, a seconda dei miei estri, illuminazioni, persino furori, e le cartelline le vedo come l'Omino Alessio vede le sue stelle predilette, quando saltella per la calotta dirigendone le musiche remote.

Finché il libro è lì, ha preso corpo, è nato.

... Questo è un giorno di novembre, con la distesa di

Roma velata da una luminosità grigia, che a tratti si lacera per bagliori di sole. Un giorno in cui, più fortemente, ho la sensazione che uno sguardo mi scruti, che una presenza invisibile mi pedini, mentre scruto a mia volta gli idoli di Miriam e mi aggiro fra le cartelline dove i bruschi raggi solari fanno squillare i colori.

E per "coinvolgere giocosamente chi dovrà ascoltarmi", secondo la raccomandazione di Rol, elenco le diciture e le grezze didascalie delle cartelline che intorno mi fanno festa, come usavano i fabulatori di un tempo, che annunciavano gli avvenimenti che avrebbero narrato, per far partecipe il lettore del loro stesso piacere di raccontare.

Le elenco continuando a pormi la domanda con cui essi incalzavano l'uditorio: *come andrà a finire?*

Sale e gioco, anche questo, dell'inventare storie.

Sezioni, capitoli di questo libro.

C'è una cartellina con scritto "Titoli": ancora ignoro quale sarà il definitivo, ma che piacere, anche qui, nell'annotare via via i possibili, finché il prescelto non si accende sugli altri, luminoso e indiscutibile, quasi sempre all'ultimo, poco prima che il libro mi voli via dalle mani, e il titolo affiora come i tratti di un volto che racchiude un destino da quel "Lago degli eventi futuri" che è sempre la stesura di una narrazione. Sono felice dei titoli felici che mi ha suggerito la mia vita di scrittore. Perciò io stesso, ora, aspetto questa nuova, piccola rivelazione con impazienza e curiosità...

Ed ecco altre didascalie sulle cartelline, sommarie come l'ordine in cui, ancora, sono disposte:

"Il contagio magico": il *batticuore*, lo sviluppo progressivo dei miei poteri.

"Rol, l'amico più caro che mi illumina, mi conduce."

"La gente, gli altri": l'assalto per farsi soccorrere o per aggredirmi, i casi più sconcertanti e avvincenti, stratagemmi per catturarmi, i casi in cui rischio la vita.

"Rapporti coi Grandi Sensitivi": in favore di quanti mi chiedono aiuto, in una società assetata di miracolo. La Depressione e il Magico. Loro forme, motivazioni. Ciò che posso fare io, in prima persona, oppure tramite coloro che hanno guarito me e mia madre.

"Rapporto con Miriam": l'*eccezione* di un rapporto d'amore con una donna che non esiste in concreto accanto a me, ma che si rende continuamente presente. Modi, visioni, piccoli prodigi, sorprese. La sua "scrittura a distanza"... *Come andrà a finire* con questa suspense che non conosce pause?

"Rapporto con mia madre": il rischio, le avventure, le stupefazioni del nostro vivere insieme, nel presente, tutta una vita – materna, filiale – che non ci è stata possibile prima. I giorni memorabili di Parigi e il miracolo della *Mostra del bacio*. Lei che mi confessa un'amorosa tentazione. La festa per il suo arrivo a Roma, dove mia madre incanta tutti. Il meno prevedibile finale.

"Rapporto con Giulia J.": dal gran teatro della femminilità, l'ingresso nella mia vita di questo personaggio che diventa, a suo modo, la mia momentanea compagna; ma all'inizio si comporta come, in un giallo, il colpevole (o la vittima) sfida e provoca il suo catturatore. È Giulia che mi spinge nella *foresta delle donne*. Le sue enigmatiche "lettere verdi". Come fa, Giulia, a sapere tutto di me? Cosa nasconde, se nasconde qualcosa? La sua eccezionale bellezza scatena gli uomini: conosco per la prima volta la gelosia. La lieta estate con lei. La nuova congiunzione.

"Magie, Karma": le grandi visioni medianiche della mia vita.

"Rapporto con la mia ex moglie e il giudice della mia

causa di separazione": come può, Marta, vedere concretamente Miriam? Le divertenti diavolerie con cui il giudice cerca di non chiudere la causa, per timore di perdere la mia amicizia. La sua straordinaria collezione di donnine in ogni forma e formato. L'episodio, stravagante, che comincia col giudice che porta me e la mia ex moglie a vedere un film di Woody Allen. Anche il giudice ha la sua camera segreta.

"La madre di mia madre": come e perché ritorna la sua cara figura. Come e perché in un oggetto, un piccolo registratore, si può scoprire l'anello mancante per la conoscenza di una persona amata... Ascolto le rivelazioni della madre di mia madre, morta da molti anni.

"Dialoghi e incontri oltre la porta ultima": al di là del confine, vincibile, della morte. No, non è semplice negromanzia. La magia, la scienza, l'apparente fine della vita.

"L'assalto, la foresta delle donne": di nuovo rischi, imprevisti, il colpo di scena come costante. Chiedono, tutte, di essere incantate nei sensi: donne, ragazze che invadono casa mia coi sensi spesso devastati da piccole o grandi violenze subite. L'Eros drammatico, ossessivo. Casi, atti, modi. L'Eros felice e l'amore dolcissimo, la poesia del sesso. La gioia, in molte, di arrivare finalmente a mostrare il volto, anziché il sesso, come simbolo di se stesse. Quelli che chiamo sorrisi di una notte di mezza vita.

"Le mie visitatrici sono tutte gelose di Miriam."

"Rimpianto di Mara."

"Il più alto atto d'amore per mio padre."

"Lo sterco dei potenti": più che mai, segreti, segreti, ciò che di turpe può essere un segreto, le verità ripugnanti di molti che governano le nostre sorti. Vado scoprendo questi segreti con lo stesso *batticuore* che mi rivela, al contrario, le verità, dolenti e felici, della gente che merita di vivere... Le nuove puttane del potere. Le confessioni delle ragazze che frequentavano due noti alberghi romani valgono più di un'inchiesta giudiziaria.

"Franz, il fratello di Miriam": il rito satanico. Era Franz, fra i presenti?... Altri, vecchi dubbi: Franz è l'assassino? L'impensabile dono che ricevo da lui.

"Che fine ha fatto Salomone?": perché il fraterno, veggente amico con le ali, mi fa quella sorpresa?

"Tano e la combriccola degli amici spiritosi": i colpi di genio dell'Omino Alessio. Tano che s'innamora follemente.

"La politica delle forze misteriose dell'uomo e delle cose, il recupero del sentimento primigenio della vita."

"Il Sesto Senso, o almeno un senso, del mondo": come il desìo mozartiano di Cherubino.

"Finale": il segreto definitivo finalmente svelato. La mia decisione ultima. E come questo finale mi tocca da vicino!

... Ma sarà poi esattamente così, il *libro*? Chissà.

Seconda parte

1.

Una telefonata con Rol. La più appassionata che io ricordi da molto tempo. Comincia dicendomi:

«La tua sensibilità sta conquistando sempre nuovi poteri. Ben oltre il semplice batticuore della premonizione, le profezie del sogno. Ma essi si scontrano, in te, col timore dell'assurdo, da cui non ti sei ancora liberato. Accadde anche a me... Un giorno ebbi finalmente la certezza di aver acquistato "una sensazione verde profonda", così ricordo di averla definita nel mio diario. E si accompagnò a un timore simile al tuo.»

Gli chiedo di spiegarmi.

Segue un lungo silenzio. I silenzi di Rol, al telefono, sembrano perdersi lontano. Ascolto il suo respiro. Spiega:

«Occupati di tua madre, prendila per mano, portala a vivere ciò che non ha vissuto per anni... Tu ora sei in grado di farlo. E lei reggerà alla prova!»

Mi saluta, stranamente, con un bacio.

Una formula di saluto che non gli riconosco, che non ha mai usato. Eppure sottolinea: *un bacio*.

E questa parola, mentre la sua voce si dissolve, si fonde con un ridere sommesso, che io avverto come una minima, allegra profezia.

Mi chiamano a mille convegni dalle insegne altisonanti che ruotano intorno a una sacra parola che, per lo più, resta senza suono, retorica: la *speranza*. Convegni sulla "Salute mentale" e "Nuova cultura in psichiatria", su "Quell'insostenibile male di vivere (Depressione, un problema sociale)", sul "Senso contemporaneo del disagio affettivo, vuoto, fallimento e prostrazioni nella collettività".

A qualche convegno, vado.

E questo, parigino, si trasforma in un'"Istruttoria" fra le più aggressive a cui sia stato finora sottoposto.

Una sala gremita di illustri psicopompi della psiche, di ogni paese e scuola: psichiatri, psicochirurghi, psicofarmacologi, psicoterapeuti non meglio identificati, psicologi (una quantità, soprattutto donne).

Doveva essere un dialogo sereno. Ma sono stati loro i primi a inquadrarmi come un nemico, un plagiato da ben altri mondi dei fenomeni psichici: psicocinesi, psicofonia, psicometria, psicovisioni, psicoscrittura, tutto ciò che in metapsichica è conoscenza paranormale dei soggetti Sensitivi. Il che, nel mio caso, è inesatto e limitativo.

Gli ho risposto, con cristiana condanna:

«Psicopompi!»

Spiegando che, nella mitologia greca, questo epiteto di divinità designava le funzioni di guida verso le anime dei defunti.

Mi hanno trascinato a parlare del caso di mia madre. E io non mi sono sottratto alla provocazione, per verificare fino a quali veleni ultimi essa possa arrivare, e lo sto verificando.

Li martello con una parola che ancora mi agghiaccia: Elettroshock!

«I vostri elettroshock!» grido, nel chiasso generale. «Sono forse mutati dal primo dopoguerra, quando mia madre si ammalò, e lei, e tante altre povere donne nella sua condizione, vi venivano sottoposte? Quando voi cercavate di guarire quelle malate nell'anima provocandogli una crisi convulsiva mediante corrente elettrica?...»

Qualcuno si degna di rispondermi:

«Bini e Cerletti misero a punto la terapia elettroconvulsivante mentre gli psichiatri erano del tutto disarmati nei confronti delle malattie mentali. L'elettroshock si rivelò un metodo di cura notevolmente efficace in varie forme nevrotiche, specie a sfondo depressivo...»

«Erano sedie elettriche!» continuo. «Spesso con le cinghie lente, che incrinavano le spine dorsali. Mi ricordo quelle file di donne, in cliniche di corrotti tenutari che approfittavano del loro essere umili, ignoranti del loro male, costrette a pagarsi con sacrifici enormi quell'accesso a vere e proprie macchine di tortura... Le ricordo aspettare nei corridoi, prede di infermieri resi amorali e cinici dal trattare i pazzi, o nei cortili, nella nebbia o nel freddo, ammucchiate come passeri dentro i cappotti. Simili alle ebree verso le camere a gas, perché erano camere a gas, senza nemmeno la mostruosa consolazione di andare a farla finita... E la loro sensibilità, i loro nervi, che avrebbero potuto essere guariti dalla grazia, venivano violentati in modo irreversibile, e il loro cervello, sballottato e stordito come un uccello in una gabbia fulminante, perdeva ogni contatto col mondo!»

Si alza uno, e poi un altro. Altri:

«Ha mai riflettuto con la dovuta lucidità, il distacco necessario, sul male di sua madre? È un caso che ci interessa enormemente perché è un simbolo perfetto del Male, con la maiuscola, che sta avvelenando il mondo d'oggi... Rifletta!»

«L'ho fatto... Per una vita...» Mi correggo, con un nodo in gola: «Ho cercato di farlo».

Stanno per prospettarmelo, lo so, con un'esattezza

scientifica, tecnica, a cui non potrò obiettare nulla. E infatti:

«... lei è stato generato sulla riva sinistra del fiume che ama tanto, il Po: un ambiente anarchico, sovversivo, traumatizzato da lotte di classe, fino alla violenza e all'odio puramente fisico. Gli influssi di questo ambiente si sono riversati nell'estrema sensibilità di sua madre. E rifletta su un'altra circostanza: che, nel clan sociale in cui sua madre viveva, era una colpa infamante restare incinta per rapporti avuti con un uomo di opposta fazione, nato sulla riva destra. Un nemico di classe, un nemico ideologico, un fascista!»

«Mio padre non era un fascista! Era...»

Non mi lasciano finire:

«Importa che era ritenuto come tale. Rifletta.»

Io non rifletto. Vorrei solo che avesse fine questo strazio, provocato purtroppo da una parte di verità. Ripeto con rabbia:

«Non era assolutamente un fascista!»

«... Ansia, angosce, fobie... Latenti, a lungo. Esse sono scoppiate quando i nervi di sua madre hanno ceduto come una diga. Rifletta anche su questo: sua madre era l'undicesima di dodici figli, veniva dopo una successione di gravidanze a volte drammatiche. Un'altra ossessione che l'inconscio ha assimilato oscuramente da un altro ambiente, la famiglia stavolta... Punto dolente, il procreare... Rifletta: una fabbrica inesauribile di procreazioni che rendeva sempre più fragile, via via, il tessuto nervoso di ogni nuova creatura.»

Una pausa di silenzio, nell'aula. Vorrei che fosse eterna.

«... rotta la diga, ogni malessere ingrandito dagli spettri paurosi dell'ansietà, l'amore di sua madre per lei, per sua sorella, ha dilagato oltre l'armonia dell'amore, è diventato abnorme... E si è trasformato, come lei ci dice, nell'angoscia del suo contrario: nel terrore di uccidere i figli.»

Mater dulcissima, io ripeto fra me.

«... ogni forza psichica, l'amore come l'odio, se diventa abnorme crea i propri mostri, tende a punire se stessa. Perciò la mente di sua madre si è, per usare una sua espressione, automurata. Quella povera donna ha smarrito la gioia di vivere, la capacità di godere e partecipare, ha staccato la spina di ogni contatto col mondo, specie con le disgrazie e i drammi del mondo, la sua sete di assassinio, di cui oggi i media si compiacciono di fare spettacolo... Il suo imperativo è diventato: non sapere, non sentire, non parlare, soprattutto coi propri figli, per evitare che il terrore di ucciderli, questo atroce complesso di Medea, potesse essere in qualche modo sollecitato a tradursi in atto.»

Ricevo, momentaneamente, la comprensione della platea.

Hanno pietà di questa crudeltà che ho subito: non poter parlare mai con la propria madre; non aprire l'anima, specie nei momenti di infelicità, all'essere che la natura privilegia come nostro testimone... Ridurre il dialogo, per una vita, semplicemente a un materno "Come stai?" e a un filiale, obbligato: "Sto bene, benissimo, va tutto bene, al meglio!". E sul resto, spesso, ingoiare le lacrime...

«Un caso clinico tutt'altro che infrequente nel mondo femminile. Lei ne è stato contagiato, certo. Ma con un male minore: una semplice depressione.»

Sorridono, incoraggianti. Ora che credono di avermi aperto la mente con il loro puro schema.

E io insisto:

«Parlatemi dei vostri elettroshock. Crudeli e inutili come restano i vostri psicofarmaci...»

Si stupiscono di questa mia insistenza:

«La tecnica ha compiuto passi da gigante. Il trattamento elettroconvulsivante gode oggi di personale specializzato, soprattutto dell'anestesia.»

«Ma resta pur sempre una scossa brutale data a un cervello. Una corrente elettrica, per quanto sofisticata, che non ha nemmeno una scintilla della corrente caritatevole.»

Cosa cerco di dirgli? Sono loro, adesso, a insistere.

Allora mi sforzo di essere il più suggestivo possibile nel farmi narratore, almeno per ottenere un po' di silenzio e di attenzione. Gli racconto di qualcosa che non si concilia con la spietata analisi di una scienza medica che ancora annaspa. Gli racconto delle scosse, ben altre e ben altrimenti amorevoli, che sul cervello di mia madre ha praticato ciò che ho definito *Incantagione*: da parte di quanti, amici, fratelli, ne avevano come Miriam i poteri.

Gli descrivo le visioni medianiche, secondo l'arte dell'Apparizione già nota alle narrazioni bibliche, che un Sensitivo può provocare in una mente sofferente, ridando vita vera a figure, immagini, animate scene e percezioni del passato, anche atavico, sepolte nell'inconscio... L'effetto stupefacente dell'ascolto delle musiche medianiche, simili a quelle, senza origine che non sia la nostra Origine stessa, delle stelle amate dall'Omino Alessio... La chiaroveggenza proiettata nelle profondità più segrete di un individuo... La trasmissione del pensiero, che consente quel piccolo miracolo che alla psicanalisi è negato: comunicare con un'anima malata, sbloccandola, sciogliendola dai suoi nodi oscuri, senza dover ricorrere all'artificio delle parole:

«Anche queste sono scosse, al cervello, al cuore, ma restano trasmissioni di umanità. Per questa ragione tanto più possono guarire!»

Mi aspettavo i loro mezzi sorrisi:

«Il cervello... I neuroni cerebrali...»

«Ma che ne sapete, voi, del cervello umano!» reagisco. «Da sempre cercate, invano, di smascherarne il segreto. Che ne sapete dei suoi cento miliardi di neuroni che comunicano fra loro con un linguaggio sterminato, di cui conoscete soltanto qualche voce elementare... Il cervello umano è una foresta in cui continuate a perdervi, a chiamarvi fra di voi, col terrore di smarrirvi.»

Vorrebbero convincermi che succede spesso, nei mali psichici: la suggestione produce un effetto di risanamento che, tuttavia, resta esso stesso suggestione.

«No, è la verità. E io ve lo dimostro. La verità di una scienza nuova che trascende la vostra. Essa prova che il cervello dell'uomo è un potente sintonizzatore capace di collegarsi a un campo extrasomatico, cosmico, che non è legato alle leggi dello spazio e del tempo, in cui la nostra memoria si deposita in una Memoria perenne, universale...»

«È un miraggio, una chimera... È una sospensione del male, a libertà vigilata. Nel soggetto sofferente, si opera qualcosa di analogo al fenomeno ottico di una retina strappata e ricostruita maldestramente, come una garza sottilissima. Perciò basta un urto, un impatto forte, sia sgradevole che troppo euforico, per strapparla di nuovo, quella retina, e far cadere il soggetto che sembra guarito in un buio ancora più irrimediabile del precedente...»

Lo grido per l'ultima volta, più a me che a loro:

«Io la prenderò per mano, mia madre, e la porterò a vivere tutto ciò che non ha vissuto per anni... E la retina della sua coscienza reggerà!»

«Lei è un pazzo!»

«È possibile. Ma io vado avanti.»

La bella serata, con nuvole rosse, non riesce a vincere l'ansia che mi ha lasciato l'aggressivo Convegno.

Mi accorgo che le giornate si stanno allungando dal volo delle rondini che affollano il cielo su Parigi; da come tagliano quel cielo, dalle nubi ai tetti. Là dove sono nato, tra fiume e terra, gli *uccellatori* che dialogavano con le creature d'aria, rispondendo ai loro stridi e richiami con fischi sapienti e allegri, mi hanno insegnato, fin da bambino, a saperne qualcosa del linguaggio degli uccelli.

È la prima sera che la primavera si fa sentire.

Ed è bello risentirla a Parigi, una città che dovrei amare per molti ricordi felici. Qui, la mia opera ha avuto il battesimo delle traduzioni, e questa capitale mi ha aperto le strade della conoscenza nel mondo. Di un mio film, qui, esiste in alcuni un piccolo culto.

Ci sono città che si sono insinuate a tal punto nella nostra vita da indurci a trattarle sentimentalmente, quasi fossero femmine e amanti.

Cammino con una solitudine, un rimpianto, che si riversano nell'inquietudine che i "saggi" del Convegno mi hanno insinuato sul caso di mia madre. A quella folla mi sono mostrato sicuro, quasi spavaldo, ma ora mi assalgono dubbi e incertezze. E se davvero non mi riuscisse di portare per mano mia madre verso un normale ritmo di vita nel presente e un animato recupero del suo, del nostro passato? Se davvero, al primo urto con la realtà, la sua condizione di risanata mostrasse tanta fragilità da spezzarsi di nuovo, come un vetro limpido, sì, ma inconsistente?

Mi ritrovo, d'istinto, per Boulevard Haussmann: nel quartiere che, la prima volta che conobbi Parigi, mi comunicò il senso di "demeure lisse, compacte, mauve et douce" che, in *Du côté de chez Swann*, Proust vede come un punto d'unione fra Parigi e la mia città, Parma.

Vado fra palazzi fasciati di calma, eleganti; scruto portoni che lasciano intravedere, in fondo ai cortili, tracce di antiche scuderie, e tutta una vita sommessamente chiacchierata e maliziosa mi pare si decifri nelle portinerie spaziose (chissà se ci abiteranno ancora la "Signorina Blanche", e Malo, e le altre di cui ho scritto tante volte).

Vado, vado, pensando a Parma tracciata, dal Petitot, sulla falsariga di Parigi, e a confortarmi sono proprio quelle parole di Proust – un segno, una data d'inizio per la mia sensibilità di scrittore – che mi riscaldano la memoria: "... se mi parlavano di una qualsiasi casa di Parma dove sarei stato accolto, mi davano il godimento di pensare che avrei abitato una dimora liscia, compatta, color malva e dolce, senza alcun rapporto con le dimore d'ogni altra città d'Italia, poiché l'immaginavo soltanto in virtù di quella pesante sillaba del nome di Parma... e di tutto quel che le avevo fatto assorbire di dolcezza stendhaliana e del riflesso delle violette".

Una dolcezza, un riflesso, che furono di mia madre, un tempo lontano. Essi mi riportano al mio drammatico dilemma: come introdurre, di nuovo, mia madre alla vita? Con passi cauti, moderazione estrema, come si tratta una convalescente? O al contrario? L'ansia è questa: che un'illuminazione possa dissolvere le incertezze, decidere per me. Ed ecco che Parigi si rivela provvidenziale.

D'improvviso, il mio *batticuore* mi fa sollevare lo sguardo.

Luminosa sotto la coltre di nubi rosse, mi appare una grande insegna: "La balade de l'amour". Mi inoltro e scopro che si tratta di una mostra di cui stanno concludendo l'allestimento: verrà inaugurata l'indomani, al "Musée des Arts Décoratifs". Faccio domande, qualcuno risponde con simpatia alla mia curiosità, che subito si anima, passandomi un programma illustrativo. Mi insinuano, sorridendo: una mostra che intende celebrare l'atto d'amore universale ed eterno: il bacio.

La *Mostra del bacio* – sento mormorare, qua e là, come in un sommesso coro rossiniano – la *Mostra del bacio...*

Mi informano che è stata curata da Susanne Bartsch, e maliziosamente aggiungono: una delle regine della vita notturna newyorkese. Immagini di maestri dell'obiettivo che hanno affrontato il tema del bacio: da Man Ray a Helmut Newton, da Herb Ritts a Steven Meisel, da Peter Lindbergh a Lord Snowdon. Immagini dei baci più celebri della storia dell'arte, del cinema, della storia della Storia; i baci resi melodia da indimenticabili canzoni... L'universo del bacio.

Allora – per una ragione, una visione che descriverò, e che a contrasto la memoria mi riporta chiare e strazianti – capisco che il mio batticuore mi ha guidato, ancora una volta, a presentire: l'azione necessaria, che devo compiere.

Per mia natura, non sono mai stato capace di mezzi termini.

Correrò il rischio, con mia madre: le farò fare un viaggio per portarla qui, a Parigi, alla Mostra del Bacio, lei che, per tanto tempo, non è mai uscita dal guscio, oltre che della sua casa, di se stessa. Le farò compiere questo primo salto: nei luoghi, nella conoscenza, nella memoria... E anche nello spirito allegro che ora mi ravviva, subentrato all'ansia, con cui mi dico che domani andrò da mia madre, e fra due giorni saremo qui, insieme...

2.

Se ne sta con la testa china.

Fisso la scriminatura fra i capelli che le sono ricresciuti dopo il taglio del rito dell'"Incantagione". Mi appare come una venatura nella polpa viva di un albero. E in quella polpa leggo pensieri non meno vivi, freschi.

Sono quasi timoroso di distrarre il corso di quei pensieri risanati. Ma dico a mia madre:

«Un viaggio.»

Lei solleva la testa. Ridiventa attenta come una bambina.

«Va bene» risponde.

Serenamente.

Le prospetto il viaggio: come, dove.

«Parigi» ripete. E stavolta mi sorride.

Siamo legati, fortemente, da questo *prima*... Prima di ogni evento possibile.

Le tocco la fronte, e lei mi ricambia con una stretta al polso, come per rassicurarmi che va tutto bene, che è pronta, che ha capito. Così si anima, nel nostro essere solidali in ogni nascente emozione, quel qualcosa – di raro, di prezioso – che mai abbiamo diviso insieme, che abbiamo lasciato in un'attesa reciproca, come in un cantuccio di stanza dove il sole comincia a filtrare con raggi pieni di pudore.

«Un primo viaggio che ti piacerà, vedrai, e poi ne faremo tanti.»

E mi ricordo dei giorni lontani in cui lei fuggiva da casa per perdersi nelle nebbie di autunni e inverni, che le apparivano sorelle delle nebbie che avvolgevano il suo cervello. E io, mio padre, constatando le sue scomparse, dovevamo cercarla per la città. Potevamo trovarla che rabbrividiva seduta su una panchina di un viale solitario, fra un mare di foglie gialle, o sul gradino di una chiesetta di periferia, o sulla sponda di un fossato.

"Vieni" le dicevo dolcemente. "Vieni."

E mia madre rispondeva:

"Dove? Dove devo venire? In quale posto, se nessun posto esiste?..."

Ma mi ricordo, soprattutto, che con lei il bacio desiderato non è mai avvenuto. Dopo che si ammalò, mia madre non riuscì più a baciarmi: pur provandone lo slancio fortissimo, quando avvicinava le labbra alle mie, la consapevolezza del suo male scattava a morderla come un serpente velenoso. L'afferrava il terrore di saper baciare in un solo modo, col bacio turpe dei folli, il terrore di contagiarmi con quel bacio...

A volte mi si inginocchiava di fronte, mi prendeva per le spalle, e con uno sforzo che la faceva tremare spingeva in avanti il viso, però le sue labbra si impietrivano a pochi centimetri dalle mie. Con un sudore di febbre, mi chiedeva:

"Aiutami."

Arrivavamo vicinissimi al bacio, le labbra di lei ne avevano l'impercettibile movimento.

"Forza!" la incitavo dentro di me. "Cerca di farcela, stai per farcela, forza..."

Poi le parole si dissolvevano nella mente, nel cuore, per una frazione infinitesima, e il male riafferrava il cervello di mia madre, spingendola a girarsi con un singhiozzo dall'altra parte.

E ora facciamo il nostro ingresso alla Mostra del Bacio.

Mia madre ha letto l'insegna, "La balade de l'amour", e ha commentato semplicemente:

«Ballavo bene, da giovane. Mi piaceva ballare.»

«Lo so.»

«Come puoi saperlo? Eri troppo piccolo.»

Avevo pochi anni, è vero. Ma la visione, nitida, del suo ultimo ballo, prima del male, mi ha accompagnato per tutta la vita:

«Era un tango» le preciso. «*Caminito*.»

Mi guarda con gli occhi vivi di una gioia repentina, quasi rabbiosa, mentre il suo volto, il corpo, i gesti, mostrano quell'aria attonita, della resurrezione da poco operata, che hanno i santi nelle pale d'altare, quando li dipingono ancora trasognati di miracolo.

Dice, anche a se stessa:

«Il mondo non ci aveva ancora fatto niente...»

Le prime gigantografie ci circondano, sul punto di entrare sottobraccio nelle sale. Esse riproducono un articolo di giornale che ha illustrato la Mostra: "Baci romantici, baci appassionati, baci colpevoli, baci innocenti, baci simbolici, baci deferenti (il baciamano), baci focosi, baci crudeli (il boss mafioso che indica così il prossimo condannato a morte), baci umili (il Papa che bacia i piedi di un malato), baci struggenti, baci memorabili (specie quelli dell'addio), baci traditori (il più infame, quello di Giuda), baci lascivi, baci furtivi...".

Mia madre legge e si fa piena di curiosità.

È come se non fosse mai stata malata. È come ho sognato di vederla: nella mia casa romana, quando era ancora la *Casa della Grande Solitudine*. Immaginavo che arrivasse, facendomi una sorpresa, a mettere ordine, togliere la polvere, sistemare nei vasi dei fiori freschi, con la cura che mi affascinava da bambino quando accudiva alla mia stanza; fantasticavo di lei che si preoccupava di questo – attenta, sorridente, nel momento più bello della sua gioventù – contando che, di riflesso, avrei potuto sentirmi anch'io più vivo e limpido, con una mia luce, come le superfici lucidate e i vasi che mi circondavano.

Anche durante il viaggio in aereo era rilassata.

Non la perdevo di vista un istante, perché un'altra serie di immagini, fra le più ricorrenti che mi avevano tormentato, riguardavano l'ultimo viaggio che avevamo fatto insieme, tanti anni prima: lei condotta a una delle sue cliniche, lei che in quella clinica si rifiutava di andare. Non appena il treno si mosse dalla stazione di Parma, nell'alba che rischiarava la distesa dei quartieri addormentati, con il campanile del Duomo dove in cima brillava l'Angelo, la vidi alzarsi di scatto, e fui costretto a inseguirla mentre correva precipitosamente da un vagone all'altro, stampando le mani sul vetro dei finestrini, quasi volesse fermarla, stringerla fra le dita rabbiose, la distesa della città che le parlava al cuore. E più essa le sfuggiva, nella corsa del convoglio che si faceva veloce, più le sue dita si trasformavano in artigli, finché le ultime case non diventarono che un fiato di nebbie, poi un sottovia, un uomo che pedalava nella periferia, solitario...

"E ora?" mi chiedevo, mentre i suoi occhi fissavano la coltre di nubi sotto l'aereo. Mi prese la paura che potesse alzarsi e follemente correre, come quel giorno, di oblò in oblò, per arrestare nelle sue mani le nubi, il cielo stesso.

Invece pareva che avesse volato da sempre.

Scrutava sotto di sé, illuminata da una curiosità infantile, e ad essa dolcemente si abbandonava. Ruppe il suo silenzio contemplativo solo per ricordarmi, con un tono di voce, calmo, che scongiurava ogni ipotesi negativa:

«Quando, in agosto, andavamo in villeggiatura nella nostra casa di Sabbioneta, quante valigie portavamo, eh?, quante borse... Che festa, in quelle stanze riaperte per l'estate. Eppure...»

«Eppure?...»

«Provavo come un senso di rimorso... Per la nostra invasione che ci portava a rompere l'armonia riservata e segreta che le cose, mi pareva, faticavano un anno a creare fra di loro: un regno di pace in cui le cose finalmente comunicavano, stavano tranquille...»

Sono rimasto affascinato dal suo modo di parlare. Le due scoperte sorprendenti si sono prodotte proprio in aereo. La prima: mia madre ha davvero cancellato, in sé, la memoria del suo male, l'ha cancellata radicalmente. La seconda: durante gli anni del suo forzato silenzio, della sua assoluta mancanza di dialogo con gli altri, la sua mente murata e ora tornata in libertà, ha maturato un linguaggio, una sapienza; ossia le parole hanno continuato a crescere nella loro intensità d'espressione e nel loro stile, assimilando chissà quali misteriosi insegnamenti e sollecitazioni che, dal mondo esterno, arrivavano al suo mondo interiore. Come un cieco accresce via via, fino al parossismo, la percezione di tutto ciò che lo circonda.

... Cary Grant e Ingrid Bergman ora ci sovrastano.

È la gigantografia del loro interminabile bacio in *Notorius*.

Aggirandoci fra i primi pannelli, ci siamo trovati la strada sbarrata da questo frammento di una scena che rappresenta la vita quando si dimentica dei suoi drammi e vorrebbe farsi eterna in una piccola letizia.

«Com'era bello!» esclama mia madre, ammirando

l'attore. «E a noi ragazze, allora, sembrava anche più bello, perché, lo vedi?, è affascinante ma ha la testa grossa, come ce l'aveva Clark Gable... E noi siamo di una terra, fra Parma e Reggio, che fa le teste grosse, e spesso quadrate.» Ride, cita: «Reggiani teste quadre, diciamo dalle nostre parti».

Si anima nel parlare di queste teste, che lei chiama zucche, però dai bei profili, anche un po' ironici, come in Grant, e dalle orecchie a sventola, come in Gable, che definisce orecchie da melodia, tipo l'imbuto dorato dei primi grammofoni, la celebre insegna de "La voce del padrone", perché le teste padane l'orecchio ce l'hanno fino, da insuperabili intenditori di musica... Tanto che per compensare il nostro venire al mondo in città per metà prospere, con una borghesia fra le più ricche d'Italia, e per metà da disgraziati, a questi ultimi si danno nomi altisonanti, nella misura inversa alla misera vita che sfangano, i nomi di personaggi d'opera, specie verdiani.

Ah, quanti Trovatore!...

Clark Gable, che poco più in là, in una gigantografia fiammeggiante, bacia la Vivien Leigh, sembra dar ragione all'arruffarsi divertito delle idee di mia madre sul rapporto bellezza e società, non solo con le sue orecchie a sventola, ma perché Rossella O'Hara è figlia di un latifondista, e lui, invece, è Rhett Butler, avventuriero di dubbia fama:

«Anche tuo padre era bello» continua mia madre. «E le donne gli correvano dietro, e lo so, lo so, che lui lo zampino ce lo metteva... Faceva proprio come i gatti, sai, che con lo zampino prima giocano con le palle colorate, poi coprono i loro bisogni, tutti lesti e in gran segreto. E noi, uomini così, dalle nostre parti li chiamiamo i "pirlatori con le fangose del silensio", e i pirlatori sono, appunto, quelli dallo zampino pronto con le femmine, mentre le fangose del silensio sono le scarpe di chi si fa le cose sue in punta di piedi, zitto zitto, perché gli altri non se ne accorgano...»

Mia madre che tremava come una canna al vento se appena qualcuno trattava i tabù della trasgressione, magari scherzandoci, sta ritrovando, come d'incanto, il bene dell'arguzia, anche audace, che tutti mi raccontavano fosse il suo pregio da ragazza:

«Però gli volevo bene lo stesso, a tuo padre, perché da una parte era rimasto bambino, e i bambini, si sa, giocano a seconda se da piccoli o da adulti, chi agli indiani, chi con le figurine, chi con le donne... Ma, dall'altra, sapeva volendo essere un'anima bella, e l'ha dimostrato, poveretto, dividendo poi con me le pene dell'inferno!...»

Provo una stretta, come una sbandata durante una corsa. Per un istante, la libera armonia del suo aprirsi al mondo ha un fermo, un trasalimento, e ne avverto l'ombra di folgore oscura.

Per fortuna, ci sbarra il passo la gigantografia del "Bacio dell'eroe": chissà perché hanno scelto Erich von Stroheim, in un frammento inedito dove, contro le labbra di una femmina ardente, lui se ne sta buffo, più impalato del cavalleresco e aristocratico Von Rauffenstein, il comandante dal collo di cuoio, che interpreta ne *La grande illusione*.

Mia madre continua:

«Bisognava capirlo, tuo padre... Era stato un "Sorcio verde", lo sai? Uno della squadriglia di Italo Balbo, che aveva fatto la trasvolata atlantica e conquistato l'America. Perciò desiderava soprattutto baciare la gloria, ed esserne baciato: cosa che, qualche volta, è capitata davvero... E poi, da verde, era diventato rosso, perché s'era incapricciato delle moto, e quando attraversava Parma su quei bolidi era come una fiammata, tanto che tutti presero a chiamarlo il *Mario dalla moto rossa...*»

Si prende la testa con la mano, ma è un attimo:

«Quella moto che poi è sempre rimasta in mezzo al cortile di casa nostra... Anche se l'aeroplano restò la sua passione più grande, e lui mi diceva: "Mettiti alla finestra, alla tal ora, che ti faccio vedere le capriole in cielo solo per te, le mie capriole d'amore". E io mi mettevo alla finestra alla tal ora, ed ecco che sbucava lassù l'aereo con cui si esibiva come un acrobata, e a volte c'era una piccola folla che l'applaudiva.»

Mia madre si sta liberando come un fiume in piena, ma è una piena di grazia, pari a quella delle emozioni con cui vado verificando la sua rinascita. Ballerei di gioia fra le gigantografie della Mostra. E la ascolto, con questa facilità e felicità di raccontare che spazza via, in breve, un lungo tempo di silenzio che sembrava il grigio sigillato di un cielo artico, il marmo di una pietra tombale:

«... e col suo aereo, tuo padre si dava a invenzioni da funambolo, a tratti come un falco rovesciato sfiorava i campanili, puntava sul Duomo e il Battistero, rasentava i tetti, e vedendolo compiere giravolte da ballerina, la gente esclamava: "È il Mario... Il Mario dalla moto rossa! Che, come Sorcio verde, ha fatto vedere i sorci verdi all'America". Io, invece, scuotevo la testa, e dentro di me dicevo: "Ma perché non scendi da lassù, sorcio, nero rosso o verde che tu sia, e le tue capriole non vieni a farle quaggiù, in un bel letto con me?".»

... ci sono anche gigantografie che vengono fasciate dai motivi e dalle parole di celebri canzoni. È semplice, basta premere il tasto della registrazione.

Sotto un bacio di Rodolfo Valentino, hanno messo, di nuovo con bizzarria, una canzone italiana, una di quelle allegre di quando mia madre era giovane, il ritmo sincopato di Alberto Rabagliati: "Ba-ba-baciami piccina con la bo-bo-bocca piccolina, dammi tanti tanti baci in quantità...".

Mia madre ne diventa tutta rossa:

«Nella nostra casa di Sabbioneta...»

Fa una pausa. Di finta timidezza. La incoraggio. E lei, illuminandosi:

«... in quella casa c'è una stanzetta che chiamavamo *della neve*, perché le piane, quando si colmavano di neve, dalla sua piccola finestra apparivano più belle che da un qualsiasi altro punto, e il sole vi spuntava con tinte stupende, sul giallo dorato, e le piane bianche si trasformavano in laghi d'oro, e durante le nevicate più grandi c'era sempre un poco di neve che finiva per cadere da una crepa di un angolo, una crepa che mai nessuno si era curato di murare, perché era bello anche questo: veder crollare un po' di neve, spinta dal vento, nella stanzetta segreta... Insomma è stato lì, lì che è successo, capisci?»

Mi fissa e mi stringe il polso, come fa quando vuole che le sue allusioni si facciano ben strada nella mia testa, e io rapidamente ne traduca il senso. Ho afferrato:

«Sì, ho capito» le rispondo, con un ammiccante sorriso.

«... tuo padre mi chiamava, a quei tempi, Lisa, Lisetta, col mio secondo nome, e mi portò nella piccola stanza *della neve*, e ci nevicava, crollava giù un po' di neve dalla crepa, e lui mi disse "Perché non ci scaldiamo un po' in questo posto che ti piace tanto e dove nessuno ci vede?... Lisa, Lisetta, dài...". E per farmi intendere come si doveva cominciare, si mise a canticchiare proprio quella canzoncina di Rabagliati, e poi abbiamo fatto l'amore in una stanzetta bianca bianca che diventò d'oro quando il sole cominciò a calare... Così, da incoscienti, come ci si sbada a ridere, o appunto a cantare una canzoncina... Lisa, Lisetta, dài, che ci scaldiamo!»

Me l'ha raccontata come fanno i bambini, quando dicono la verità camuffandola quel tanto da favola, ma lo so, l'ho sempre saputo che più o meno in quel modo sono stato concepito.

Ci muoviamo ancora negli spazi della Mostra, dimenticandoci via via del luogo che ci accoglie, in realtà spaziando nella nostra vita. A tratti, qualche immagine affiora e si incide nel nostro perderci, e parlarci, in un altrove della memoria, che ci colma gli occhi con visioni che appartengono solo a noi:

Marilyn Monroe, e il suo sensuale *Kiss* (mi sorprende che mia madre reagisca con un immediato senso di pena per l'attrice, e passi via mormorando "putlèta", povera bambina)... Il bacio di due figurine di Chagall, volanti a cavallo di un gallo gigante... Il bacio di una scena erotica, molto spinta, di Füssli, di fronte alla quale mia madre, che ha vissuto le sue inibizioni patologiche anche con un'ossessione moralistica, non batte ciglio, anzi ammicca, con una punta di sfrontatezza... E poi il momento, struggente, in cui la piccola Drew Barrymore bacia l'alieno E.T. piovuto dal cielo sulla terra: un bacio per cui lei s'incanta, perché capisce che, in nome dell'infanzia e della favola, non esistono più né emarginazioni né mostri...

Ma mia madre raggiunge il massimo della sua autonomia ritrovata quando ci troviamo davanti alla gigantografia che raffigura Humphrey Bogart e Ingrid Bergman in *Casablanca*, e fra i due attori si insinua la voce di Sam che, al pianoforte del "Rick's Café", canta "You must remember this, a kiss is still a kiss" (Non devi dimenticare che un bacio è sempre un bacio). E per lei, che si trincerò dietro un filo spinato di rimorsi, anche del nulla, trasformandoli in carcerieri implacabili, io credo che il massimo consista in questa recuperata malizia, tutta femminile, con cui conclude il suo raccontarmi di sé.

Mi confessa una sua "trasgressione", se così può definirsi tanto la dolcezza l'accompagna, di quando era fidanzata e mio padre la trascurava.

E mi dimostra che se di qualche grazia dispone, la mia arte del narrare, è anche a lei che la devo:

«Mi disse: "Vorrei una pasta"» comincia. «... Entrò senza chiedere permesso. Era un uomo che non avevo mai visto. Facevo paste come quelle famose del Caffè Bizzi, a Parma, dove avevo lavorato da ragazza. Ne facevo tante, che non potevamo mangiarle tutte e le buttavamo ai porci. Fare le paste era il mio modo di ritrovare un po' di serenità e dare qualche forma concreta e bella ai miei pensieri. Durante il giorno, le paste profumavano la casa; poi, verso sera, io uscivo con i vassoi e li scaricavo nel porcile.

«Quando entrò lo sconosciuto, albeggiava: ero in camicia da notte e, come al solito, piangevo. L'uomo veniva dagli argini, dalla pesca di frodo, con il volto incrostato di sabbia e il giubbotto, imbottito di candelotti di dinamite, coperto di squame d'argento. Si guardò intorno e andò a tendere le braccia verso i resti del fuoco nel camino...

«Gli offrii il cabaret delle paste e cominciammo a mangiarle insieme. Molti uomini, al Bizzi, mi avevano chiesto di mangiare le paste con loro, mi avvicinavano anche i begli ufficiali del *Novara*, in dolman con alamari, ma io gli avevo sempre girato le spalle, intimandogli: "Andatevene via!".

«Ora, invece, mi si asciugavano gli occhi, e mentre facevo sedere l'ospite dalla parte opposta del tavolo, una calma mi conquistava, capivo che il mio viso ridiventava bello, che scomparendo i segni dei miei cattivi pensieri rappresi anche sulla mia pelle, le rughe e le ombre, mi stava riaffiorando una bellezza che non supponevo. Non più lo sguardo annuvolato, né la selvatica timidezza che mi impediva sorrisi, anche la mente sembrava lasciarmi in pace...

«Tuo padre mancava da quasi tre mesi. Non eravamo ancora sposati. Ancora non mi voleva sposare.

«Mi rendevo conto che, per la prima volta, pensavo a questa lontananza, a questo rifiuto, serenamente. "Mai avrei immaginato" mi disse l'uomo, parlandomi con semplicità, quasi fossimo amici "di trovare una casa dove fermarmi, a mangiare paste. Solo un'ora fa, mi sarei tirato un colpo di pistola."

«Non gli chiesi ragione: per quanto il mio male non mi dava tregua, quello degli altri mi lasciava indifferente. Lo fissavo mangiare con avidità le paste che erano le forme dei miei pensieri, quel tanto di fantasia che mi restava, e del piacere che ne provava, a mia volta provavo gratitudine e allegria. Quel suo piacere lo vedevo come una luce che si spandeva, facendo brillare il vassoio.

«Porsi allo sconosciuto l'ultima pasta, con un gesto senza imbarazzo, come senza imbarazzo cominciammo a interrogarci con gli occhi, a sorriderci, manifestando la volontà di stare insieme. La voce dell'uomo mi arrivava roca di stanchezza. Disse, infatti: "Sono stanco. Notti che non dormo. Vorrei mettermi a letto, con te vicina. Dormire".

«Ero tentata.

«Lo guardai togliersi dal giubbotto i candelotti di dinamite, disporli a fianco del cabaret vuoto, poi estrarre dalla tasca una pistola: la impugnò saldamente, il braccio compì un arco nell'aria e quando la canna si appoggiò alla tempia, io scossi la testa e risi, perché era un gioco, sebbene un gioco della disperazione, e li conoscevo bene, più di chiunque, i giochi della disperazione.

«Gli presi il polso, gli staccai la pistola dalla fronte e la scrutai, tornando per un momento ad annuvolarmi, prima di deporla accanto ai candelotti. L'uomo capì, ne ricevetti un senso di virile protezione quando mi strinse la mano destra, allontanandola dall'arma come da una tentazione che, dopo aver afferrato lui, ora afferrava me con un brusco mutamento d'umore.

«Un gesto d'amore, nella reciproca amarezza, che mi sembrò impagabile. Ci eravamo detti tutto, senza bisogno di una parola.

«Salimmo al piano di sopra.

«La camera era grande, con le tende sempre tirate. L'uomo lasciò gli stivali infangati nel corridoio. E ora stava rovesciato attraverso il letto, con la testa ricciuta appoggiata sul braccio. Io scoprivo concretamente il mio corpo, togliendomi ogni cosa di dosso, e intanto mi scoprivo diversa: nuda, seduta sulla sponda, ero un'altra donna, mentre mi servivo di un asciugamano per togliere dal viso dello sconosciuto le squame di cenere.

«Se come madre ero sempre infelice, come femmina ero sicura, quasi altera, e mi rendevo conto di avere un corpo più armonioso di quello delle ragazze che vedevo fare il bagno nei greti; era come se mi stessi ricordando, in quel momento, delle mie forme, del mio ventre liscio, dei miei seni, del mio sesso, delle mie natiche, delle mie gambe...

«Il mio desiderio riprendeva vita dopo un lungo letargo.

«"Una carezza" mi chiese lo sconosciuto. "Soltanto una carezza."

«E io passai sul suo corpo nudo una lunga, minuziosa carezza, in ogni punto. Sotto le mie mani, egli cadde addormentato, con un benessere che lo lasciò sorridente e mi illuminò, come quando mi era successo di vederlo mangiare le paste.

«In quel breve tempo, io ebbi la certezza di essere ancora capace di trasmettere vita: sana, luminosa.
«Non accadde nient'altro.»

...
Siamo rimasti gli ultimi, nelle sale della Mostra.
Ci siamo raccontati, della nostra vita, il senso mai espresso. Lei ha raccontato a me, e io ho raccontato attraverso di lei: non potevamo arrivare più lontano, per ritrovarci solidali davanti a ciò che ci aspetta.
La luminosità bruna di Giovanni Bellini, nel Cristo benedicente l'universo, con un piccolo bacio umano, da una parte, quasi invisibile, è stupenda. La stessa dell'alba, non appena si annuncia.
Mia madre dice:
«Mi piacerebbe ritrovarlo, Dio...»
Ed è lei, ora, che mi prende sottobraccio. Usciamo.

3.

... passeggiando finalmente insieme, per i boulevards, e baciandoci, a tratti, come fidanzati, io mi ricordo delle infinite volte in cui sono andato al passo con lei che non c'era, e la sentivo, assente al mio fianco, come dicono che un corpo avverta un braccio amputato, che duole.
Siamo, ora, un bel duetto per voce sola.
E vedo una stella, di quelle care all'Omino Alessio, che comincia a farsi strada su Parigi.
La indico a mia madre e le racconto dell'Omino Alessio, e le dico che anche una stella così, una stellina, è un'abitudine di mistero che passa sulla testa della gente, e che importa poi se la gente non se ne accorge? Non so esattamente perché glielo dico, forse perché

quando mi portava per mano da piccolo, e si faceva sera, spuntavano le stelle, lei citava un altro modo di dire delle nostre parti: "Un bicerìno stélante comico lassù...", ossia un cicchetto di stelle gaie che gli occhi si bevono come si fa con un bicchierino di liquore, per brindare a un'emozione felice, a un colpo d'allegria.

E lei, infatti, pronta esclama:

«Un bicerìno stélante comico lassù!...»

La porto a mangiare alla *Maison Rose*, un ristorante che le piace, e lo sapevo che le sarebbe piaciuto, perché è elegante e insieme festoso, ispira buon umore. Mangiamo, e ci capita di toccarci le mani, di nuovo come due amanti segreti, e ci accorgiamo che un fondo di riso ci è rimasto nel cuore, chissà di quali prime felicità comuni, che pur abbiamo avuto, come il dito di vino che resta dentro il bicchiere, dopo che la cena è finita.

Tutto si è svolto serenamente.

C'è stato un altro momento di fermo, di ansia, che tuttavia subito si è sbloccato.

Quando mi ha stretto la mano e, dimenticandosi del buon cibo che le arrossava le guance, lasciando cadere le posate, si è spinta verso di me, con gli occhi fissi:

«... Sai, non me lo ricordo più, il mio male. Non riesco più a vedermelo alle spalle... Ma vorrei, vorrei...» non trovava le parole. «L'importante è che io ti abbia voluto bene, che ti abbia amato, anche allora, quando...» La stretta si è fatta più forte intorno alle mie dita: «Rispondimi, rassicurami!».

L'ho rassicurata.

... E ora ci prepariamo a dormire insieme in questa suite che l'incanta. Attraverso la porta del bagno, che ho lasciato socchiusa, la guardo spogliarsi: dapprima, scruto il suo corpo, il corpo da cui sono nato, subendone una suggestione sacra, da cui vengo soggiogato. Poi tutto cambia: quel corpo, che si denuda via via, mi attira con suggestioni che sono soltanto sue. Fisso le sue gambe lunghe per cui lei andava famosa da giovane, e il ventre, che è vivo, luminoso, e mi sembra impossibile che sia stato il centro delle mie ossessioni, un ventre anche deprecato, persino maledetto, quando la disperazione d'essere nato si faceva insopportabile. E dalla nudità del ventre, indagata con meraviglia, salgo con lo sguardo al seno che si muove con un respiro che fu anche mio, quando stavo dentro di lei...

Scopro che il corpo di mia madre è rimasto miracolosamente giovane, armonioso, quasi che il tempo del suo male non fosse trascorso attraverso le membra, mantenendole in una sorta di intangibilità, e così ripagando quella creatura della degenerazione che, al contrario, ha dovuto subire la sua mente.

Ogni parte di quel corpo esprime forza vitale, anche nei movimenti, nei gesti. Una sensualità, a lungo inespressa e non vissuta, si manifesta dalle sue forme, ed esse me la trasmettono, integra come fu in anni lontani.

Libero da tabù, affascinato, provo l'impulso di contemplare mia madre nel suo essere donna, nient'altro, una donna che è stata desiderabile, che a suo modo lo resta, intensamente...

L'impulso di toccarla, come una femmina, mi attira con una felicità ignota. Mai la femminilità mi ha dato, coinvolgendomi, una rappresentazione così piena e contrastata di se stessa.

Raccontando dello sconosciuto che le penetrò in casa, e con lui cominciò mangiando le paste, mia madre ha ricordato:

"Una carezza" mi chiese. "Soltanto una carezza."

La seduzione insinua il suo qualcosa di unico e impagabile: l'Invito.

Stringo la maniglia della porta, per resistere, lottando con me stesso, ma per pochi attimi, perché poi non m'importa più di nulla, di ogni possibile giudizio o pregiudizio, m'importa solo di quella carezza che voglio passare lungo il suo corpo, del desiderio che me la sollecita...

Entro nel bagno, la raggiungo, l'accarezzo. E lei si abbandona sotto le mie dita, ricordandosi certamente della minuziosa carezza che passò sul corpo nudo dello sconosciuto che stava rovesciato attraverso il letto; e nel contatto – immobili, con la sola mossa leggera della mano – ci lasciamo colmare da una limpidezza carnale che arriva fino a sfiorare il reciproco desiderio. Tocco davvero con mano la caduta del muro d'ombre che ci divise, sulla sua pelle calda che mi si offre con una mansuetudine, una disponibilità da amante.

E poi richiudo la porta, dolcemente dietro di me, rientro nella camera. E mi pare che mia madre, piano, appena udibile, ripeta le parole di una delle canzoni che abbiamo ascoltato nel pomeriggio, e che ci tornava alla mente anche passeggiando abbracciati lungo i viali di Parigi.

4.

Tornando a Roma, in aereo, io e mia madre parliamo di Miriam.

Lei ignora che Miriam se n'è andata, è scomparsa. E io le ho mentito in proposito. Qualunque madre ne avrebbe sofferto, immaginarsi lei, tanto più trattandosi di una donna che ha contribuito a salvare le nostre vite, a restituirci il dono prezioso di comunicare fra noi.

Con discrezione, a tratti, insinua domande.

Continuo a mentirle.

Le rispondo che Miriam si è allontanata temporaneamente, per uno dei suoi viaggi in terre lontane, dove la spingono ragioni che ci restano imperscrutabili, e bisognerebbe essere dentro la sua testa prodigiosa per riuscire a capire. Ma tornerà, tornerà presto.

«L'aspetto...»

Chissà, forse qualcosa afferra col suo esasperato senso materno. Però non aggiunge nulla. Si parla d'altro, sembra che quel pensiero fisso l'abbandoni, poi, di sorpresa, lei torna al punto:

«Sai, mi preoccupava tanto che tu vivessi solo, dopo che con tua moglie...»

Non le ho mai confessato nemmeno la fine del mio matrimonio con Marta; chissà come l'ha saputo, forse dalle mezze frasi di mia sorella. Ed è lucida nel dirmi:

«Capisco, fra te e Marta non si è sciolto soltanto un nodo coniugale. Ma un *modo* di essere, insieme, compagni.» Ci riflette, si assenta su quel giocare con due parole che hanno assonanza: «Un nodo... Un modo...».

Quale capacità e proprietà di linguaggio, davvero, in mia madre. Quale linguaggio della sensibilità. È la sua conquista più grande, che lei ha assimilato, come ho detto, per vie non meno misteriose di quelle che sta battendo Miriam, appunto alla ricerca del bene di comunicare. E io non cesso di rammaricarmi che, per tanti anni, la sorte mi abbia privato di questo bene: come avrebbe potuto essere diverso il corso della mia vita!

Riprendendo il discorso su mia moglie Marta, lei mi chiede:

«C'è del rancore fra voi?»

«Il solito che nasce nelle separazioni, ma senza odio, livore. Un modo, anche questo, di vivere malamente il rimpianto che tutto sia finito così, dopo che si è cercato di fare il possibile per costruire un'esistenza. Sì, una vita sprecata, con colpe da entrambe le parti.»

«Il rancore è brutto» commenta mia madre. «Impedisce la serenità del dialogo... Il dialogo finisce come certe lettere d'amore: sai, io me le ricordo certe lettere d'amore di tuo padre, poche righe di scusa, alla maniera sua, con la voglia di recuperarmi, dopo che si litigava, e io, per rancore, le accartocciavo nel pugno, quelle lettere, le gettavo nello sportellino della stufa, le guardavo farsi cenere... Così succede, fra te e Marta, con il dialogo che potreste avere, che avreste potuto...» Fa una pausa, la rivedo assentarsi, quindi: «Vi siete parlati così poco, anche se, a modo vostro, vi siete voluti bene. Sempre una nevrastenia che vi impediva di coltivarle, le parole, perché, fra un marito e una moglie, le parole sono come i figli, sai, più dei figli, bisogna crescerle, averne molta cura, molto affetto».

Ormai non mi sorprendo più delle continue possibilità che mia madre ha di sorprendermi:

«Come fai a sapere tutto questo? Ad aver capito così bene?»

Scuote la testa, sorridendo. Mi risponde semplicemente con quel sorriso, nel quale leggo:

"Io stavo da una parte, è vero, ero tagliata via dal mondo, specie dal vostro, tuo, di tua sorella, di tuo padre, il mondo delle persone per cui avrei dato la vita... Ma era come se un'altra, dentro di me, fosse attenta a captare, al posto mio, tutto ciò che mi accadeva intorno, senza lasciarsi sfuggire nemmeno un respiro."

E in lei, ora, esplode la voglia di recuperare il tempo perduto, anche nel darmi consigli da madre:

«Però la vita ripaga» afferma. «Adesso hai Miriam, che è più di una compagna, e di lei ti puoi fidare, avendo ciò che di solito un uomo e una donna non hanno, anche se vanno d'amore e d'accordo. Una comprensione in più. Tanto di più. Pensa che fortuna...»

È radiosa di questa mia fortuna:

«E con lei puoi parlare, finalmente. È bello, vero, stare a parlare con quella donna?»

«Sì» le confermo, e la menzogna mi pesa più che mai. «È bello.»

«Una parola, con lei, ne vale mille. Non è così?»

«È così.»

«Fai in modo di non perderla, quella compagna. Stai bene attento. Sii disponibile e leale. Soprattutto leale.»

La tranquillizzo.

E lei mi prende leggermente per la manica, confidandomi, come un piccolo segreto:

«Una volta, da ragazza...» ricorda, e dapprima non capisco bene perché. «Mi occupavo di un negozietto a Parma, un negozietto di chincaglieria, così fuorimano che non ci veniva quasi nessuno, però aveva una bella insegna, che mio padre aveva voluto proprio vistosa, splendente, come se dovesse segnalare un magnifico negozio del centro... Invece non serviva che a segnalare un crocevia... Ma io ero felice lo stesso, dentro quel negozietto. Felice persino di non dover aspettare nessun compratore per quella mercanzia che mi luccicava intorno, e sembrava un po' restarci male, come mio padre, poveretto, che quasi nessuno venisse a comprarsela... Ero contenta di starmene lì, sotto l'insegna, a godermi una pace tutta particolare, di quelle che si godono quando non ci si aspetta niente, perché non avevo nessun obbligo di vendere qualcosa di me, tanto era inutile...»

«Per quale ragione» le chiedo «mi stai raccontando questa storia?»

«Non lo so» si assenta. «Mi è venuto di raccontartela.»

Poi si ricorda, sì, dell'aggancio un po' paradossale, dovuto più al piacere del ricordo che non alla logica della similitudine:

«Ah, ecco... L'idea di rivederla, la tua compagna a cui sono così grata... L'idea di poterle parlare di nuovo, soprattutto di ascoltarla, mi ha fatto venire in mente il negozietto. Non sarò invadente, mi metterò lì, da una parte, come stavo sotto l'insegna, che a me serviva per illuminare il mio niente, e agli altri per avvistare il crocicchio, quando passavano via in macchina con un gran fracasso, gente che aveva sempre fretta di arrivare chissà dove... Sarei felice solo di questo, di sentirmi bene insieme a quella donna, alle sue parole.»

Tremo prevedendo le domande che sta per farmi:

«Ti chiede di me?»

«Sempre.»

«E potrò rivederla, Miriam?»

«Certo» la rassicuro.

Mi fa giurare, come quando ero bambino. E io giuro:

«Non appena tornerà, tu verrai a Roma, nella mia casa dove non sei mai venuta, a vedere dove vivo. E ci sarà anche Miriam, ad attenderti.»

Lei mi guarda in modo strano. Mentre mi sento un vile a illuderla ancora, continuando a non metterla a parte della mia verità; resta la sola ombra fra noi, che mi ripugna.

Mia madre si rilassa al mio fianco, con le nuvole che si ammucchiano sotto l'aereo:

«E adesso dimmi cosa vi dite, quando vi parlate» conclude, chiudendo gli occhi e intrecciando le dita sul ventre. «Quando lei ti è vicina, come ora ti sono vicina io...»

Terza parte

un posto a me ignoto, che dialogava con il mio pensiero, ricorrendo per la prima volta al fenomeno della *doppia voce* per tradurre uno dei nostri frequenti contatti a distanza.

Gli psichiatri fanno rientrare casi del genere, tutt'altro che infrequenti, nelle manifestazioni della doppia personalità, da cui si scatena una fortissima autosuggestione che fa emergere la parte inespressa del nostro io.

Ascoltavo le parole mentali, alonate da un'eco, mentre i suoni e le voci della vita reale, che arrivavano dalla strada, dagli appartamenti vicini, lo stesso frastuono delle automobili, si facevano remoti... Di quelle parole, la memoria, come abitualmente succede, ha conservato solo frammenti. Ma per il tempo in cui mi tennero soggiogato sulla sponda del letto, esse si articolarono in argomenti seducenti, ebbero logica, grazia, potere di convinzione: ossia Miriam riuscì a convincermi che era giusto e necessario che, dopo aver vissuto con lei una vita reale, ora ne vivessi un'altra, sospesa, magica:

"E intanto abituati a essere autonomo, libero, ad affrontare da solo i tuoi problemi e a soddisfare le tue curiosità."

Scomparve anche il rancore che a volte provo per la sua fuga: le parole fluttuavano, fra loro amorose, come nei momenti più felici del nostro rapporto, fluttuavano morbide come le alghe in una profondità marina, e la sensazione era appunto di quando amavo immergermi sul fondo del mare coperto di coralli, di un azzurro intenso, con la tranquillità soprannaturale dei pesci multicolori e dalle forme incredibili che andavo incrociando, e l'istinto, suggestionato, era di emettere suoni, articolare la voce verso quelle creature di un mondo che non ci appartiene, ma qualsiasi tentativo restava bloccato dalla massa d'acqua che mi opprimeva...

Ricordo che, parlandomi, Miriam era animata da una

delicata allegria, e che mi pareva di vederlo, il suo sorriso che conquistava all'istante, che faceva sentire purificati, come quando mi descriveva la bellezza di certi paesaggi, di certe sere d'estate, le ragioni più sfuggenti, il desiderio, per cui essi ci incantano. Con quello che chiamavo il suo "sorridere di compagnia", lei paragonava l'essersene andata all'antilope che fugge per gioco la sua ombra, persuadendomi che non c'era stato dramma, e che sarebbe rimasta in me, e io in lei, come una roccia conserva, attraverso il tempo, il graffito di una pianta millenaria.

A un certo punto, è entrato Tano, che ha le chiavi di casa mia e a volte arriva senza preavviso.

Mi sono trovato la sua mano sulla spalla, mi sono reso conto che mi scuoteva, e che erano passate ore, un giorno intero, perché la luce che filtrava dalla finestra era tenue, ma non più del primo mattino, era sera... All'istante, le voci mentali sono diventate sussurri, il mormorio lontano del mare da cui risalivo alla superficie, si sono dissolte.

Allora mi sono ricordato di come, in realtà, avevo udito per l'ultima volta la voce di Miriam quando mi aveva chiamato al telefono dall'aeroporto, dopo avermi lasciato la sua lettera d'addio: quel giorno, all'improvviso, lo squillo del telefono, e poi l'ansia che mi faceva tremare la mano prima di afferrare il ricevitore, la sua voce sommersa dagli annunci dell'aeroporto, dal frastuono degli aerei:

«Non ti sento!» avevo reagito. «Non riesco a sentirti...»

Stava partendo. Afferrai, appena:

«Volevo spiegarti, ancora, solo questo...»

«Cosa?!» gridai.

«... Solo questo, ed è importante... Mi senti, ora?...»

Ma un aereo che si alzava in volo soffocò ogni possibile risposta. E la conversazione cadde.

2.

Torna, aggressiva, l'"Istruttoria":

«Miriam esiste davvero?... Dove vive, dove insegna, ora, questa giovane docente di antropologia culturale? E quali nuovi gruppi ha creato, simili a quello romano dell'Isola Tiberina, dove spiegava agli adepti come i fenomeni metapsichici, le stesse musiche medianiche, riflettono l'evoluzione stellare?»

Tutti mi chiedono della Sensitiva come di un mostro a due teste. E verifico fino a che punto Miriam aveva ragione quando, cercando di esaltare al massimo il potere dell'Immaginazione, che per lei è condizione imprescindibile di ogni conquista umana, sosteneva che la crisi di questo potere è la causa prima della morte spirituale dell'Occidente.

Vengo sommerso di nuovo da una curiosità automatica che ha come madre, appunto, questa morte spirituale. Che ignora la giocosità della vita, non sa più giocare con i sogni, le favole.

La sintonia con una donna, quando è profonda, assomiglia al rapporto che si ha con una melodia; c'è sempre qualcosa di indefinibile che ne definisce fermamente il destino. E in quel "qualcosa di indefinibile" esistono già ogni prodigio, il magico. Per me è stato così, con la mia provvidenziale compagna, il resto ha assai minore importanza. Ma pochi lo capiscono. Anche certe donne insistono sulla mia storia con Miriam, usando la malizia della chiacchiera, il gusto del pettegolezzo:

«Come può, un uomo, vivere un rapporto d'amore

con una che non ha nemmeno bisogno di scrutarlo per leggergli nei pensieri?... Una a cui non si può mentire?»

Ho amato una donna, basta così.

Ma non ascoltano ragioni:

«Se esiste, come fare per contattarla?»

Certo, mi sento responsabile e il mio atteggiamento di insofferenza muta allorché l'insistente domanda mi viene posta da una moltitudine di afflitti da mali affettivi, gravi come fu il mio: esseri che aspettano, giorno dopo giorno, che anche i loro sensi vengano *incantati*, riportati alla voglia di vivere. Oppure quando, a fare di Miriam un feticcio, è un'altra moltitudine, non meno vasta, di uomini e donne soli, delusi nei sentimenti, che sognano ansiosamente il sogno di tutti: che una figura, angelo provvidenziale e provocatore, entri nella realtà amara della loro esistenza, eccezionali poteri a parte, almeno con la magia naturale della dedizione, della passionalità coinvolgente, con gli slanci fantasiosi della sensualità, la capacità di capire.

Allora mi sento in dovere di partecipare, per quanto posso, alla delicatezza malata che sta sul fondo dell'assedio.

Ma poi è la parte peggiore degli investigatori che rimonta. Essi riducono il magico e l'esoterico a illazioni e falsità basate sulla loro ignoranza, sulla volgarità, scambiando il fenomeno per ciò che ne rappresenta il sottobosco folcloristico e pittoresco. In tal senso, non si preoccupano di capire la personalità di Miriam, ma si abbandonano, anche nei suoi confronti, al gusto morboso di saccheggiarla, fare a pezzi la macchina smontando come congegni le facoltà che ho descritto, a cominciare dalla prevalente, la cosiddetta "nota maggiore", che per Miriam consisteva nella chiaroveggenza telepatica, nella comunicazione medianica fra i viventi:

«Che significa che i Grandi Sensitivi, come la sua compagna, si producono su tre punti: "Spalancare le porte dell'infinito; annientare la depressione; superare il terrore della morte"?»

Dò risposte che naufragano, come sempre, nel chiasso. Di nuovo, è come se non ascoltassero:

«Lei, dunque, è stato plagiato da quella Miriam?»

Quella, ripetono in senso spregiativo, *quella*...

Cerco di spiegargli che il mio interesse per il paranormale tende alle problematiche della coscienza, al nuovo ruolo che devono assumere la coscienza umana e le nostre facoltà creative, non certo ai puri fenomeni eclatanti. Che la mia è una ricerca psichica attraverso il paranormale, e dunque non sono soltanto un credente nella parapsicologia, e un suo semplice praticante, il che limiterebbe la mia sete di scoperte nei misteri dell'evoluzione. Vado battendomi per un'integrazione fra scienza (la nuova fisica: quanti fisici geniali sono esperti anche di arte parapsicologica!), filosofia, creazione artistica, religione, illudendomi di contribuire a una nuova cultura emergente, che coinciderà con il futuro.

«Ecco cosa mi ha insegnato Miriam.»

Ma ancora chiasso. Nient'altro che chiasso.

E di nuovo mi affretto a riguadagnare il mondo, non il loro, il mio, in cui mi rifugio, e lì sono io, per quanto sono e posso essere, anche nel mio segreto con Miriam, che a lei continua a legarmi, vivo... E se si manifesta in piccoli prodigi, questi prodigi equivalgono agli stratagemmi a cui ricorrono ogni uomo, ogni donna legati fortemente da un sentimento, una passione: stratagemmi che sempre, a loro modo, escono dalla norma e fanno parte di quella sorprendente cabala che è ogni rapporto d'amore.

3.

... in piena notte.

Scruto gli idoli che Miriam disseminò in questa casa, assicurandomi che, attraverso di essi, mi avrebbe dato segno di essermi accanto. Fantastico sui luoghi più diversi da cui provengono: dalla Montagna Sacra di Giava e dalla Valle del Gange, dalle coste dell'Oceano Indiano e dai Mari della Sonda, via via fino al Regno di Chimù, che estese il suo dominio dai confini dell'Ecuador alle porte di Lima. Qui, secondo una leggenda preispanica, nel cuore dei secoli gli oggetti si allearono, con i loro poteri, al potere dell'uomo.

... in piena notte.

Il dialogo con Miriam continua.

Non so, e non mi interessa nelle varie circostanze saperlo, il perché e il come questo dialogo avvenga. Quante possibili interpretazioni offrono i miti e la scienza per spiegare fenomeni simili a quello che così fortemente mi coinvolge. Tensione allucinatoria? L'*apparizione*, che è una delle manifestazioni più alte della metapsichica (nelle vicende che già mi è capitato di raccontare, ho assistito tante volte alla visione di figure fantasmagoriche, e non soltanto nella luce di cristallo dei Chorten tibetani)? Oppure il "Distanzliebe", l'"amore a distanza" della psicanalisi, che pone questa forma idealistica di esaltazione nella gamma dei feticismi, e in effetti essa si affida, per lo più, al culto feticistico degli oggetti (gli idoli di Miriam)?

Provo nausea per questo assillo di interpretare, giustificare. Penso, felice, all'immaginazione suggestionata da se stessa, che induce i poeti alla poesia, il musicista alla sua musica, un uomo a cancellare la propria solitudine. Così gli idoli mi conducono ad avvertire il segnale che ormai provo prima che certe cose mi accadano: quel *batticuore* verso il nulla, il vuoto, in cui si insinua la presenza di Miriam.

... si diffonde un intenso profumo, eppure, intorno a me, i vasi sono vuoti di fiori. Ed è un respiro umano che mi sfiora, passa via. Uno stato di eccitazione, sollecitato da emozioni confuse, mi spingerebbe ad accendere la luce nel salone, ma non lo faccio, lascio nell'ambiente il riverbero che sale dalla strada.

Ho la certezza di non essere più solo.

Al buio incerto si sovrappongono sagome più oscure, che poi si mettono a fuoco in una, una sola, simile all'ombra trascinata da un corpo invisibile che si sposti, e quasi uno schermo di fronte a me venisse ripetutamente attraversato dalla presenza ignota: ogni volta che passa, essa si delinea più netta, finché è una figura di donna che, per un attimo, si staglia nella porta che collega il salone al corridoio interno, e la porta si è aperta, potrei giurarlo, pur restando l'aria immobile, senza nemmeno un fiato di vento...

Se tocco la poltrona da cui l'allucinazione, ammesso che sia tale, ha preso vita, le dita avvertono il calore che soltanto un corpo umano, vivo, un corpo femminile, può lasciare nella leggera fossa. Mi chiedo "Cos'è questa musica?": un "pianissimo" di voci sepolte, di vite sepolte, una figurazione di flauti e clarinetti, e io penso a un Mozart fanciullo che si diletti in una mattinata di cielo limpido perduta nell'archivio del tempo e riflessa nel fondo di un'acqua, all'aria di Cherubino: "Un desìo ch'io non posso spiegar...".

E il desìo si incarna, sempre più concretamente, nel corpo di Miriam, la pura visione traducendosi in uno sconvolgimento dei sensi, mentre i piccoli "gesti" misteriosi che gli oggetti sembrano compiere in sintonia con il sortilegio dei suoni, delle ombre – i favolosi oggetti di Chimù, nella leggenda preispanica, di cui forse è Miriam che si serve nel suo regno lontano – mi fanno riprovare la confidenza che ci fu, fra me e la mia compagna, quando ci si avviava a fare l'amore, scambiandoci, anche sessualmente, gentilezza...

Mi sembra di raggiungerla sulla porta del salone che si è aperta come d'incanto, e che i suoni, i respiri, si riducano al sussurro con cui, da dietro una porticina parmigiana, Stendhal fa dire:

"Entra qui, amico del mio cuore."

Seguo Miriam nel corridoio, tornando a provare, per prima cosa, la gratitudine di quando lessi, in una delle sue note nascoste apposta perché le trovassi: "Facendo l'amore con Marco, non vivo più il conflitto, fra attrazione e difficoltà a lasciarmi andare, che mi procurava il rapporto con gli altri. Posso finalmente coinvolgermi nel sentimento dell'atto sessuale (perché questo sentimento esiste), dominarlo, scoprire che, se dominato, esso serve di preparazione al sentimento assoluto".

... tutto si muove piano, come si muovono le piume, le foglie di gelso, la seta fra le dita, come quando lei mi precedeva verso la camera da letto, e io spingevo la mano fra le sue cosce che sfioravo fino al calore che emanava dal sesso, e poi lei si spogliava a fianco del letto, e fissandoci, ai due lati opposti, ci pareva di essere divisi da una leggera nube bianca del tempo, da un profumo di stagioni perdute, tutte quelle che avevamo perduto prima di conoscerci, come succede fissando le antiche lenzuola di famiglia, che si immaginano macchiate dal sangue e dal seme di uomini e donne sepolti da anni, e questo rimpianto di tempo sfuggito ci faceva sentire più vivi e presenti, mentre mi piaceva che lei si denudasse con la prontezza e le pause magnifiche della sua razza, e guardavo i suoi seni se, dopo averli liberati, li accarezzava con una mossa naturale, passando il dorso delle mani alla loro radice.

Mi avvicinavo attraverso il letto, per attirarla a stendersi, ben sapendo che lei vedeva, in me, non soltanto un uomo che desiderava, ma i figli che avrebbe potuto avere, che non aveva voluto o potuto avere, io compagno figlio che lei avrebbe educato, se mi fosse stata madre, impedendomi, fino al miracolo, di cadere nei miei drammi...

E la prendevo sotto di me, restando immobile, quasi senza respirare, a braccia aperte sulle sue braccia aperte, a gambe unite sulle sue gambe unite, in una sorta di reciproca crocefissione, carnale e felice, che era un momento d'abbandono nel coincidere profondo l'uno nell'altra, che ci aveva unito fin dall'inizio. Intorno ai nostri corpi, il silenzio, e solo il cuore che cominciava, con i suoi balzi; il cuore ansioso di lei, che ora correva ora si arrestava ora batteva a precipizio, conquistava lentamente il mio cuore più fermo, che prendeva anch'esso ad accelerare e poi a correre, insieme...

... e ora mi dico che sono pazzo, e che la mia crocefissione carnale è a un lenzuolo freddo e deserto, e che ad affondare in me, come si fruga in una zolla di terra per portare alla luce una radice, non sono le mani delicate di una donna, ma le mie fantasie. È il mio sogno che continua ad abbandonarsi all'erotismo di Miriam, che coincideva con i miei desideri più inconfessati, alle sue limpidezze come alle sue morbosità, fino al momento in cui un filo di luce, dalla finestra, sembra filtrare apposta affinché io possa guardarmi nel mio seme luminoso, in quella materia – resa sacra e pura da un ultimo sortilegio della luce – sgorgata dal mio desiderio di una donna perduta...

Sono davvero un pazzo che si abbraccia al vuoto, imitando ciò che accadeva dopo l'amore con Miriam, quando provavamo il piacere di insinuarci l'uno alle spalle dell'altra, e io spingevo una gamba fra le sue, appoggiavo una mano sul suo ventre?

Una domanda che torno a farmi, svegliandomi la mattina. Ma, di nuovo, non m'importa nulla di rispondermi. Non m'importa nemmeno quando scopro che c'è una traccia di rossetto, con appena una linea di labbra, sul cuscino di sinistra, quello accanto al mio.

La *scrittura diretta* è uno dei fenomeni più suggestivi delle arti medianiche. Consiste nella formazione di scritture su fogli bianchi, senza che nessuno tocchi carta e penna, il più delle volte essendo lo scrivente lontano. Pochi Sensitivi ne sono capaci. Fin dal secolo scorso, che è stato a ragione definito "della grande medianità", Sensitivi d'eccezione, come Paladino e Home, ne hanno dato dimostrazioni documentate. E numerose prove si conservano nella sede londinese della Società per la Ricerca Psichica.

Sia Rol che Miriam hanno questo potere.

Per entrambi, si tratta di esperimenti che rientrano nel gusto del gioco, simili ai virtuosismi improvvisati da un eccelso pianista, che non nascono dall'anima dello spartito, ma dalla maestria delle dita; ai trucchi del prestigiatore (ma qui non esiste trucco) da cui i superficiali si lasciano suggestionare fino a identificarvi il paranormale, ignorandone la vera scienza e le manifestazioni fondamentali.

Rol e Miriam giocano, con arguzia, dilettandosi loro per primi. Come Fellini, quando accompagna Rol a pranzo, si diverte a fargli scrivere frasi spiritose sui tovaglioli dei vicini di tavolo, per osservare le loro facce meravigliate. Miriam paragonava questa giocosità anche alle ombre cinesi che si proiettano per incantare i bambini.

Se torno sulle pagine del diario segreto, che la mia compagna disseminava apposta per indurmi a scoprirle, è perché esse non fanno parte di un capitolo chiuso.

Continuo a scoprire quei fogli, anche in posti impensabili: ad esempio, entrando dopo tanto tempo, e a caso, in una stanza dove tengo un vecchio archivio di cui non mi servo più; o aprendo un libro impolverato, tolto da un angolo negletto della biblioteca, per una consultazione del tutto imprevista.

Perché proprio in quella stanza, fra quelle pagine, che ritrovo per circostanze rare?

Non minore sorpresa mi procura rinvenire, a volte, fogli che mi capitano sotto gli occhi in punti che rientrano nelle mie abituali frequentazioni. Come mai non li ho scoperti prima?

Mi interrogo, senza trovare soluzione.

Si tratta di manifestazioni di *scrittura diretta*? Oppure di note realmente dimenticate allora? Di alcune, posso dubitare. Esse registrano, infatti, riflessioni non legate ad attuali avvenimenti. Ma di altre?

Leggo:

"... afferro questo senso del futuro incerto nelle società dei paesi più diversi che vado attraversando: esse hanno fra loro disuguaglianze abissali, eppure scopro che assumono, sempre più, oscure identità comuni, di angoscia, per ciò che accadrà domani... E io, che assurdamente so profetizzare il futuro di tante persone, mi trovo disperata e sola, con la mia voce che grida nel mio piccolo deserto, i miei poteri che non possono nulla contro i destini generali... Ne piango in questo lembo di terra che conserva il segreto del presunto Continente Perduto di Mu o Lemuria, battuto dalle onde dell'Oceano Pacifico, e che, secondo i mistici, è il luogo di nascita della razza umana..."

Mi chiedo: è un punto del mondo che Miriam ha raggiunto di recente oppure nel passato? Nella seconda ipotesi, perché non me ne ha mai parlato?

Leggo, in un'altra nota:

"... le bufere africane durano da giorni, senza che appaia nessun treno, nessuna salvezza. L'altopiano etiopico alterna settimane opprimenti a squarci di splendore: allora vado scoprendo palme che sembrano alte fino alla luna, uccelli con sempre un colore in più, ossia il colore che l'uomo ancora non sa, ma esiste... E carovane attraverso dune che, nei miraggi, ricordano le sabbie del tuo Po, il Mareb rossosangue come il Po di Goro, e vengo a sapere che esiste il Daua Parma, battezzato dall'esploratore parmigiano Bottego, e ne sorrido con molto rimpianto del viaggio dove mi hai condotto sul tuo bellissimo fiume... Le ambe le fisso nelle loro notti giganti alzare al cielo fiammelle magiche, che resistono al vento sovrano, uguali a quelle con cui abbiamo fatto festa alla fine del rito dell'*Incantagione*, che nella tua terra ha avuto luogo. Ne recito i nomi contro il deserto: Amba Carnallè, Amba Tzellerè, Amba Aradam, Amba Debra, Amba Manamba; e a forza di ripeterle, prendono in me una musica che io chiamo la canzone delle ambe..."

La nota, è evidente, non può che essere successiva alla fuga di Miriam da Roma. Come quella che mi è capitata fra le mani l'altro ieri, con la forma di una lettera posata su un mobile del salone, che il vento era sul punto di portarsi via attraverso la finestra aperta su Roma.

Miriam mi invitava a ricordarmi di suo fratello Franz:

"... un giorno di questi, quando ti sentirai spinto da un sentimento d'orrore per i delitti che l'uomo può compiere, a disonore della società in cui vivi, a prova che una nuova violenza viene oggi messa in atto, quasi più ripugnante di quella nazista, perché tende a uccidere i diversi con un automatismo privo di qualsiasi alibi e non si cura di giustificazioni ideologiche... Solo allora, non prima, vai a trovare Franz: chiuso nel villino di Monteverde Vecchio, sta vivendo in una solitudine che egli crede una sua purificazione, mentre rischia di portarlo alla follia. Parlagli, con l'affetto che in fondo vi ha legato..."

Quanti interrogativi, da questa nota.

Cosa accadrà, di così drammatico e vergognoso, tanto da aver spinto Miriam a una precognizione piena di angoscia?

Miriam è in contatto con Franz? In effetti, dopo la morte della madre, egli si è isolato in una solitudine assoluta.

Franz, al telefono, afferma decisamente il contrario: di non avere notizie di Miriam da molto tempo. E dal tono della sua voce, gli credo.

E allora?

Quando Miriam se n'è andata, Franz era appena stato prosciolto, a dispetto del Sostituto Procuratore e grazie a un alibi fragile, nell'inchiesta sull'omicidio del professore di lettere, omosessuale, assassinato in uno stabile dietro Stazione Termini.

Aspetto ciò che deve accadere. Non mi resta altro.

4.

Tano, ogni volta che viene a trovarmi, mi porta il suo buonsenso e la sua saggia ironia, anche a proposito di Miriam. Lui è un *uomo che vola*, se gli gira il capriccio, ma, per il resto, è un tenace assertore del pratico e, come ho già detto, un adoratore dei piedi ben piantati a terra:

«Perché quella donna non ti telefona?» mi chiede, sbrigativo. «Basterebbe prendere un telefono, parlarti direttamente, che ci vuole, scusa?... Sarebbe anche giusto, direi, dopo il rapporto che c'è stato fra voi.»

Tano ha il bene di farmi sorridere e di mettermi di buonumore persino nei momenti meno favorevoli. Convengo con lui:

«Già. Sarebbe così semplice.»

«Appunto. Perché, allora, questo giocare di prestigio?»

«Una ragione c'è, Tano. Ma se io te la spiego, poi tu non ci credi. So bene come sei fatto.»

L'amico mi scruta, dubbioso. Gli leggo negli occhi una certa luce che mi ricorda gli investigatori dell'"Istruttoria". Infatti, insinua:

«Miriam l'ho conosciuta, e apprezzata anche. Ti ha voluto bene e ha aiutato te e tua madre. Ma il fatto è che, dopo averti lasciato solo, di te si è dimenticata. Un'esperienza chiusa. Succede. Tanti uomini, tante donne, la maggior parte... Anch'io, lo sai bene, cerco di non ricordare, mettendoci un impegno da certosino, che è esistita una moglie cannibale che mi ha rovinato la vita per anni... Ma tutto il resto te lo inventi tu, sono menzogne tue. Per illudere chi continua ad avere affetto per te. Per illuderti.»

Lo ha affermato con una nota, appena percettibile, di disagio amicale, come a chiedermi scusa, perché la certezza che io sia un mentitore nemmeno lui ce l'ha, e teme di offendermi:

«Sbaglio, forse? Perché mi guardi così?»

«Proprio tu, Tano, amico mio...» e il mio sorriso si fa più pieno. «Che sei come Ruggero che si alza in volo sull'Ippogrifo, perché il mago Atlante lo esige...»

Tano pensa subito a qualche mia conoscenza, magari spiritosa, che gli ho tenuta nascosta:

«Chi è questo Ruggero, scusa?»

«Un tale... Un tale che vola, anche lui. E ci sarebbe

anche Astolfo. Per non parlare di Orlando, che spesso ha un gran brutto carattere, ma resta mirabile.»

Tano, infatti, si risente un po':

«C'è una parte della tua vita da cui mi escludi, e ciò non è bello... Io, i miei amici, te li presento, perché sono divertenti e so che ti rallegrano l'umore. Tu, invece, i tuoi amici te li tieni per te, e magari gli sei affezionato più che a me... Questo Ruggero, questo Astolfo, questo Orlando, sono perlomeno divertenti? O sono quelle facce smunte di intellettuali con cui spesso ti compiaci di far tresca, annoiandoti a morte?»

«Sono geniali» gli rispondo. «E hanno incantato un sacco di persone. Grazie a un altro amico mio, che si chiama Ludovico...»

«Delle parti tue?»

«Esatto. Di Reggio Emilia...»

«Lo vedi? Voi dell'Alta Italia, quando fate combutta, vi considerate dei padreterni.»

«Amo anche te, Tano, che sei di Colle Romano, e Alessio, che non si sa di quale meridione sia, forse del meridione del mondo, e non ha certo nulla della combutta nordica.»

Tano si rabbonisce.

«Me li farai conoscere, un giorno, questi amici tuoi, che hanno la mia stessa disgrazia o, come dici tu, lo stesso dono di Dio... Di volare come volano i sogni?»

Gli stringo le mani. Sì, un giorno glieli presenterò, quegli amici. Prenderò una copia preziosa dell'*Orlando furioso*, del mio Ariosto Ludovico, e gli leggerò le imprese di Ruggero, di Astolfo, come un giorno gli lessi i prodigi di Milarepa, che fu il grande profeta della levitazione e, alzandosi da terra, guidò una civiltà a risplendere nel suo spirito...

E da quel giorno, Tano prese ad amare Milarepa, e a non sentirsi più un mostro da circo, per quel vezzo della natura che sembra divertirsi un mondo, attraverso di lui, a violare le sue stesse leggi.

Lo sfilerò dalla biblioteca, il grande poema nel quale si dimostra come la natura possa essere sublime anche nel suo farsi bambina giocosa, col rischio di trovare, fra le pagine, un foglietto con una misteriosa nota di Miriam...

Tano prende il foglietto che gli porgo, dove si accenna alla canzone delle ambe, riconosce che la scrittura non è mia, che la scrittura è davvero quella di Miriam: se la ricorda bene, perché conserva alcune lettere che gli mandò la mia compagna di allora.

Confusamente afferra la ragione che evito di spiegargli, che in realtà, senza che lo sappia, già gli ho spiegato.

Mi ricambia la stretta delle mani:

«Scusami.»

Salgo anche dall'Omino Alessio, quando Miriam mi pone interrogativi ed enigmi con i suoi messaggi segreti.

E lui, a differenza di Tano, non si sorprende, non muove obiezioni di logica e di buon senso. Il suo senso, l'ho detto, è un altro. E in Miriam ne scopre una delle tante conferme.

«Diciamo...» si mette a spiegarmi con la sua pazienza «che se anche l'Universo ha un sesto senso, e che se Dio è il Sesto Senso dell'Universo, nel vostro piccolo, di due compagni che si sono amati e stimati, quella donna, che mi dispiace non aver conosciuto, è il sesto senso tuo...»

Non ha dubbi l'Omino Alessio:

«Tutto quadra. E questo che ti viene concesso, è un privilegio. La natura è un baro che ha certe carte nascoste nel polsino, dovresti saperlo, specie quando si serve di ciò che gli altri chiamano, semplificando da ottusi, il fuori norma.»

Avvicina, alla mia, la sua gran testa di frate antico:

«Se invece sapessero... Se potessero vedere, con i loro occhi, le meraviglie che noi stiamo vedendo ora.»

Mi conduce al telescopio. Mi invita ad ammirare la Costellazione di Andromeda. È una delle apparizioni più seducenti che si possono captare attraverso il telescopio. L'Omino Alessio mi spiega, come se mi raccontasse una milleduesima notte tutta sua, l'emisfero boreale, lo splendore della nebulosa a spirale:

«E guarda là!» mi scuote. «Là, dalla parte opposta del firmamento...»

Sposto lo sguardo attraverso la volta celeste e, seguendo il suo dito sapiente, individuo un minuscolo segnale, qualcosa che mi sembra una stella appartata.

«Appunto» mi conferma l'Omino Alessio. «Una stella appartata, intelligente e che conosce le magie del cosmo. Il suo caso, per dir così, è simile al tuo. Che dovrebbe dire quella stella che riceve i messaggi, apparentemente strambi e inesplicabili, della regina Andromeda?»

Mi rincuora. Ha davvero il potere di rassicurarmi:

«Andromeda comunica con lei da lontananze abissali, e con forme che stravolgono quella logica che solo i meschini ritengono tale... Eppure la stella non si sorprende. Essa attende, accetta, è grata persino ai capricci dell'Universo, perché anche quei capricci sono parte della realtà di cui anche noi facciamo parte, una realtà che è la nostra stessa realtà...»

E l'Omino Alessio mette, a conferma, una delle sue musiche astrali.

Arrivano, spesso, singolari figure.

Come quando, agli inizi della mia avventura nel mondo del magico, la *Strìa* bolognese, Franca Saltini Bonfiglioli, mi spediva le sue letterine un po' da scolara, con una scrittura tonda e senza un segno d'interpunzione, descrivendomi – pur nell'assoluta mancanza di un contatto diretto fra noi – i sintomi e le torture quotidiane della mia depressione, e infine annunciandomi:

"Stanno per raggiungerti gli *amici*... Ti aiuteranno e ti offriranno complicità fra sopravvissuti in un mondo che più non conosce incanto... Non confonderli coi ciarlatani sfruttatori e profittatori del magico sappi distinguere e non averne timore."

Per inciso, dopo che il desiderio di questo libro si è imposto, in me, come una necessità profonda, l'amabile *Strìa* è tornata a farsi viva con una delle sue letterine:

"... le mie nonne streghe desiderano che tu prosegua la storia e mi indicano gli avvenimenti e le sensazioni di energia da descrivere... scoperte da elaborare nel tuo modo nella tua mente..."

Come faceva a sapere, Franca, la *Strìa*? Non l'avevo messa a parte dei miei propositi. Dunque? La data della lettera, come la data dei miei primi appunti affidati alle cartelline multicolori, le ho certificate, perché avranno la loro importanza.

Gli *amici* che mi vennero preannunciati dall'ultima erede dei Grandi Strioni padani, che ebbero origine nel Cinquecento e presero vita dai gruppi alchemici fondati da un geniale pittore della mia terra, il Parmigianino, li chiamai allora gli "Evocatori". Collegandosi con me dai più diversi punti del mondo – con telefonate e lettere, oppure facendo sosta a Roma, nei loro spostamenti, per rendermi visita – evocavano le mie memorie, certe meraviglie in me sepolte e l'oscuro legame che, fra noi, sembrava non essersi mai interrotto (molti li avevo conosciuti durante i viaggi che ho descritto, nei luoghi privilegiati dal mistero, insieme ai Sensitivi Maggiori).

Ma soprattutto mi davano prova di essere al corrente della mia condizione e dei miei problemi, di nuovo senza che nessuno, io per primo, gliene avesse dato notizia.

Fu l'esordio dell'"Incantagione", alla quale via via, nei mesi, altri si unirono, in una crescente armonia.

Ebbene, alcuni di quegli "Evocatori" tornano ora a trovarmi, per farmi sapere – intendere, percepire – qualcosa di lei, di Miriam. Oggi come allora, quando mi venivano in soccorso, sono di poche parole e di molti silenzi; ciò che conta è che mi trasmettano il "sentimento della visita", stringendomi le mani con le loro mani capaci di operare modificazioni della realtà, scrutandomi con occhi avvezzi alle visioni precognitive.

Mi danno concise notizie, certo. Mi annunciano di averla incrociata in qualche parte del mondo, la mia compagna... Ma è dopo i convenevoli, le brevi informazioni, che il vero messaggio mi raggiunge: sediamo nello studio, con la calma con cui si sorbisce una tazza di tè, e ci lasciamo invadere dal tramonto sulla distesa di Roma; sono momenti di quelli che si ricordano per la bellezza con cui non accade nulla... Un complesso discorso nasce dalla purezza essenziale dei gesti, delle semplici parole.

Quando gli "Evocatori" se ne sono andati, dopo un ultimo sguardo agli idoli di Miriam, quel "quasi nulla", quel quieto rasoterra dell'esistenza, si trasformano in un desiderio di comunicare che è come se mi venisse da dimensioni sconfinate. Ho una voglia, nuova, di amare, di aspettare un amore, un atto di amicizia, di provocare in altri la mia stessa attesa.

E so che è Miriam che me l'ha trasmessa.

Mi ritrovo adolescente, mi rivedo il ragazzetto padano che si tuffava nel sottobosco del lungofiume, e c'erano i rondoni che saettavano via, di striscio, quasi volessero colpirmi come folgori felici, e provavo quella che credo la felicità migliore, quando si torna contenti a inciampo, imbattendosi in un pretesto effimero, e non sai perché, o meglio sai che non hai nessuna ragione per essere contento, eppure lo sei... E questi sono i messaggi, più belli e segreti, che Miriam possa inviarmi per interposta persona.

Ma un giorno, correndo nel sottobosco verso l'Abbazia di Pomposa, dopo il Gran Bosco della Mesola, con un filo sanguigno all'orizzonte, perché laggiù le acque del Po hanno spesso un color sangue, come Miriam ha ricordato nella sua nota, mi trovai ad arrestarmi di colpo, con il cuore in tumulto.

Un daino mi fissava, immobile, a pochi metri di distanza. Non era infrequente incrociare daini nel Gran Bosco. Quale fu dunque la sorpresa che mi bloccò e mi sconcertò? La bestia mi stava manifestando, nei suoi occhi mansueti, una dolcezza profonda, senza paura; ma, quel muso, non riuscivo a distinguerlo con la nitidezza consentita dalla relativa distanza che ci divideva: lo vedevo attraversato da un riverbero, quasi una lama d'acqua percorsa da un tremolìo di luce, e subito pensai, con la mia fantasia di ragazzetto, che il daino fosse una creatura irreale, piovuta dal cielo, un'apparizione di quelle che erano favola nel Delta, dove la vegetazione è sterminata e folta, come una piccola Amazzonia...

Guardando meglio, scoprii che era il contrario. Quel daino era una creatura di terra, lo era drammaticamente e a tal punto – con la crudeltà che può avere la terra – da lasciare sgomenti. La bestia era stata sparata da un frodatore, la pallottola non l'aveva uccisa, l'aveva mancata di un soffio, centrando l'orecchio sinistro, e ora quel foro di pallottola lasciava filtrare, attraverso l'orecchio, un raggio di sole che spioveva tra gli alberi fitti.

Sopravvissuto per miracolo, il daino si portava quel raggio come se un tocco soprannaturale facesse parte del suo essere bestia braccata. Un raggio, splendente, che dava idea del divino, mentre altro non era che il segno di ciò che era stato il suo terrore, il suo fuggire, e adesso restava il suo dolore...

Il ricordo di questa visione mi è stato sollecitato dall'"Evocatore" che è venuto a trovarmi di recente, per trasmettermi, grazie al "sentimento della visita", l'ultimo messaggio di Miriam.

Ci rifletto intensamente, ed è come se Miriam volesse avvertirmi:

"Vedimi come quel daino!"

Mi chiedo se esista un collegamento fra questo sintomo di allarme e il "qualcosa di drammatico e vergognoso" che dovrà accadere, presto, come Miriam ha previsto nella nota affidata a uno dei suoi inesplicabili foglietti.

"Vedimi come quel daino!"

Devo aspettare. Devo vivere questi giorni di disagio profondo.

5.

Hanno devastato la sede del Gruppo creato da Miriam.

Perché? Chi?

Un poliziotto mi fa strada nel giardino dell'Isola Tiberina: un angolo di mondo incantato già in questa geometria cabalistica con cui le siepi accerchiano la piccola costruzione a forma di tempio. Per raggiungerla, siamo costretti a strani giri, e il poliziotto non sa di addentrarsi in magici labirinti: una scrittura, tracciata dalle siepi, che decanta l'armonia suprema.

Un raid notturno – mi spiega – una spedizione razzista che si lega a continui episodi di violenza che seminano il terrore a Roma. Criminali spinti dalla stessa furia di colpire alla cieca con cui, di recente, hanno accoltellato nordafricani, tunisini, algerini alle stazioni ferroviarie di Termini, Trastevere, Ostiense, Tiburtina; appiccato il fuoco a due poveracci somali; distrutto con le fiamme l'interno delle grotte a ridosso del Colle Oppio e intorno al Colosseo, dove trovano rifugio emarginati di ogni specie; assassinato omosessuali: a Ostia, a Rocca Priora, all'Appio, a Guidonia. L'ultima vittima, Haymann: il "Mago Magò" come lo chiamavano tutti, che, davanti alla sua candela azzurra, stupiva Piazza Navona, divenuta ritrovo di cartomanti, chiromanti e chiaroveggenti.

Da tempo Roma non conosceva una simile ferocia.

È accaduto da poche ore. Mi ha svegliato di soprassalto una telefonata anonima.

Una distesa di statuine frantumate, gli idoli di Miriam, manda bagliori, qua e là, nel cielo di cenere; il fumo dell'incendio si alza ancora nell'alba grigia. Piombati all'interno, hanno continuato nella distruzione folle di ogni cosa, fracassando i "Soli Vaganti", i primi simboli, comparsi nella preistoria, della cultura della fraternità; polverizzando, a colpi di catena, le riproduzioni dei "Danzatori magici di Pokotia", che hanno superato i millenni per testimoniare, con la loro grazia divinamente pura, l'amore per la gente che soffre, la gente che è sola. Col fuoco, hanno cominciato dando alle fiamme le insegne lignee del "Kundala": il serpente che rappresenta l'energia cosmica racchiusa in ogni essere umano.

Più mi addentro, nell'odore acre di bruciato che si mischia al profumo degli incensi, più vorrei che si trattasse di un incubo della mia mente.

Lasciandomi nel cuore del disastro, il poliziotto sembra afferrato dalla paura di perdere il contatto con me, mi stringe le mani, come se anche nel suo pensiero e nella sua anima qualcosa di sacro fosse stato violentato.

Mi pone uno degli interrogativi che mi assillano:

«Come andrà a finire? Che mondo ci aspetta?»

Che potrei rispondergli? Che la vera fine di una civiltà si produce non per le catastrofi animate, comunque, da una follia dell'ideologia e della fede, catastrofi che la Storia ben conosce, per cui l'uomo può reagire e farsene una ragione, la ragione del male, persino rappresentarle contrapponendo la poesia dello spirito al loro orrore; quella fine si attua quando, a provocarla, è un fanatismo dettato dal nulla, un nulla peggiore della morte stessa perché corre con la vita, e tende solo al nulla della morte altrui.

Siamo a questo punto: a un razzismo che si avventa contro certe "razze" umane, e ogni forma di diversità spirituale, ideologica, etnica, come falso scopo; in realtà, l'unica razza che odia è la vita...

Procedo dove le arti magiche dell'anima non hanno avuto potere.

Gli adepti di Miriam stanno seduti a terra, rischiarati da torce, con l'espressione di chi si è risvegliato brutalmente da un dolce sogno. Qualcuno ha il volto sfigurato, gli occhi tumefatti che si schiudono in due strette fessure, le mani fasciate per coprire le ustioni. Nessuno piange, si dispera. La follia che li ha travolti li ha resi statue di sale. In realtà, è il loro dolore che si difende con la dignità del pudore, della segretezza, che si consuma nel cerimoniale di un'immobilità assoluta, mistica, a cui Miriam li ha addestrati, contro la malvagità del mondo. La purezza deve assumere, a volte, la forma fisica dell'immobilità, come avviene in certi animali, specie in certi volatili, che si mimetizzano nella foresta non tanto perché terrorizzati, quanto per far parte, più intensamente, della natura, di un cuore pulito che ha la natura, senza nulla dover spartire con l'uomo.

Gli adepti fingono di non vedere ciò che li circonda. Non parlano. Passo in mezzo a loro, timoroso, quasi potessi invadere e violare, in qualche modo, la sfera sublime della loro difesa.

Ma il *batticuore* mi segnala la gratitudine che non manifestano.

Le apparecchiature di registrazione, anch'esse sfondate, sono parzialmente ancora in grado di funzionare. Hanno messo a tutto volume la voce di Miriam, che risuona serena, alternandosi a brusche cadute del suono, blocchi raggelanti di silenzio, rumori e parole che stridono, graffiano, si deformano. I poliziotti non intervengono a spegnere questo strazio della dolcezza che rende più mostruoso lo strazio della brutalità.

È lei, lei che cominciava le sue lezioni citando, dall'"Inno della Creazione":

"In principio era il buio, nascosto dal buio."

E poi recitava una preghiera piena di gratitudine per gli antichi dèi solari, che ebbero esatto l'intuito dell'Universo.

Scruto i residui languenti delle cose bruciate, le strutture annerite dal fuoco che continuano a crollare, trascinando a terra altri idoli, altri arredi, le impronte delle grandi buste di plastica scagliate tutt'intorno piene di benzina accesa, mentre – come quando frequentavo le lezioni di Miriam – ascolto parlare di Gesù che subì l'influenza degli Esseni, alla cui setta apparteneva Giovanni Battista, e degli Esseni che conoscevano perfettamente gli dèi solari, e il verbo di Osiride, di Krishna: questo verbo chiamato "Il mistero del Figlio dell'Uomo e del Figlio di Dio...".

Anche i poliziotti sembrano pietrificati dalla voce di Miriam:

"... la differenza fra il Cristianesimo e le religioni solari è tuttavia fondamentale: gli altri dèi si lanciavano nelle fiamme e morivano per guadagnare l'immortalità, mentre Cristo, già padrone del suo essere immortale, muore per salvare l'umanità..."

"Quale umanità?" sembrano chiedersi gli sguardi dei poliziotti, abbracciando la devastazione. "Quale umanità, mio Dio?" In tanto disastro, come suonano assurde, in effetti, le provocazioni esoteriche di Miriam, che avevano lo scopo di sollecitare il senso del meraviglioso!

Le profezie taceranno per sempre, in questo teatro della stupefazione e dell'immaginario dove ho assistito alle cerimonie della sensitività, di cui Miriam era l'abile, ispirata regista, e gli adepti gli attori.

Niente, mai più, *musiche medianiche*.

Hanno spaccato, a colpi d'ascia, le arpe preziose, gli antichissimi strumenti che, per primi, si offrirono agli estri musicali dell'uomo. Ricordo quando, durante gli esperimenti, nessuno si accostava ai rozzi tamburi, ai timpani, ai corni, a ogni altro primordiale oggetto usato per produrre suoni, a fiato, a corda, a percussione: cimeli preziosi allineati lungo le pareti, portati da ogni terra.

Nessuna mano li sfiorava, eppure l'armonia magica delle musiche primitive da essi si diffondeva, fasciandoli come i raggi del sole che piovevano dalle vetrate, isolandoli in un loro incantesimo. E tutti ascoltavamo, rapiti, il Tempo, perduto, remoto, che si faceva medianicamente grande suonatore per noi, e scoprivamo mirabili quelle melodie che la storia della musica non cataloga, in quanto composte, oltre il confine delle civiltà nascenti, dal prodigioso segreto che la vita tiene in serbo per sé, della propria infanzia:

"Ascoltate, ascoltate..." invitava, e ancora assurdamente invita, la voce di Miriam, spezzata, nelle apparecchiature sfondate, come gli strumenti disseminati a terra, ora inchiodati al silenzio: "Questa musica, nata dal Vuoto, è il frutto di un Pensiero che fece vibrare il Nulla e, propagandosi, creò lo spazio..."

Scopro, nel contrario brutale di questo invito, ossia in un silenzio solcato dalle sirene delle auto della polizia, che le parole di Miriam, e le parole da lei citate di Marius Schneider, il geniale studioso che dedicò la sua vita a ricomporre la cosmologia arcaica fondata sul suono, corrispondono alle teorie astrali del mio amico tanto più umile, l'Omino Alessio:

"Ascoltate... Inni di luce, immagini acustiche che riflettono le idee del Creatore, e sono l'essenza della nostra natura. Soltanto nel secondo stadio della Creazione, esse si rivestirono di materia... Perciò non si muore. Morta la materia, l'Abisso primordiale, quel 'fondo di risonanza', ci aspetta, per accoglierci di nuovo come piccole, mirabili armonie."

Mi avvio ad andarmene, avendo chiara nella mente, fino alla commozione, la sera in cui alcuni amici mi portarono, per la prima volta, in questa sede di una Compagnia che non conoscevo, dove una giovane docente di antropologia culturale – una Sensitiva straordinaria e convincente, mi assicuravano – insegnava al suo gruppo anche la storia dei fenomeni paranormali.

E tutto si produsse, di nuovo, come nella primavera di dieci anni prima: alle pendici del Kamalu, La Montagna Re. Come in quella notte, la magia provvidenziale della vita acquistò i tratti di un volto; il volto di donna disegnato dalla profezia visionaria del rito, diventò reale.

Fra gli adepti gentili, lo sguardo di Miriam mi penetrò.

Mi rendo conto, solo ora, che di lei, qui, non ho avvertito l'assenza. Più esattamente, non ho percepito il fatto ingiusto che mancasse proprio lei di fronte a tanto scempio, di cui è stata testimone – io lo so – nella sua chiaroveggenza. In effetti, io e gli altri afferriamo un raro *qualcosa*, come se quel lacerato festone di fiori, che penzola sull'entrata, mosso dal vento, avesse il potere di spandere un profumo mille volte più intenso di quello concesso alla sua modesta consistenza, di irradiare una luce che tutta abbraccia questa terra di nessuno cosparsa di macerie.

Alziamo gli occhi al festone che dondola, e *sappiamo*; ne riconosciamo la forza consolatrice, imprigionata quanto terribile: come la favella ristagna alla lingua di un muto.

È un sentire che ci rende uniti, stretti, una sola persona.

Lascio con l'animo a pezzi questi compagni che ebbi

solerti accanto a me, ai tempi in cui l'amicizia, soprattutto l'amore dell'amicizia, potevano guarirmi dai miei malesseri, dalla mia disperazione.

Gli dico addio.

Scrutandomi, un'ultima volta, nel festone di fiori, come in uno specchio magico, di quelli che contemporaneamente ci scrutano, quasi creature vive, dal loro fondo dove riflettono solo chi ci manca...

6.

... l'Omino Alessio sembra impazzito.

Mi sono precipitato da lui per un momento di pace, di consolazione, e l'ho trovato che agitava le braccia, contro uno sfondo rossocupo, di fiamme bloccate nel grande schermo, come un uccello terrorizzato e incapace di alzarsi in volo, con la sua figura di frate antico rattrappita, quasi l'aria fosse un peso capace di schiacciarla, o un'invisibile croce da portare, generata dagli spazi siderali.

La bocca del telescopio sembra mordere la distesa delle stelle, e mi ricorda lo squalo con le mascelle divaricate dopo un pasto assassino...

Il telescopio ha divorato *Icaro*, grida l'Omino Alessio, *Icaro* folle di rabbia, e per qualche momento lo credo davvero preda di una pazzia che ha cancellato in lui ogni dolcezza, e la grazia in questo che ho sempre visto come un giardino fiorito ad astri, nebulose, galassie.

«*Icaro* folle di rabbia!»

Si tratta di un meteorite.

«Il pezzo di cielo più grande mai caduto in Italia!»

Durante la notte, l'Omino Alessio è stato testimone di quella caduta pirotecnica, a velocità supersonica;

l'energia messa in moto da un simile impatto è smisurata:

«La prima volta, a memoria d'uomo, che uno di questi corpi vaganti nello spazio provoca vittime!»

Coincidenza impressionante: ho scritto, in più occasioni, che la notte in cui conobbi Miriam, nella sede del suo gruppo, un teleschermo esibiva, in modo provocatorio, la registrazione – effettuata dall'Osservatorio di Kitt Peak, in Arizona – di una catastrofe cosmica evitata di un soffio. Un pianeta di dieci chilometri di diametro aveva sfiorato la Terra a soli centosessantamila chilometri, meno di quanto disti la Luna.

Sarebbe bastato un nulla, in termini astronomici, e la Terra si sarebbe dissolta in un lampo.

L'Omino Alessio sembra afferrato – come il poliziotto, qualche ora fa – dal terrore di perdere il contatto con me, mi stringe le mani, come se anche nel suo pensiero e nella sua anima si fosse schiantato un pezzo di cielo.

Mi abbraccia come un bambino smarrito. Con lo stesso interrogativo:

«Come andrà a finire? Che fine ci aspetta?... Se anche un embrione di pianeta... Se anche il cielo, il cielo...»

Si interrompe. Dice:

«È la legge delle calamità reciproche. Quelle di terra chiamano quelle celesti. E viceversa. Perciò *Icaro*, folle di rabbia...»

... *Icaro* folle di rabbia.

Riporto idee e considerazioni appuntate confusamente, mentre il sonno è impossibile.

Da quando ho lasciato la sede del Gruppo, devastata all'Isola Tiberina, il furore non ha fatto che crescere. Provo l'impulso di spegnere la lampada che tengo accesa sempre, per non subire, svegliandomi di soprassalto, l'incubo di essere diventato cieco. È l'incubo che mi perseguita fin da ragazzo.

Vorrei precipitare nel buio.

Vorrei rovesciare il mondo come un guanto. Ucciderli con le mie mani i repellenti maniaci, i nemici della vita.

Quando mi succede – e l'impotenza esaspera il furore, spingendomi a dire: sono pazzo, ma non m'importa, mille volte meglio questa mia pazzia delle carogne – penso allo specialista che per primo, nel '51, si occupò di me, della mia "depressione maggiore", come viene definita, ossia del ragno nascente dentro il mio cervello. Conservo un commosso ricordo del professor Bertolani, responsabile del Manicomio Criminale di Reggio Emilia, che, nelle pause del suo difficile incarico, prestava cure gratuite alle donne, fra cui mia madre, e ai loro figli indigenti.

Egli mi paragonava a una mano scorticata, sulla quale persino un refolo si trasforma in un brivido di dolore: anche la minima ingiustizia si sarebbe tradotta in una scossa della sensibilità, che avrebbe rotto i miei equilibri. Più che diagnosi cliniche, il professor Bertolani mi comunicava le sue profezie (l'avevano spinto fra i Sensitivi le scoperte che andava facendo nei misteri del cervello umano):

«La tua poesia» affermava «ti servirà semplicemente a ripagarti della vita che ti punisce senza ragione, condannandoti alle ossessioni... Che ti salvino, invece, le facoltà medianiche che il tuo male, per compensare se stesso, ti ha insinuato nella mente. Solo queste facoltà potrebbero essere la tua carta vincente. Ma cresceranno e si manifesteranno in te? O resteranno allo stato latente?»

Mi confermo, in questa notte tormentata – ed è l'unica consolazione che d'improvviso mi illumina – che, sì, esse sono cresciute, si sono manifestate.

La magia solare, di cui vado acquistando sempre più

padronanza, mi consente le meraviglie del possibile. Ho orrore dell'equivoco in cui i più continuano a cadere, senza sceverare il grano dal loglio. Perciò ribadisco: magia solare nel senso di naturale, dello Spirito Intelligente, a cui già i papiri degli antichi egizi e i salmi di David riconoscono un ruolo essenziale nella vita dei popoli, da distinguersi dalla magia artificiale e dalla magia nera, da quell'accolita di ciarlatani che si improvvisano santoni, taumaturghi, prestigiatori dell'esoterico, seguaci di Satana e via dicendo. Gente, anche questa, che andrebbe eliminata.

Come non capire che sto parlando dell'arte, praticabile, del nostro diritto alla felicità?

Essa, ripeto ancora una volta, si nutre di religiosità cosmica, di fede nella razionalità dell'Universo, che è pronto a dialogare con noi a condizione che ci togliamo i paraocchi di credenze sbagliate e ridicole, liberandoci di dogmi e dèi concepiti in miserabili forme antropomorfiche...

Sto parlando di un'arte che si rivela in un improvviso raggio di sole su un fiore, nello stellato dopo una tempesta, nel volto dei nostri cari accarezzato da una reciproca commozione. Ma non è solo questo, è ben altro. Essa comprende, infatti, i poteri che il complesso sociale possiede in sé, ignorati e mai usati: conoscerli e usarli significa superare i nostri limiti e le nostre catastrofi, trovare le soluzioni giuste.

Perciò anche la nuova scienza si sta accoppiando a questa arte sorella.

Ci hanno creduto grandi spiriti. Da Democrito a Francesco d'Assisi, da Spinoza ad Einstein, il quale confessava:

"Mi ha consentito di comprendere una parte del Segreto che governa l'eternità della vita. Quel Segreto spasima per farsi conoscere. Perché continuiamo a non ascoltarlo? Perché, se la nostra felicità è possibile?"

Lo affermo a me stesso, con il mio dirmi forse pazzo in questa notte: di tutti gli esseri simili a quelli che ho lasciato in mezzo al disastro dell'Isola Tiberina, io sarò il cantore, il profeta, perché no?, non importa se minimo, non importa se nel micro dove si produce il *batticuore* delle mie premonizioni. All'Isola Tiberina, gli antichi "Portatori di conoscenza magica", umili ma testardi, stanno raffigurati, in pitture e maschere, lungo gallerie dove risplende l'oro dei Grandi Saggi della tradizione tibetana, che si oppongono a Yama, il Signore della Morte. Io sarò uno di quei testardi "portatori", ora sfregiati a colpi di coltello, di un culto che sta investendo una parte sempre più vasta del mondo.

Io lo credo: è la nuova rivoluzione.

Lo stato dell'uomo, nella congerie delle leggi, degli istinti repressi e depressi (una miriade di depressi), è diventato così tragico e grottesco che occorre inventare un altro scandalo, dalla parte dell'innocenza: prodigiosamente vitale. A meno di non esistere per scialbe ripetizioni.

In positivo: non è forse, questa, una fase storica caratterizzata da rapide ed estese trasformazioni in ogni campo? In negativo: non sono forse, il nostro paese e l'Europa, arrivati al capolinea della decadenza, dove si proclama di cambiare un sistema di valori, dove si vuole cambiare musica? Ebbene, la si cambi con le magiche armonie di un nuovo umanesimo; e ciò che ho premesso prova che esse possono tradursi in un nuovo assetto sociale.

Tutto continua a leggersi essenzialmente in chiave politica.

Non è morto il vizio invadente della politica: come un tic, un riflesso automatico. Per quanto degradata fino all'anacronismo, ormai incapace di una sintonia con la gente, la politica, la più vuota delle parole, continua a prevalere sul sentimento della vita.

Con lucidità e senza paradosso, avanzo dunque la proposta di una nuova formula... *La politica delle forze misteriose dell'uomo e delle cose, del recupero del sentimento primigenio della vita.*

L'effetto che potrà sortire? Preferibile, comunque, all'altra politica del funebre, che non produce più effetto alcuno.

Che sia la politica di una società che cambia sogno e stile: dal sogno di un vecchio mondo che si spera in qualche modo di migliorare – speranza assurda perché si è tolto ogni prestigio alla fantasia – al sogno collettivo di un futuro che sarà diverso solo ripristinando l'immaginazione, la pietà, la simpatia umana, battendo le strade di conoscenze differenti, a cominciare dall'idea di Dio, che è lontano anni luce da ciò che ci spinge a credere l'abitudine peggiore: quella della fede comoda.

Ogni stile è un linguaggio. Ogni nuovo linguaggio va imparato. Lo si impari cessando, anzitutto, di essere asserviti fino alla follia a una realtà che non è più tale, priva di consistenza attendibile, affidata alle supposizioni e alla dietrologia, affollata di fantasmi del terrore, il cui unico segno concreto è il sangue che spargono fra noi.

... mi accorgo che posso spegnere la lampada senza cadere nel mio incubo di cecità. È l'alba, infatti.

Mi affaccio su Roma che si rischiara.

E mi torna alla mente il passo di un articolo di Italo Calvino, che aveva per titolo, appunto, "La forza delle cose": "... C'è un grande silenzio, come se tutti i motori avessero sospeso gli scoppi, e la vita rotante del genere umano si fosse fermata. Il giorno in cui la crosta terrestre riassorbirà le città, quel sedimento di plancton che è stato il genere umano sarà ricoperto da strati geologici d'asfalto e cemento, e tra milioni d'anni s'addenserà in giacimenti oleosi, non sappiamo a vantaggio di chi".

Parole che cancellano in me, già sfiorato dal sole che è il mio grande compagno di fede, quel sottile senso di onta che proviamo allorché, nelle battaglie ideali, ci afferra il dubbio che il nostro possa essere un vizio d'utopia.

Oppongo, all'allucinazione profetica di Calvino, l'altra visione, che porto nel cuore e ho inseguito in tanti viaggi, dei *chorten* tibetani che sorgono contro lo sfondo dei monti ocracei, fino alle distanze celesti indiamantate di neve.

Potessi vivere tanto da vedere la crosta terrestre riassorbire le città, seppellire per sempre quel sedimento di plancton che sono io, che siamo tutti noi, io continuerò a credere nel compito che mi sono prefisso.

Mi rendo conto di un mio sorriso, anche di amara ironia, in cui si è dissolto il mio furore.

7.

È una passeggiata dolce, con Tano, per certi borghetti romani.

Non si può passare da queste parti senza che la gente esca dai negozi per salutare, con un intrecciarsi di motti e battute. Tano gode di popolarità nella Roma verace: è come un campione; è più che mai, qui, l'*uomo che vola*. Viene riconosciuto, assalito dai ragazzini.

E lui risponde salutando con gesti da divo.

Ma con stanchezza, stavolta, con malinconia. Perché oggi non si fa che parlare, anche nei borghi, del disastro all'Isola Tiberina.

Tano è sconvolto, non riesce a trovare parole al suo sdegno. Un giorno mi ha raccontato la leggenda che va sotto il nome di "Carità Romana" e ricorda la nascita della città, la lupa; narra infatti di un padre condannato ingiustamente a morire di fame in San Nicola in Carcere, che venne mantenuto in vita, a dispetto dei carnefici, dalla moglie, dalla sorella e dalla figlia, che lo nutrirono col latte del loro seno.

Ricordo a Tano la leggenda.

«Già» commenta. «C'è sempre una Provvidenza. Ma com'è faticoso inseguirla, aspettarla, soprattutto fabbricarsela, ogni volta!»

Scopriamo che Roma, in un'altra zona di Trastevere, è tutta canzoni e pantomime: sconosciute, amare, felici. Ce ne allontaniamo, ci trasciniamo i pensieri in una delle nostre camminate, dove lui mi porta a scoprire altre leggende. Arriviamo in Piazza della Bocca della Verità. La Bocca è un mascherone scolpito che, secondo il "Mirabilia Urbis", poteva pronunciare oracoli e serviva per giurare, infilandoci dentro la mano, che veniva morsa a sangue solo a colui che giurava il falso. E il Belli ne dice: "È una faccia de pietra che t'impara – chi ha detto la buscìa, chi nun l'ha detta".

Per Tano, i luoghi delle leggende romane sono come il telescopio per l'Omino Alessio. Tuffa la testa nel mascherone, con l'atto del domatore dentro la bocca della tigre. Ma per quanto scruti in quel buio, nessun oracolo lo soccorre.

Allora gli dico:

«Voglio che ai discepoli di Miriam vada il denaro che ho da parte. Da quando mi sono separato da mia moglie Marta, l'ho messo da parte prevedendo il giorno in cui avrei smesso di lavorare. Per riposarmi e non pensare più a nulla, finalmente, e godermi in pace quel tanto di vita che mi resta.»

Tano è al corrente di ogni mia faccenda, anche dei miei averi e risparmi. Mi obietta:

«Resterai senza una lira.»

«Tornerò a vendere storie. Come gli antichi fabulatori della mia terra, che raccontavano anche loro leggende. Come agli inizi della mia vita di narratore. In un certo senso, non mi dispiace l'idea di tornare daccapo.»

«E il tuo proposito di riposarti, un giorno, finalmente senza rogne e assilli?»

«Era un sogno impossibile.»

Tano scruta sempre, con rancore, la Bocca della Verità.

Gli chiedo di darmi una mano a provvedere. Gli adepti di Miriam dovranno avere una nuova sede, nel posto più tranquillo.

«Esiste? Credi davvero che esista, da qualche parte?... Per me è come la Carità Romana, la Provvidenza.»

Gli rispondo:

«Lo cercheremo, Tano.»

Quarta parte

1.

Le comunicazioni medianiche che mi collegano con Rol, attraverso il sentimento dell'amicizia, possono avvenire senza alcun contatto diretto.

Nello spazio, quel sentimento acquista parole.

Come quando mi metto lì e fantastico. E il mio fantasticare si serve dell'alfabeto di Rol. Ossia io inseguo un mondo di immagini già elaborate da un'altra mente, allo stesso modo in cui potrei figurarmi un paesaggio seducente e a me sconosciuto, in precedenza esplorato da una persona diversa da me che mi trasmette le sue emozioni visive.

Non fa molta differenza con le lettere che l'amico mi scrive. Le lettere reali si distinguono da quelle immaginarie per il fatto di essere scritte su un foglio: il che è un semplice dettaglio, concreto, sì, ma in sé di poco conto.

E anche a una lettera reale può seguire un dialogo medianico fra me e Rol.

Com'è successo ieri. L'amico mi ha annunciato:

"Si chiamerà Giulia. Vedo l'iniziale del suo cognome: J. Sarà una donna che entrerà nella tua vita. Ti capirà. Ti darà la sua bellezza, di corpo, di anima, la sua gioventù."

"Quando?"

"È una donna che conosce i tempi esatti. Quando sarà il tempo giusto."

"Parlamene."

"Ti libererà dai fantasmi a cui cerchi di dare un senso, con uno spreco di energie che potrebbero logorarti, col rischio di una depressione sempre in agguato. Ti farà da guida, intelligente e non conformista, nella vita *normale*, e l'animerà... Non sarà un tradimento al tuo mito di Miriam. Ma un immergerti parallelo – che gioverà, per contrasto, al tuo 'contagio magico' – in una dimensione che dovrai recuperare: la concretezza reale."

Insisto:

"Quando avverrà questo incontro?"

"Anche Miriam è entrata nella tua vita quando certi fatti, certe crisi, l'hanno richiesto."

"Perché deve sempre accadermi qualcosa di sconvolgente, spesso con amarezze e delusioni, per avere poi una ricompensa dalla vita? Ci sono persone per cui tutto è più facile."

"Non credere."

"Giulia J. Non conosco nessuna con..."

"È lei che ti conosce. Come scrittore, come personaggio. Ha, di te, un piccolo culto. Diciamo che, da tempo, vive un suo rapporto con te... Questa è un'altra magia della vita, no? Che il nostro destino possa essere, in parte, già conosciuto da altri che lo divideranno con noi."

"Giulia J."

La comunicazione medianica è come un sogno che colma, illumina una notte. E ci pare, appena svegli, che esso contenga una verità di estrema importanza.

Ma poi, per lo più, i sogni si dimenticano.

E io dimenticai quel sogno di cui un giorno, presto, mi sarei ricordato con meraviglia.

2.

Suona alla porta il giudice.

Prima era soltanto il giudice di tribunale responsabile della causa di separazione da mia moglie Marta; ora, è anche mio giudice di vita, perché mi è diventato sinceramente amico. Un altro amico, non meno singolare degli altri.

Esistono persone con cui riusciamo a combaciare subito; per quanto mi riguarda, si tratta per lo più di tipi bizzarri. Fin dalla prima udienza che ci portò di fronte, il giudice capì la mia solitudine, sulla quale sintonizzò la sua; non si lasciò condizionare dalle accuse che mi venivano rivolte come marito, e afferrò, del mio matrimonio nevrotico andato a monte, certe ragioni inconfessate, in particolare le mie angosce depressive, rimaste ignote a Marta che, su di esse, non ha mai accettato un dialogo.

Mia moglie si sbrigava:

«Se sei matto, fatti curare.»

Non gliene voglio, perché so che ha agito non per disamore, ma spinta piuttosto da una mentalità squadrata, da isolana dalmata: chiusa, per vocazione ed educazione, ai labirinti sfuggenti del cervello umano, da cui si generano azioni e, in pari misura, omissioni, facili ad essere equivocate.

Sono le otto del mattino. A quest'ora, io non connetto. Lui invece, piccolo, coi baffi ben curati, appare arzillo, sveglio con arguzia, e già intimamente soddisfatto di qualcosa che gli accende gli occhi neri. Quando gli stringo la mano, mi accorgo che, con cura, si è anche profumato. Gli obietto:

«Non potevi capitare in un momento peggiore.»

«È il mio mestiere» ribatte, imperturbabile «capitare nei momenti peggiori della gente, non credi?»

La mia causa continua da quattro anni, di udienza in udienza, di rinvio in rinvio. Temo, ormai, che sarà una causa infinita. Come suppongo che il giudice intrighi affinché lo sia, per il timore che possa interrompersi, altrimenti, il nostro rapporto d'amicizia.

Ogni volta che mi piomba in casa, per prima cosa lo provoco:

«Allora, la mia causa, questa benedetta causa?»

«Corre! Corre!»

«Ma dove corre, di grazia? Corre da tanto tempo che deve aver raggiunto un punto astrale, essersi perduta nel cosmo, come i miei sogni.»

Sorride. Ama i miei sogni. S'incanta, quasi come Tano, quando glieli racconto. Specie il sogno di *Las Delicias*, che coincide con il suo, mai realizzato. *Las Delicias*, il piccolo paradiso caraibico dove, gli dico, è sempre primavera, e si può fuggire da questa vita, sparire laggiù, a vivere un'eterna primavera; dove si è avvolti da giardini che hanno colori di una delicatezza d'alcova, rose che si affollano più carnose e fiammanti delle rose purpuree del Cairo, ed esistono alberghi pieni di stanze in cui si consumano amori favolosi...

«È là che dovresti fuggire, amico mio, dimenticando i tuoi tribunali.»

«Ci fuggirei all'istante. Ma come posso, se non mi dici dove sta?»

Non glielo rivelo, infatti. Ho anch'io i miei buoni intrighi da far correre, affinché il nostro rapporto non s'interrompa.

A proposito della mia causa, stamani torno a provocarlo:

«... E magari non corre, non è mai corsa, magari ristagna nelle fogne di Roma.»

Ho letto sul *Messaggero*, in questi giorni, di malefatte al Palazzo di Giustizia, dove la mancanza di personale provoca il caos. Il titolo del giornale annunciava: "I fascicoli processuali finiscono, in gran numero, nelle fogne e nella spazzatura":

«Confessalo» lo incalzo «che come marito sono finito nella spazzatura. Forse meritavo qualcosa di più, il macero magari; ma almeno, così, ho chiuso per sempre con uno dei miei fallimenti.»

«Tua moglie Marta resta innamorata di te, sia pure alla maniera sua, nevrotica e contraddittoria. E questa causa è un alibi, un cordone ombelicale con te, che lei non vuol recidere...»

«Ma intanto mi aggredisce.»

«Benché non viviate più insieme, e benché continui a compiacersi dei tuoi libri, dei tuoi film, del tuo successo, non riesce ancora ad accettare certe tue "trasgressioni" con le quali non ha mai saputo convivere, inquadrandole per ciò che sono: le boccate d'ossigeno, le curiosità che nutrono un creativo, dove non esistono né malafede, né tradimento.»

«Sparla di me, non fa che alimentare la pretesa di alimenti, non la smette di lasciarsi condizionare dalle chiacchiere meschine di chi volgarmente fruga nell'intimità altrui per spargerne veleno!...»

«Alibi, di nuovo, che rientrano perfettamente nel cordone ombelicale.»

«Ma io» reagisco con collera «non ho mai avuto alibi, bensì comprensione, con le sue nevrosi che spesso esplodevano violente senza una ragione logica; un inferno che si alternava, lo riconosco, a momenti di impagabile dolcezza...»

«Cordone ombelicale!»

«E dannato sia! È una vita che lotto per districarmi da cordoni ombelicali di ogni specie e provenienza. Mi sento un incantatore di cordoni ombelicali, che mi hanno sempre avvolto come serpenti. E un giorno di questi, io prenderò un cordone ombelicale, lo fisserò a una trave, e mi ci impiccherò al cordone ombelicale!»

Il giudice continua a sorridere, rasserenante:

«Tu e Marta siete stati come i corpi di due danzatori ammaliati dalla stessa melodia, portati per vocazione all'armonia di quella danza, ma che hanno cozzato fra loro per un banale spostamento d'asse.»

Se ci rifletto, è ben vero che il giudice capita sempre nei miei momenti peggiori. Ma non succede a caso: sembra fiutare quando mi trovo in difficoltà, con il sesto senso dell'Omino Alessio. E poiché è una delle persone più intelligenti che conosca, a dispetto o in virtù della sua stravaganza, egli mette in pratica, a mio favore, il principio che l'intelligenza è spesso allegria e non lesina un senso di felicità.

Insomma, il suo intento è di riacciuffarmi per i capelli dalle mie scivolate nella depressione. Tuttavia, non lo confessa. Per giustificare le sue intrusioni, arriva con le scuse più diverse: portandomi dolci e provole della sua terra, o libricini preziosi che va scovando in giro, per le bancarelle; anche se sa che i dolci non li amo e le provole le detesto, per cui quei doni finiscono nella stessa spazzatura dove lui, probabilmente, ha buttato il mio fascicolo processuale.

Stamani, le sue mani sono vuote. E io sono curioso di sapere a quale appiglio ricorrerà.

«Allora?» lo sollecito.

È venuto di slancio, senza giustificazioni precostituite. Lo capisco da come annaspa intorno con lo sguardo, a caccia di un pretesto, finché gli occhi non gli cadono sulla piccola boccia di cristallo dove conservo delle piume mirabili, per colori e forma: le piume di Salomone, il volatile che fu il primo amico sensitivo che mi venne in soccorso dai cieli, e che da un pezzo è sparito.

Le raccoglievo quando Salomone saltava sul mio tavolo di lavoro e veniva a spiumarsi beatamente accanto alla macchina da scrivere, con una complicità che ci legava da sempre: io mi liberavo dei miei pensieri superflui, lui delle superflue piume, che alla luce risplendevano come diamanti, e io le chiudevo calde nel cavo della mano; mentre l'occhio del volatile, fissandomi, non solo mi esprimeva gratitudine per tanta amorosa cura, ma passava ai miei occhi il suo campo magnetico, dal quale si generavano spesso visioni premonitrici, catturate nello spazio. Esse si facevano mie, umane.

Salomone tornava a svolazzare alleggerito, fischiando questa leggerezza, e allora poteva capitare che subito il telefono squillasse; alzavo il ricevitore, udivo:

«O dolce amico – un riso, una speranza, un fior la terra...»

Da Torino, la voce di Rol, che accennava a una delle mie arie preferite, dal *Trovatore*.

... il giudice dice:

«Volevo sapere che fine ha fatto Salomone. Era il tuo compagno preferito. Come mai è scomparso?»

Una spina in più. Avevo rimosso gli interrogativi su Salomone, per non soffrirne.

«È morto, forse?»

Non realizzo subito. L'idea mi si affaccia per la prima volta. È terribile, questa idea:

«La colpa è del viaggio che ho compiuto, dopo la scomparsa di Miriam» gli rispondo, a caso, la testa d'improvviso confusa. «Mi ha tenuto troppi mesi lontano, e lui, Salomone, avrà creduto che l'avessi dimenticato, che non gli volessi più bene...»

Fisso il giudice:

«No, non può essere morto!» E di nuovo, a caso: «Sarà tornato là dov'è nato, sul Lago Nakuru, uno dei paradisi degli uccelli: in quell'angolo del Kenya, sotto un cielo allietato da un immenso concerto di volatili, dove il pellicano decolla dopo una rumorosa corsa sull'acqua, le file dei fenicotteri restano sospese a mezz'aria... Dove, forse, Salomone ha conosciuto il primo slancio d'amore della sua vita, mentre compiva la sua prima virata coraggiosa: per un fenicottero rosa, maestoso e slanciato, scambiandolo per la propria madre...».

Parlo a vanvera. Nemmeno io, nel mio cuore, ci credo.

Salomone, Miriam, i suoi adepti: tutto un mondo che sembra davvero sfuggirmi nell'invisibile.

Mentre saliamo nello studio, il giudice ricorda l'ultima volta che l'amico veggente con le ali rallegrò uno dei nostri incontri: passò fra i divani contrapposti, fra i miei piedi e quelli dell'ospite, tenendosi sulle zampe come certi "balenghi" dalle parti mie, ganzi dell'anima, che andavano sulle punte delle scarpe di vernice, le mani affondate nelle tasche, fischiettando, per non far intendere né alle donne né a Dio che la malinconia pesa.

Le tecniche per attirare l'occhio le conosceva bene, Salomone, le aveva imparate dalle giravolte fra le nuvole, e il visitatore finiva per seguirlo incantato, mentre ne inventava di tutte... Saltò sulla macchina da scrivere e vi si appostò come se fosse l'illuminato scrittore; poi, attraverso lo studio, fu tutta una danza: in tondo, a saltarello, su mobili, pile di libri, tavolini, un balletto d'ironie...

Parlo al giudice della magia degli animali, che anche l'etologia più severa riconosce. Gli preciso che la migrazione degli uccelli, in particolare, obbedisce ad enigmi che restano inesplicabili:

«La scomparsa di Salomone è un enigma. Non una morte.»

Vorrei, con tutto me stesso, che fosse così.

Cambio discorso, per non pensarci più. Ma l'ironia ha la luna storta, quando chiedo:

«Allora, le tue donne?»

Al giudice, infatti, interessano le abitudini e i costumi di ben altre specie animali, in particolare il loro adattamento alle esigenze dell'uomo. Scherzando, lo definisco un etologo di femmine, uccellatore di strambi volatili muliebri, benché egli preferisca autoproclamarsi, da bizzarro qual è, e a volte criptico: "Seduttore di me stesso attraverso le donne".

Quando ci sediamo di fronte, nello studio, il suo piacere massimo è raccontarmi le sue avventure amorose: sempre strabilianti, eccentriche o paradossali. Sembra che non conoscano normalità le donne che trafficano nel suo ufficio in Tribunale, tutte in attesa di separazioni o divorzi, nonché alla caccia disperata di risarcimenti, oltre che economici, sentimentali e sessuali. E lui, il mio giudice, simbolo dell'uomo-potere che ha in pugno il loro destino, finisce per diventarne il confessore, lo psicanalista, soprattutto il sostituto perfetto – in regola, anche legale – degli amanti perduti o ricercati.

A suo dire, non c'è femmina tribunalizia che gli resista. Perdono la testa per lui. Molte – ironizza – s'innamorano al punto che pretendono di divorziare al più presto per poterlo sposare. Il che lo induce a far correre le cause, possibilmente all'infinito, come fa con la mia.

«Eppure» riconosce «non sono bello.»

«No» lo rassicuro. «Non lo sei. Sei proprio brutto. Di una bruttezza, diciamo, così esemplare da diventare affascinante.»

Recita per me, il giudice galante, lo so: per vedermi sorridere. E finiscono per affascinarmi le sue storie dove i sensi conservano una giocosità infantile, caleidoscopiche immagini, e la sessualità ha l'ironia e lo sberleffo con cui si esagera col mondo, e lo si rende gigante, solo quando ci afferra il rimpianto che non ci appartenga più.

Tuttavia, lo *Stanzino delle femmine*, che egli va decantando, esiste davvero. È attiguo al suo ufficio.

Ricordo il giorno in cui vi venni introdotto. Mi guardai intorno, sorpreso: c'era appena una finestrella, una lampadina accesa proiettava un cono di luce azzurra. Una macchinetta per il caffè, da una parte, delle tazze sporche. Uno stereo, su un tavolinetto. E nell'aria, in effetti, un profumo di donna.

Il giudice si lasciò andare in una poltroncina malandata. Il grande brusio del Tribunale, da fuori, era come se accarezzasse il nostro momentaneo silenzio. Gli occhi dell'amico si accesero, si socchiusero:

«Qui» confessò «mi faccio tutte quelle che posso... E io, proprio io, dovrei giudicare le sue "trasgressioni"?»

Mi scrutò con lo sguardo colmo della disperazione peggiore, quella che s'accoppia al sarcasmo. Allora capii che, in realtà, si trattava dello stanzino della sua solitudine, dove cercava scampo, attraverso effimeri amori, dall'angoscia di un'umanità da tribunale, che ha un suo odore che stringe lo stomaco.

C'era molta dolcezza nelle sue parole, quando disse:

«Scrivimi una *Memoria*... Una *Memoria* di tua mano, senz'ombra di avvocati, senza capziose intenzioni. Fallo per me: sinceramente, con tutta la tua anima...»

Quella confessione, sincera fino alla spietatezza, scritta in alcuni mesi di esilio a Parma, fu, come i miei lettori sanno, il primo atto di questo progetto di vita che vado concludendo.

Sto riflettendo sulla gratitudine che devo al mio giudice, quando avvertiamo un tonfo soffice contro la vetrata, la porta che dà sulla terrazza si apre dolcemente sotto la spinta dell'ala: fra i battenti, vediamo spuntare il becco, poi si insinua la testa, che scruta intorno... Possibile che sia Salomone – leggo negli occhi del giudice – con quell'esitazione che mai ha avuto, quasi volesse testimoniarmi la sua presenza, verificare la mia solitudine, avendone al tempo stesso timore?

«No» gli spiego. «Non è una magia. È soltanto un uccellino che assomiglia a Salomone, ma assai più piccolo, come puoi vedere, uno dei tanti che fanno sosta qui, perché la mia terrazza è uno dei punti più alti di Roma. Sono giorni, che viene...»

«Che buffa idea» esclama l'amico, e se ne illumina.

«Quale idea?»

«Che possa essere il figlio di Salomone» ride di cuore. «Pensa se gli uccelli che hanno magia, come mi hai raccontato, si comportassero come certi esseri umani... Un padre che è partito, deluso, o forse è morto, e, prima di partire per sempre o di morire, ha detto al proprio figlio di andare, un giorno...»

«No» gli ribatto, troppo sicuro. «Sono cose che, per quanta magia esista, non accadono.»

Non faccio in tempo a finire la frase che mi accorgo di aver sbagliato, io, proprio io, che mi dichiaro cantore delle sorprese della vita. Il piccolo volatile entra ed esegue, esattamente, la danza con cui Salomone ci deliziò, l'ultima volta.

Si aggira da padrone, passa fra i divani contrapposti tenendosi sulle zampe come certi "balenghi" dalle parti mie; dimostrando di conoscerle bene, le tecniche per attirare l'occhio, salta sulla macchina da scrivere e vi si apposta come se fosse l'illuminato scrittore, poi vola attraverso lo studio, ed è tutto un balletto d'ironie: in tondo, a saltarello, su mobili, pile di libri, tavolini, ora più arioso, tracciato in estensione, ora più contenuto e in verticale, e l'atmosfera ne è così immagata che ci sembra di udirli gli strumenti con cui l'immaginazione dà a quella danza accompagnamento musicale.

Ne ho la dimostrazione lampante di come la musica

medianica, che si diffondeva nella sede del Gruppo di Miriam, è davvero una meraviglia che sta nelle cose.

Il giudice mi stringe le mani:

«Dimmi che possiamo ancora non essere soli, in questo mondo!»

«Lo sai benissimo...»

«Dimmelo» ripete.

Non glielo dico.

Il piccolo volatile, dal suo gioco d'improvvisazioni, gira la testa verso di me per farmi intendere la risposta che non mi viene.

3.

Continua l'ingresso, nella mia vita, di sconcertanti personaggi, provocato da quello che ho definito "l'assalto della gente".

Assalto in doppio senso – ripeto – negativo e positivo: come aggressione, invasione e, al contrario, come fascinazione subita e manifestata, richiesta di aiuto, di dialogo.

Ma prima di affrontare questo capitolo, vorrei esaudire la curiosità, non effimera, che spinge i miei lettori a interrogarmi su alcuni poteri e personaggi che hanno cominciato a manifestarsi ne *I Sensi Incantati*, e in questa storia continuano e sviluppano la loro vita.

Ricevo molte domande anche sulle mie esperienze, ovviamente, e sul mondo delle mie idee.

Scelgo a caso, fra le lettere che mi arrivano ogni giorno e fanno parte, esse stesse, di questo mio progetto narrativo.

Molti insistono sugli episodi di chiaroveggenza – l'arte di vedere cose lontane e nascoste, ignorando le barriere spaziali e temporali – che alcuni Grandi Sensitivi, nei luoghi più diversi, hanno provocato in me, usandomi come tramite, e strumento, del loro potere.

Visioni che si approssimano ai prodigi, della fantasia e della memoria, che realizzano la creatività dello scrittore. Esse portano "al di là di ogni limite" – per citare uno dei poeti della matematica, Georg Cantor – in quella dimensione di infinito contesa fra filosofia e teologia, dominata a stento dai matematici, contrastata dalla fisica, ma concreta e multiforme. Ciascuno se la porta confusamente dentro di sé, e può testimoniare di aver provato, almeno qualche volta nella vita, percezioni e precognizioni che hanno smentito l'ordine logico da cui ci sentiamo imprigionati.

Si ritiene che l'inquietante concetto di infinito sia di pertinenza quasi esclusiva della teologia: quale errore! L'infinito è piuttosto un modo di esprimersi, che dunque ci appartiene, non concetto ma potenzialità di cui possiamo servirci per liberarci dalla tirannia del luogo comune.

La mia prima *visione* si verificò in un piccolo monastero di Gangtok, la capitale del Sikkim. Il monastero si specchiava nella natura dell'Himalaya, tutta vertigini ed eccessi; l'avevo raggiunto uscendo, dalle valli sepolte nelle nebbie e nelle piogge, allo scintillio delle vette con i ghiacciai liberi nel sole. Sorgeva dove la foresta cessava di ghermire con i suoi tentacoli e mazzi di orchidee bianche lo assediavano, in un'ombra squarciata dai colori delle farfalle che si spostavano a nuvole improvvise, di una stupenda varietà di forme e proporzioni.

La foresta restava, tuttavia, a breve distanza: una barriera minacciosa, che teneva puntati i suoi occhi occulti.

Mi tentava.

E per sfuggire all'incanto del monastero, per ritrovarne più limpide le bellezze, più calda e confortevole la protezione allorché tornavo a rifugiarmi, mi inoltravo oltre la barriera, sapendo che in nessun altro posto al mondo vita e morte, splendore e orrore, sono così indissolubili.

Potevo imbattermi in un'enorme farfalla gialla posata sulla carcassa di un animale orribilmente dilaniato. E come se attraversassi in un volo vertiginoso paesi collocati agli opposti della terra, passavo, da zone di vento e di freddo, a distese di frutti che scoppiavano di succhi, a fiori carnosi, colorati in viola, in azzurro, come velluti deposti intorno alle radici degli alberi; da piccole pianure lussureggianti, a spazi cosparsi di rettili insidiosi, vermi, tronchi morti, foglie secche crepitanti al vento, e nel silenzio si incideva solo quel rumore sinistro, come poco prima, al contrario, i colombi selvatici avevano cantato con una malia seducente.

Passavo dalla tempesta al sole accecante, dall'uno all'altro elemento, da una specie all'altra.

Capivo che quella foresta era come un gigantesco ventre materno che partoriva con un eccesso inesauribile, e ogni vita si faceva strada a spese di vite diverse, ogni voglia esplodeva ma veniva pagata con lo sgomento.

Allora rientravo, sconvolto, nei labirinti del monastero.

Avevo fatto amicizia con un giovane monaco, Tashi, a cui bastava fissarmi per leggermi negli occhi domande e desideri. Egli si dichiarava pronto a trasformarli, all'istante, in visioni che – mi assicurava – avrebbero avuto la concretezza della realtà, precisando che lui stesso era oggetto di metamorfosi.

Si offriva, Tashi, a queste *visioni*. Insisteva.

Ma io facevo resistenza, per un'istintiva paura.

«Chiedimelo quando vorrai» mi rassicurava. «Chiedimelo semplicemente con il pensiero.»

Gli ripetevo che avrei trovato il coraggio. Ma, di giorno in giorno, rimandavo la forte tentazione.

Seguivo Tashi nel Gön-kang, che è l'antro cappella di

ogni monastero, dove dimorano gli "Yi-dam", gli dèi tutelari. La presenza del monaco subito lo illuminava. Tashi aveva una voce melodiosa. Amava le pietre rare, le lacche, le giade, che accarezzava con dita da asceta raffinato. E si spostava da un punto all'altro del monastero, leggero e rapido, come se si muovesse per levitazione.

Era nato fra i massi delle morene, patria degli umili portatori, e per questa nascita conservava improvvisi ritegni, timidezze.

"Aiutami" gli chiedevano i miei occhi. "Confortami."

Mi conduceva a una finestrella da dove si respirava il cielo, la mente colmandosi delle altezze vertiginose: era come se venissi proiettato in quelle distanze e, al tempo stesso, si proiettassero in me le piramidi sfavillanti del Ciomolari, del Pauhunri, del Cancenzongà.

Tashi modulava un gesto della mano, in silenzio, e così mi indicava che là c'era il Tibet, e là il Nepal, e là si stendeva l'India.

Dimenticavo la foresta. Nel monastero, la materia sembrava non esistere più, né esistere il tempo. Dal capriccio della bellezza che si alterna alla crudeltà, dalla natura che è sempre una e un'altra che la smentisce, i labirinti d'anima dove mi perdevo nel monastero, mi portavano a credere che persino la morte è cristallo di una mente, è Dio.

Brillavano le stelle, la luna scivolava per i canaloni di ghiaccio, la notte in cui, accanto a Tashi e di fronte alla finestrella, provai irresistibile la nostalgia di mia madre lontana; la provai pensando all'eterno, afferrando un raggio lunare che rendeva di cristallo, appunto, una farfalla che mi parve chiusa nel suo sonno, posata sopra un mattone, e che d'improvviso prese a riflettere minuscoli bagliori di verde, rosa, oro: quasi un annuncio dell'alba imminente.

La provai – quella nostalgia di mia madre – scoprendo, con la mano di Tashi che si stringeva alla mia, come sulle cose della terra possano regnare la trasparenza, le purezze finali e primordiali.

Fu allora che, con un semplice sguardo, feci intendere a Tashi che ero pronto, anche se il cuore mi batteva forte.

Un pensiero mi attraversò la mente: il momento della mia nascita. E subito quel momento si trasformò in visione: *la visione della mia nascita.*

Sapevo di essere nato all'alba. Nient'altro. Non ne avevo mai parlato con nessuno. Nemmeno con mia madre (con lei, "non avevo potuto parlarne"). Tornato in Italia, la interrogai. Il suo racconto coincise perfettamente con la visione...

Un invito a cui non avrei potuto resistere mi spinse a girarmi verso la finestrella, che ora non si specchiava più nello sconfinato splendore delle vette sotto la luna:

... era una finestra da cui cadeva una luce nebbiosa che rischiarava una camera povera: e là io nascevo, e il letto stava contro la parete di destra, e mia madre al centro del letto, e la levatrice era una donna minuta, e gli occhi di mia madre, fermi, chiari, resistevano al dolore per restare aperti, per cogliere, con tutto il loro potere di visione, il mio uscire alla vita, il primo brandello di me che fosse apparso, della mia carne di vivente... e infatti ora appariva, con la mia prima mossa simile al gesto di un'agonia, dal suo sesso dilatato fino ai limiti estremi, fino alla lacerazione, come spalancava la sua gola la foresta che accerchiava il monastero, da cui ogni volta sgusciavo via con uno sforzo, e mi pareva di grondare di tanta vita e morte aggrovigliate, di far parte del capriccio per cui la bellezza si fondeva con l'orrore, la tempesta si alternava, con soprassalti senza una logica di tempo e spazio, al sole accecante...

... quello era il primo sangue che io provocavo per

l'ostinata volontà altrui di volermi essere vivente, e negli occhi di mia madre che cercavano di non perdere un istante dei miei primi istanti, quello era il dolore represso con una sopportazione sublime, che in lei avrebbe continuato a ristagnare per tanti anni a venire, creando pensieri malati e ossessioni, a causa di me, incolpevole, a causa di quella mia nascita...

Forse la visione non durò che pochi secondi. Ma a me sembrò un tempo infinito. Mi ritrovai nell'abbraccio di Tashi. Il sole già illuminava i palazzi di ghiaccio delle vette lontane.

Molte altre visioni seguirono, nei due mesi che trascorsi nel monastero di Gangtok. Là, e nei monasteri tibetani di Lhasa, e nei piccoli templi del Nepal, si trattò di quelle che possono definirsi "visioni che ci appartengono": alla memoria sepolta in noi, sia essa attuale o prenatale o ramificata nelle generazioni che ci hanno preceduto. Altrove, le visioni da cui sono stato illuminato appartenevano al futuro: a quell'infinito che, solo apparentemente, non è in nostro dominio.

Mai avrei immaginato, allora, che il monastero, la foresta di Tashi avrebbero avuto tanta importanza nella mia vita futura.

In seguito, le comunicazioni medianiche con Rol tornarono spesso a riferirsi a quel regno che mi appariva, nel ricordo, di una lontananza siderale.

E Rol ripeteva:

"La foresta... Il monastero di Tashi."

4.

Molte domande anche sull'Amelia Bacchini: *la madre di mia madre*.

La prima: perché l'ho chiamata così?

Per due ragioni: perché si usa nella mia terra, per accentuare un legame di radice; ma soprattutto perché l'Amelia mi fu, davvero, due volte madre. Da quando mia madre precipitò in ansie e ossessioni – senza che i medici riuscissero a veder chiaro in un'usura nervosa provocata dall'esser venuta al mondo dopo tanti parti, dall'aver vissuto un'infanzia e una giovinezza difficili – lei mi prese sotto la sua ala come un ennesimo figlio, il prediletto (ero un bambino di sei anni).

"A lui lascerò il mio testamento spirituale" affermava.

E mi trasmetteva le sue fantasie, la sua cultura, le curiosità che l'avevano arricchita.

Sono i miei lettori che amano citare, da *I Sensi Incantati*, quei passi dove ricordo:

"Qualcosa..." esclamava la madre di mia madre. "C'è qualcosa!"

E usciva nel giardino della casa di Sabbioneta, portandosi la gatta sotto il braccio, con il passo di una dolce abitudine. Solo più tardi tentò di spiegarmi che il "qualcosa" era una forma di energia che raggiungeva la sua mente dall'Aldilà e si materializzava in una figura umana: l'Armando, il suo primo marito, morto da anni. Mi confessò che, uscendo nel giardino e appartandosi sotto una balconata seminascosta dalla vegetazione, andava a incontrarsi con lui, per un dialogo medianico:

«Viene a trovarmi, la notte.»

E un sorriso la illuminava.

Le lettere sono indirizzate a lei, attraverso di me. Dediche, messaggi di identificazione, note di suggestione e rimpianto. Questo personaggio, in effetti, determinò il mio destino: preservandomi, per quanto possibile, dai drammi della mia infanzia e conducendomi per mano ai mondi del magico, con la stessa naturalezza con cui mi portava nei piccoli cinema di periferia, a scoprire Charlot, Stanlio e Ollio, Buster Keaton. E facendomi sedere accanto a sé, aveva cura che ci fosse sempre un posto libero all'altro lato, figurandosi che lì venisse a sedersi l'Armando, per ridere insieme a noi delle comiche.

Dell'Amelia, che visse le mille avventure, ci sarebbe da dire per pagine e pagine. E forse un giorno lo scriverò "il libro della madre di mia madre".

Racconto dunque, dell'Amelia, un curioso rapporto che ci unì, e molti altri ne comprende, nel modo fuori norma di amarmi con cui lei vigilò su di me fino alla sua morte. Il titolo potrebbe essere: *Il legame misterioso del registratore*.

Negli anni, ho regalato all'Amelia registratori di ogni tipo: piccoli e grandi, rozzi e sofisticati, fino all'ultimo, capace di riprodurre la sua voce anche a discreta distanza e di tornare automaticamente daccapo, così che le sue confessioni incise potevano ripetersi all'infinito.

Le piaceva tanto registrare la propria voce, e poi riascoltarla. Fra le tante, piccole magie che praticava, quella meraviglia tecnica da nulla la esaltava più di ogni altra:

«Quanto mi piace, Marco...» anche lei amava chiamarmi col mio secondo nome, come Miriam. «Sapessi quanto mi piace risentire la mia voce!»

Non mi ha chiesto mai nulla, solo quello:

«Un registratorino nuovo.»

E quando mi trasferii a Roma, prese a scrivermi, ogni tanto:

"Mandamene uno che sia come una favolosa conchiglia marina, dove possa ascoltare tutte le profondità della mia voce..."

Glielo mandavo. Sapendo che l'avrebbe aggiunto alla sua collezione. Ne aveva una quantità, sparsi ovunque, in camera da letto, in cucina, nel vecchio salotto, persino negli angoli più oscuri e dimenticati, e quando la so-

Fu allora che accadde.

Il nastro, nel registratore, era arrivato alla fine. Avrebbe dovuto prodursi lo scatto che lo riportava daccapo, per diffondere di nuovo, "Sì, sono io, la madre della madre...". Invece, ci fu un silenzio, quindi un rantolo, un respiro amplificato, che ci diedero la sensazione di svegliarci da un sogno, in una dimensione che non era la realtà; infine un brusio, come di lingue frammiste, remote.

La voce della madre di mia madre tornò, ma sommessa, come se la mancanza di spazio fisico la rendesse simile a quella del monaco Tashi, quando mi chiamava dai limiti della foresta, invitandomi a rientrare nel monastero, e il richiamo ansioso doveva superare una distanza fitta di fibre in decomposizione, di insetti, felci, muschi, serpi che sgusciavano tra i fiori carnivori; lo splendore e l'orrore insieme da cui l'appello di Tashi veniva assalito, reso appena udibile, come appena visibile si faceva l'azzurro del cielo:

"Non avere paura" ripeteva, ora, la voce dell'Amelia, insinuandosi nella cucina dov'era caduto un assoluto silenzio, e pareva che anche le acque del fiume, vicine, avessero spento il loro battere, a ventate, sui contrafforti degli argini.

E ad essa, un'altra voce rispose. La voce di un uomo. Il suo tono ricordava il mondo quando si fa attonito e, di nuovo, il monaco Tashi, allorché si inginocchiava a pregare nella sua zimarra di seta bruna...

Subito vidi mia madre girarsi verso quella fonte di suono.

Quale dialogo ci arrivava dal registratore? Un dialogo fra la madre di mia madre e l'Armando, morto da anni? L'Amelia aveva registrato uno dei messaggi medianici che scambiava con l'Armando, il suo primo marito, l'uomo che aveva generato mia madre? Era a mia madre, in effetti, che la voce maschile sembrava rivolgersi, con il timbro di un affetto superiore.

La registrazione si interruppe per un attimo.

Restò udibile solo il respiro di mia madre, che capiva ciò che l'aveva sempre sfiorata, senza che ne fosse cosciente, lei che si rifiutava di essere cosciente persino della realtà comune, da cui rifuggiva; capiva, finalmente, le piccole magie che, per il tramite medianico dell'Amelia, si intrecciavano nella casa di Sabbioneta.

«Aiutami» udii dalle sue labbra.

Le due voci tornarono a farsi udibili attraverso infinite risonanze.

E la voce paterna rispose sia all'Amelia che l'aveva evocata nella notte del giardino, sia alla figlia, che l'Armando aveva visto solo bambina, perché era morto quando mia madre aveva cinque anni:

"Mi è stato difficile ritornare. Non sapevo più ritornare... Da dove tutto esiste perché non deve essere spiegato. Ma per te, per te io ritornerò ancora..."

Poi ogni voce, ogni suono confluirono in quel *cirlìnn*, quel ridere che ci prendeva per niente, me e l'Amelia, quand'ero piccolo. Quel ridere a scatole cinesi, che ora prendeva per niente l'Amelia e l'Armando, si perdeva nell'infinito insieme a loro...

Io e mia madre restammo davanti alla finestra, con la certezza che i due compagni, che si erano ritrovati, ci stavano scrutando sempre più lontani in un punto da dove è difficile tornare, difficile ma non impossibile, come stava tornando un tiepido sole di mezzogiorno sulle acque che di nuovo sbattevano contro i contrafforti degli argini.

Il registratore non riprese daccapo, come avrebbe dovuto.

Si bloccò.

5.

Mi chiedono anche di lei, Marta, la moglie da cui vivo separato.

Il passo di una lettera mi ha colpito:

"... è comprensibile che la rottura del rapporto sia vissuta come una tremenda ingiustizia: il partner spietatamente restituisce, 'rinvia al mittente' quelle componenti della sua personalità con cui egli non è capace di vivere; costringe l'altro, o l'altra, a caricarsi sulle spalle un fardello che solo in due era agevole a portarsi."

«Mi hai rovinato la vita.»

«Ce la siamo rovinata reciprocamente, Marta.»

Sediamo di fronte, io e mia moglie, nel corridoio del Tribunale, in attesa che il giudice mio amico ci riceva, come capita più o meno ogni tre mesi, quando ci convoca con gli avvocati per comunicarci un nuovo rinvio, provocato da uno dei soliti cavilli, necessità di prove e testimonianze ulteriori, che mi pare rendano senza fine la nostra causa di separazione giudiziale.

L'odore del Tribunale è quello di una tristezza d'anima che diventa tristezza di corpo, di carne umana, di fiati, e via via di gesti abituali, persino di vestiti indossati, di freddo della mattina assorbito nelle ossa, di notti maldormite che sono rimaste nella fissità opaca degli occhi: un odore così sprigionato, negli anni, che i muri stessi di questo corridoio hanno finito per farlo proprio, e trasudarne, come di un'umidità, una muffa cronica del cuore.

Questo odore si impasta con le parole che ci scambiamo. E non so mai se sia l'odore, a farmi nascere pensieri e frasi, o viceversa.

Mi sento fatto della muffa umana del Tribunale.

«Sei tu» dico a Marta «tu che hai voluto la separazione per colpa. Eppure il giudice sostiene che questa causa è un alibi, per te, un cordone ombelicale che ci lega, e che non vuoi recidere.»

Marta mi ricambia con una risata sprezzante, che avverto insincera, piena di un'occulta e più nobile amarezza:

«Se potessi farti scomparire dalla mia vita... Con un colpo di quelle bacchette magiche in cui credi tanto! Ma è come un'ossessione... E se non avessi i piedi ben piantati a terra, al contrario di te, potrei crederci davvero che esiste la *tua* magia.»

Ha accentuato il "tua" con un'altra nota di disprezzo.

«Che stai cercando di dirmi?»

«Che io faccio di tutto per dimenticarti» si è tradita, ma non glielo sottolineo. «E ci riesco, sai, a dimenticarti: ci sono giorni che la mia mente è libera dal pensiero di te, dal rammarico che si sia distrutta una vita a due...»

«Una solitudine a due, Marta. Non era diventata che questo.»

«... un rapporto» continua, senza raccogliere «in cui abbiamo costruito tanto, in fondo... Tanto, no?»

«Concludi.»

«Ebbene, riesco a essere contenta perché mi sono liberata dal peso di un uomo che mi ha fatto del male...»

«Erano sciocchezze, Marta, che hai ingigantito tu. Succede sempre, è inevitabile, che fra un marito e una moglie si producano incomprensioni, fraintendimenti, cose che appaiono in un modo e invece sono in un altro. Specie se una moglie è come te, talmente nevrotica da scambiare curiosità innocue, e in fondo umane, per trasgressioni inaccettabili, e subito dare in escandescenze, fare scenate, senza riflettere, ponderare, non dico con la complicità, dio me ne guardi, un bene che ti sei sempre rifiutata di praticare, ma almeno con quel tanto di comprensione generosa... Tu, che sparli di me, che non la smetti, nemmeno ora, di lasciarti condizionare dalle chiacchiere meschine dei tuoi amici che ti raccomando, gentaglia che volgarmente fruga nell'intimità altrui, non possedendone una propria, per spargere veleno, per provare il gusto maligno che tu mi detesti...»

Sono sempre così, i nostri dialoghi in Tribunale. Partono da un punto preciso e finiscono per perdersi in una miriade di punti sfocati, un pulviscolo di animosità e rancori:

«Concludi, comunque. Cosa vuoi dirmi?»

«Che quando riesco a dimenticarti, e sono finalmente felice di ritrovarmi con una leggerezza e una nuova giovinezza, sì, anche, che mi fanno sentire padrona di me stessa, ecco che qualcosa, qualcuno, subito mi insinua di nuovo il tarlo di te... E non intendo i maligni delle chiacchiere, ma qualcosa, qualcuno di misterioso.»

«Misterioso?»

In passato, quell'aggettivo è uscito dalle sue labbra, nel senso di inesplicabile, solo a proposito delle mie trasgressioni.

«Sì. Magari apro un cassetto e trovo una cartolina che lì non dovrebbe starci, che non dovrebbe stare in nessun posto, perché ricordo perfettamente di averla bruciata insieme ai tuoi ricordi, quella cartolina che tu mi hai mandato, da fidanzati, con due righe d'amore, che allora sapevi scriverle, sentirle... È lì, intatta. E le due righe sembrano due occhi che mi fissano, beffardi, contenti di sbucare dal nulla per farmi battere il cuore... O magari è una telefonata. Di qualcuno che non dovrebbe telefonare, amici che ci erano cari i primi tempi che eravamo a Roma, ma dispersi da anni, partiti per vivere altrove, lontano, o forse morti, chissà. E quell'amico, quell'amica, ecco che mi parlano come se tanto tempo non fosse passato, come se fossimo stati a cena la sera prima, e mi dicono di te, che sei strambo, un po' pazzo, ma mi vuoi bene, sia pure alla maniera tua...»

Marta si alza. C'è sempre un momento che scatta in piedi, e vorrebbe andarsene, fuggire. Quante volte, così, anche quando si viveva insieme.

La riprendo. La convinco a sedersi, a continuare:

«... E io rispondo, al telefono, che non può essere, che è uno scherzo stupido: "Non puoi essere tu che mi stai parlando in questo modo, perché sono trascorsi anni, e non ti giustifichi, non dici nulla di tutto questo tempo passato"... Sarò nevrotica, come dici tu, ma si tratta di circostanze che giustificano i miei nervi che saltano, e grido al telefono: "Non posso credere che sei tu, perché vivi all'altro capo del mondo, perché...". Una volta, sì, l'ho detto: "Perché tutti sanno che sei morto...". E quella voce, tranquilla, così vicina che sembrava parlarmi a poca distanza dal mio viso, mi ha risposto ridendo, facendo sentire me fuori dalla realtà, dicendo con sorpresa, ironia, compatimento: "Che ti prende, Marta? Stai scherzando, Marta? Che gioco è questo? Dimmi che è un gioco...".»

Ci guardiamo. Marta ansima. Mi prende le mani, come a sorreggersi:

«Mi capitano continuamente episodi del genere. E sei tu che mi hai fatto una stregoneria, che stai adottando uno dei tuoi trucchi, perché sono trucchi, non magie, trucchi per non darmi pace.»

Le accarezzo le mani. Cerco, di nuovo, di calmarla. Sinceramente le dico, come se parlassi a una bambina che ora ha gli occhi pieni di lacrime:

«Nessun trucco, Marta. E le stregonerie non esistono. Io vorrei solo che tu stessi bene; la desidero più di te, la tua pace. E mi stringe il cuore l'idea che tu possa soffrire: in questo, davvero, continuo a volerti bene... E allora? Come puoi pensare assurdità del genere?»

«Abbiamo fatto tanti sacrifici, insieme...»
«È vero.»
«Quando facevi il cronista di nera, al *Messaggero*, e io insegnavo in un paesino a cento chilometri da Roma, ogni giorno avanti e indietro, e mi sono anche ammalata, e tu dicevi "Questa realtà che ci pedala la vita, e com'è dura la salita".»
«Sì, lo ricordo.»
E sono lieto che si sia calmata:
«È vero, per tante cose ci detestiamo» continua. «Ma vedi, per me l'amore, anche quello che ho provato per te, è qualcosa come... Come quando si resta incinta. Io non posso farlo finire a comando: l'aborto, se ci deve essere, dev'essere spontaneo. E se mi stai ficcato ancora nel cervello, forse non è neanche perché ti amo, ma perché non mi riesce di dimenticarmi a forza di qualcosa, qualcuno che mi è stato caro... Dimenticarsi a forza è impossibile...» sorride, scuotendo la testa. «Forse bisogna pensarsi lungamente, e tanto, finché il pensiero non si stanchi, con quella stanchezza profonda per cui si cade addormentati anche se ci è capitata una tragedia...»
I "momenti" di Marta. Quando manifesta la sua dolcezza, la sua intelligenza:
«Ti ricordi quando ci svegliavamo insieme, in qualche paese straniero, dove facevamo quei bei viaggi, e magari la sera prima avevamo litigato a morte?... Eppure ci svegliavamo affezionati l'uno all'altra, e a noi stessi, come se non avessimo litigato mai; anzi, come due che non potevano aver litigato per i soliti, vecchi motivi, perché si erano conosciuti la sera prima, e si erano sentiti subito attratti... E stavamo lì, in un letto, a godere di un'attrazione fresca, intatta, appena nata.»
Mi ripete la domanda di sempre:

«Cos'è stato, eh? A spezzare... A far precipitare le cose, così, da un giorno all'altro...»

«Lo sai perfettamente. E sarebbe bastato...»

Marta torna quella di sempre. La dolcezza scompare. Riprende a rinfacciarmi l'assurdo, ossia i trucchi magici che intervengono a turbarla, ogni volta che si dimentica di me. Mi alzo. Non la sopporto quando le sue ragioni diventano vaneggiamenti. Ma lei mi blocca con una rivelazione:

«E poi, quella Miriam... Che incontro per il nostro quartiere, quando meno vorrei incontrarla... Serena, gentile... Ma preferirei non vederla, quella donna, perché è stata comunque una tua donna, una di quelle che ti hanno amato, e tu hai lasciato perdere, come relitti... Tutte relitti, quelle che ti hanno voluto bene.»

È come se mi avesse paralizzato:

«Miriam?» riesco appena a chiederle. «Dove puoi vederla, Miriam, se è partita, se vive lontana ormai, chissà dove?»

«Una delle tue bugie. L'hai detto, in passato, anche di altre... Voi due state ancora insieme.»

Marta ha gli occhi sinceri. Non ha mai saputo mentire:

«Io la vedo. La incontro spesso.»

«Tu sei pazza!» reagisco, ma senza forza.

E la mia mente si confonde. La mia mente si fa un caos di certezze e incertezze, imprigionata da una forza superiore che, quando vuole, si diverte a giocare, sottilmente crudele, con i miei pensieri:

«Miriam non esiste più. Né con me, né in questa città.»

«Esiste» mi conferma Marta. «E io la vedo.»

6.

... le parole di Marta – “le donne che ti hanno amato, e tu le hai lasciate perdere... Tutte relitti, quelle che ti hanno voluto bene” – mi spingono da un capo all’altro di Roma, in questa notte sbandata, e guido pensando alle loro figure, generosità, abitudini: i rapporti che ci hanno legato riaffiorano da un lago di dimenticanza, in dettagli precisi, persino minuziosi, che formano una sottile trama che mi tormenta.

Il rimpianto, per ciascuna, diventa rimorso.

Mi dico: ho lasciato perdere tante vite che valevano, e così si è persa la mia vita. È come se mi incalzasse, davvero, una resa dei conti della mia esistenza.

Vado attraversando quartieri, mentre le luci, il buio delle strade, dei viali, dei giardini, sembrano farsi partecipi della mia ricerca: alla caccia di case, di finestre accese, di portoni, dove per mesi, in qualche caso per anni, sono stato ospite e amante e compagno di donne che mi hanno dato qualcosa di vero, e con alcune avrei potuto farmi o rifarmi un futuro – “creature giuste”, come dice mia madre, fra tante femmine miserabili – ma poi i rapporti sono finiti.

Ho l’impressione di interrogarmi, per la prima volta, sulle ragioni di ogni fine. Ragioni? O non piuttosto: usure, avverse circostanze, incoscienza? Un vento finiva per cadere proprio mentre stava gonfiando deliziosamente le vele, sul mare delle mie emozioni logorate dal male che, occulto, mi ha sempre avvelenato quel tanto di felicità che mi veniva concessa, la comunicazione fruttuosa con gli esseri e la natura: manie, fobie, *ragni* mentali... Per cui torno in questa notte, con più rabbia che mai, ad avere pietà di quel dio che crea l’imperfezione dei cervelli e dei corpi, quel dio che mi ha dato con la destra e tolto con la sinistra.

O forse quei rapporti si sono interrotti perché i miei sensi non si sono appagati mai: provocati sia dall'avidità che la mia vita non fosse una e per sempre, ma le mille vite in una, sia dalla coscienza della morte, per cui mi illudevo che potessero attendermi altre vite, più straordinarie di quella che stavo vivendo...

Una solitudine feroce cresce via via che incrocio i luoghi in cui, per certi periodi, sono stato lieto, capito, accudito.

Mentre mi chiedo quale destino abbia coinvolto quelle possibili "compagne per sempre", vorrei tornare daccapo con ciascuna di esse, disporre davvero di una magia che mi consentisse di accoglierle tutte in una mia valle di Giosafàt, dove non perderne più nessuna, in un'armonia scambievole.

E così, fermo, affondato nell'ombra con vergogna, vedo uscire da un portone Z.: avevamo perso la testa entrambi, lei con una curiosità più insaziabile della mia; organizzava le mie giornate, e tutto mi rendeva facile, risolto, manifestando un senso pratico pari alla sua fantasia, un senso pratico che io non ho mai avuto; affinità ci univano in quell'eros che non è soltanto sessualità, ma soprattutto desiderio di sentirsi vivi.

Ora la vedo – Z. – che con i suoi piccoli passi rapidi entra nell'automobile di un uomo che la stava aspettando: si scambiano un bacio, partono. E pensare che mi ha amato "con le unghie", come mi ripeteva, tanto che i suoi sentimenti si fecero ossessivi. Una sete di possesso esasperata, esasperate gelosie, che inquinavano, creavano fratture. Sono stato una sua mania, un idolo per cui si è battuta dandomi il meglio della sua religione degli affetti. E mi dico: come può, mio dio, essersi dissolto tutto fino a questo punto. Scrissi per lei dei versi: "È copula anche il sentirti remota – svanire a un telefono – incarnata nella mia voglia di te".

È un bell'uomo che, guidando, le circonda le spalle, e la sta portando via, a cena, a una festa, e poi forse a fare l'amore: di quelli che le donne dicono "piace alle donne", una razza che detesto, e fra poco, in un letto, godrà delle invenzioni amorose di cui, con quella mia compagna di un tempo, sono stato l'artefice, in pomeriggi e notti dedicati a tradurre fantasie.

Al tempo in cui la passione è anche arguzia, la chiamavo il "donnino".

Altri versi, per lei, mi tornano alla mente: "Si ha appena, di noi, un batticuore – nella sera calma per un vento caduto, – faccio l'amore con te – come fischia innocente un falegname – dando di pialla".

Ho avuto anch'io la mia parte di felicità.

E ai Parioli, in una stradina, c'è una finestra accesa. Vedo affacciarsi un ragazzino gentile, dal tratto delizioso non solo nel viso, nella figura, ma nei gesti, nel modo di comunicare. Mi dico: avrebbe potuto essere figlio mio, e dividere con me gli anni che mi restano. La madre mi ripeteva quanta armonia ci fosse, fra noi, "a fior di pelle", riconoscendomi la capacità di realizzare, nella nostra vita che lei si figurava senza fine, la suggestione di questa frase: "il fiore, la pelle...". Era di una stranezza allettante nel confidarmi, via via, i suoi segreti che io scoprivo appartenere a un'anima bella; aveva conosciuto, nella stessa misura, il dolore e le svagate civetterie, anche sessuali, di una donna insieme matura e rimasta ragazzina, come il figlio che ha avuto da un altro...

Mi ha offerto una dedizione umbratile, una sensualità che si intuiva nel volto, ma si animava in forme impreviste, come il suo corpo che ogni volta, nudo, mi sorprendeva: "Con te" mi precisava "con te che mi hai insegnato a manifestarmi". Perciò il ragazzo che ora, alla finestra, fa un cenno alla notte – e io mi ritiro istintivamente nel buio, quasi potesse salutare me, avendomi scoperto – è nato da un amplesso in cui, di nuovo, qualcosa di mio, rimasto nel sangue, ricordato, può aver animato quest'altra donna perduta.

Vado, mi inoltro da ladro furtivo, leggo il mio passato d'amore come la maga legge il futuro nei fondi del caffè, e quei fondi stanno in altre case, ai punti opposti di Roma. Ritrovo memorabili momenti della mia gioventù che pure la memoria aveva cancellato: dal Centro all'Appia, da San Giovanni alla Nomentana. E rivedo le finestre di quella che quando era lieta per merito mio, nella sua esistenza torturata, mi tratteneva sulla porta ripetendomi: "Ti sarò grata per sempre!"... Altri portoni, finestre: di quella che chiamavo "l'allegra sfasciafamiglie dai grandi capezzoli bruni". E di quella, di quella...

Si accendono le prime luci nelle cliniche, non è ancora giorno, ma già non più notte: sto in questa luce che non ha identità, col potere di averle fra poco tutte e infinite, simile alla mia anima che, con le donne "giuste", disponeva di una facoltà identica. Invidio i sonni incoscienti di una Roma in cui mi sono smarrito, e mi sembra di aver chiuso, ormai, con un mito della femminilità che è stato per me come lo specchio di Alice, attraverso il quale scoprire le meraviglie del possibile: un mondo che ho cercato, con tutto me stesso, di vivere e di capire, a cui ho dato qualcosa di non effimero, anche come scrittore.

Mi sembra che sia finita con gli entusiasmi, anche ingenui, delle fantasie e del corpo; con la speranza di un incontro che non sia dei soliti; con l'attesa misteriosa di un rapporto che valga. Mi arrenderò a un mare di femmine estranee, indifferenti, o bislacche, interessate? Non provo più nemmeno dolore. Mi dispiace, soltanto.

È questa un'alba drammatica, che non prevedevo, che pensavo non si sarebbe mai più riproposta, e in cui invece la depressione torna, a folate, sobillata dalla frustrazione per valori umani dispersi, occasioni mancate. Il mio ritenermi guarito subisce una brusca incrinatura, la caduta momentanea che temevo potesse accusare mia madre, prima o poi, nell'impatto con la realtà.

Accarezzo l'idea di scomparire anch'io, come questa notte di "ritrovate donne perdute", fino alla nostalgia struggente che mi spinge a cercare un luogo in cui la femminilità possa in qualche modo consolarmi, accogliermi...

Ma dove? Dove?

È il mio *batticuore*, ora confuso con la mia testa confusa, da cui è scomparsa la prospettiva incoraggiante del futuro, che mi spinge a mettere piede nella Chiesa della Profezia in Montorio.

Non entravo in una chiesa da anni.

Non appena mi inoltro, la campana prende a diffondere il suo suono di richiamo. Fa tremare la cappella famosa per l'affresco raffigurante la Flagellazione, disegnato da Michelangelo e dipinto da Sebastiano del Piombo. Lanciando questo ponte di suoni fra gli uomini e Dio, nella mattinata limpida, non le importa nemmeno se Dio esista oppure no; le importa che lei, una cosa di bronzo, simbolo della realtà concreta, possa manifestarsi nella sua soddisfazione.

Fa tremare anche la teca della santa, e la reliquia sembra scrutarmi, viva, dal suo giaciglio che i ceri accerchiano con piccole stalattiti sgocciolanti, fra i brandelli di velluto azzurro, dove balenano gli ori nei recessi oscuri, e ho la sensazione che un vento caritatevole dia un fremito ai fiori secchi.

Gli occhi della reliquia, sul cui petto una traccia rossosangue ricorda una farfalla trafitta, si fanno spiritosi, il volto roseo, la bocca sorridente, come di un'amica che si ritrovi dopo tanto tempo, via via che la luce cresce, finché la pienezza del raggio chiaro avvolge la figura distesa, lasciandola sospesa in sé, come in una chiazza di neve.

Il mio *batticuore* mi dice che sono entrato in questa chiesa perché l'immagine che mi attira avrà un suo valore nella mia storia: ritornerà, è il simbolo di qualcosa che mi accadrà.

Sto di fronte a una donna morta da secoli, provandone l'assurdo sentimento che lei acquisti subito con me una confidenza intima e soavemente femminile: una soavità terrena, tuttavia, visto che esprime la gioiosa attesa di un contatto fra simili, che il tempo ha interrotto.

Emozionata, ma fervida, ha l'aria di chiedere:

"Vogliamo abbracciarci, amico mio, dal momento che siamo tornati insieme, finalmente, e per di più splende questo sole magnifico?"

Tiene le mani sul petto, non con gesto funebre, bensì con quello, piuttosto malizioso, di una giovane seducente che, in un dipinto, si copre i seni nudi.

La campana ha una sosta. E nel silenzio che sembra più vasto in quanto preceduto dall'assordante scampanio, si insinua dall'esterno una canzonetta. Gli occhi della santa brillano. La invade la felicità di essere considerata da me viva fra i vivi, e, abituata alle secolari litanie, trova il motivo della canzonetta delizioso. Se potesse, ora gli occhi li chiuderebbe, per assaporarlo più intensamente: quale assurdità che proprio a lei, morta da tanto, non sia concesso di abbassare le palpebre.

La beata ospite della teca comunica con me attraverso un desiderio di pietà che viene, ad entrambi, da un punto dell'universo. Se è vero che si vive oltre la morte e che a dividerci da quella vita è un fragile confine di analogie segrete, il confine viene superato allorché metto la mano sulla teca, comprimendo le dita, con forza, avendo l'impressione che le dita dell'amica riescano a combaciare con le mie. Lei mi avverte che la sua mano non ha bisogno di nessun tocco per essere carezza.

È l'unica forma d'amore che riesce a darmi la femminilità perduta: sia da me, sia dal tempo.

Tutto appare così tranquillo, nel sole che accarezza gli angoli della chiesa, spiovendo dalle colonne come da gole profonde, coi passeri che strepitano di fuori nelle cupole degli alberi, che quando mi muovo per allontanarmi è come se la santa amica cedesse allo smarrimento di un fanciullo che ha paura di venire abbandonato nella solitudine votata alle tenebre. Nei suoi occhi, il bagliore di una dolce ribellione:

"Non lasciarmi sola."

Vedo nel corpo disteso la bellezza del cervo che si muove intuendo che il cacciatore è appostato, e con lui un destino inevitabile; cosciente dei suoi ultimi passi, li rende di una regalità suprema. E anche nei rametti dei pini che oscillano sotto il peso della neve, in quel dondolio, persiste un'estrema grazia, prima che lo sparo li spezzi.

Mi inginocchio e accarezzo il volto dell'amica, da dietro la teca:

"È tutto così rapido e breve" le dico col pensiero. "Perciò presto ci ritroveremo. Addio, dunque..."

Mi giro di scatto ed esco rapidamente dopo un ultimo sguardo: al centro del grande vuoto, un piccolo corpo, dal quale ora il sole si ritrae adagio, col rispetto dell'universo.

Devo dimenticarla, la notte che mi lascio alle spalle, cancellarla dentro di me. Non devo essere io ad essere cancellato, di nuovo, in notti come questa, perché altrimenti significherebbe tornare daccapo col mio male che isola, esclude dal mondo.

Devo, a ogni costo...

Quinta parte

[illegible]

[illegible] con capitoli [illegible] applica.

Allora quanto [illegible] gli altri [illegible] e la discussione [illegible] altri [illegible] [illegible] che [illegible]

1.

E così mi butto in mezzo alla gente che mi chiede aiuto.

Affondo in un'umanità, a sua volta affondata in problemi e drammi, che non è semplicemente Italia, è il mondo: la speranza e la disperazione non hanno diversità né di patria, né di lingua.

Fanno anche lunghi viaggi per farsi soccorrere, portarmi la loro felicità da recuperare, e del loro viaggiare per giorni nella speranza, il segno è il rosso malato degli occhi, che sempre mi tocca come fosse una ferita aperta su di me.

Mi lascio guidare, nella scelta dei contatti, dal solito segnale che il mio corpo dà alla mente, raggiungendone il punto più remoto, l'anello di congiunzione col magico: il *batticuore*, intendo, che provo per un uomo, una donna, che abbiano una coscienza, comunque sia, un senso del meraviglioso, perduto e da ritrovare, simile al mio, un identico orrore per psicoterapie divenute ormai abitudinarie, e antidepressivi, farmaci inutili: "pasticche che non capiscono niente" come un giorno mi ha detto, con candore, una donna semplice.

Allora, quei casi umani diventano miei, miei i disturbi affettivi e le depressioni altrui, e il dolore, la follia, la grazia testarda dell'anima che spinge a credere che possa cambiare la realtà del male che la offende.

«Si può?» insistono. «Si può stare meglio?»

Con la gola stretta, una stanchezza del cuore che si è tramutata in stanchezza delle ossa.

È una moltitudine, e cresce:

«Si può?»

In un mondo che offre sempre di meno, nella vita sia dei sentimenti che delle verità.

Sì, è possibile. E in frequenti casi lo dimostro.

Quando non è sufficiente il mio intervento, li metto in contatto con i Sensitivi Maggiori che, in un recente passato, hanno aiutato me e mia madre. Ne ho sperimentato, in prima persona, l'attendibilità e l'efficacia. Strappo, così, vittime designate ai ciarlatani della magia artificiale: truffatori, affaristi, solo promesse e denaro in cambio di nulla.

Gli amici che hanno aiutato me, quando li interpello per qualcuno, sono pronti con il loro credo: "Ritrova il sorriso del corpo, della mente. Il senso del magico è anche ineffabile sorriso".

Affronto, continuamente, le due facce opposte del dramma. Passo da chi la depressione ha reso assassino degli altri – e ci sono anche ragazzi, squilibrati, invasati, che hanno assorbito come spugne la degenerazione psichica dell'ambiente che non si è curato di loro – a chi, per depressione, ha ucciso se stesso, chiudendosi in una prigione di vuoto, di fallimento e frustrazione. Grondo di un'umanità tormentata, e spesso torno a casa stremato come quando, giovane cronista di nera al *Messaggero* di Roma, rientravo nelle pensioni all'alba con i vestiti impregnati dell'odore del sangue: per risse, omicidi, suicidi.

Ma quale letizia quando qualcuno che mi chiede aiuto raggiunge davvero la serenità, a volte persino quel tanto di felicità. Se ciò non accade con me, assisto alla scena dell'amico Sensitivo che, operata la guarigione, si stringe al petto la testa dell'uomo, della donna che egli ha accolto tramite mio. È come una rappresentazione sacra che arriva a un momento finale di indicibile bellezza, fra i più alti dell'amore umano.

Le due creature vivono il trauma positivo del passaggio del male dall'una all'altra che lo assorbe, lo vanifica, con un'immedesimazione totale. Poi i due si abbracciano in modo diverso, quasi fossero amici da sempre, ignorando quell'io sofferente e disfatto che si è dissolto nell'aria.

Quattro mesi di suspense: che ho subito e, al tempo stesso, cercato. Dai primi di gennaio ad aprile. Il periodo finora più sconcertante da quando è iniziato il mio "contagio magico".

Ho annotato tutto: episodi, personaggi, esperimenti, le situazioni in cui ho persino rischiato la vita. Nella solitudine, la depressione tornava a farsi minacciosa, col pericolo di provare di nuovo la morbosità demoniaca di isolarmi e rompere ogni rapporto. Vivere le mille vite altrui poteva impedirlo, salvarmi?

Un mare di fogli scritti. Si sono infoltite certe cartelline, di cui ricordo le didascalie che citai all'inizio, tracciate e sottolineate con una matita rossa che sembra sangue:

"Il rito satanico e l'incontro con Franz."

"Luisa M.: un caso di regressione fra i più singolari e difficili che mi sia capitato di affrontare."

"*Comincia il rapporto fondamentale con Giulia J.*"

"Un breve ritorno dalle mie parti, a Po."

"Il più alto atto d'amore con mio padre."

"Dialoghi e incontri oltre la porta ultima: al di là del confine, vincibile, della morte."

"L'assalto, la foresta delle donne." Mentre perdo ogni

illusione sugli amori concreti, è proprio Giulia J. che mi spinge ad aprire le porte di casa mia a una piccola folla di donne che...

Le sezioni di due capitoli, dunque: il primo che mi vede testimonc attivo nel coinvolgimento degli altri, il secondo che riguarda prevalentemente l'Eros.

2.

Cominciò con un rissa. Durante un rito satanico.

Per me, Satana è semplicemente una curiosità filologica: Shaitan è il nome caldeo dato al dio adorato dagli Yezidi della Mesopotamia inferiore, sorgente della tradizione sumera. La versione biblica degrada un dio che, in origine, non era affatto un angelo del male. I maghi demenziali che, nei secoli, hanno cercato la conoscenza lungo vie sinistre e oscure, ne hanno fatto una realizzazione della perversità, creandone al tempo stesso un fascino che ha ispirato terrore e giustificato le nefandezze della Santa Inquisizione, della stregoneria, della magia nera e delle arti malvagie.

Ho amato un Papa, Paolo VI, che mi ha concesso la sua stima e la sua amicizia. Per quanto potevano valere le mie parole, le mie lettere, l'ho supplicato di evitare il famoso pronunciamento sull'esistenza del Diavolo. Avrebbe aizzato, a mio avviso – ed è infatti accaduto – l'autosuggestione di cui si nutre il satanismo come religione di materia, trasgressione, turpe carnalità. I riti satanici si sarebbero moltiplicati nel mondo.

Nessun'altra epoca ha contato tante persone insicure, facilmente plagiabili. E dunque era fatale che esse andassero a infoltire le sette grossolane che – a fare da altare – pongono una donna nuda, affermando: "La donna è il naturale ricettacolo passivo e rappresenta gli inferi della Madre Terra".

Io detesto ogni tenebra.

Detesto ogni Chiesa Nera e sono mosso da furore contro gli organizzatori del satanismo contemporaneo, più preoccupati di soddisfare certe inclinazioni erotiche e spremere denaro che di inscenare le loro cerimonie secondo le antiche tradizioni pagane. Hanno compito facile. Quanti uomini portatori di perversioni, violentatori in potenza, misogini senza dolore, voyeurs, trovano l'ambiente ideale in riti che assommano droghe, attività sessuale incontrollata, brutalità portata al massimo grado, evocazioni di spiriti diabolici. E quante donne contrabbandano, in quei luoghi orribili, le proprie voglie oscene: spudorata ninfomania, esibizionismo; le donne che quando tradiscono un uomo vanno cercando scuse psicologiche e sentimentali, trovano in Satana un alibi perfetto...

Di fronte a tanta umanità detestabile, provo pena per il povero dio sumero, sfruttato e violentato, lui per primo.

Mi sono lasciato trascinare al rito satanico con la precisa intenzione di scatenare la rissa.

Mi sono portato la pistola che, da quando la depressione mi ha assalito, tengo in un cassetto del mio tavolo di lavoro. Idolo psicometrico, l'avrebbe definita Miriam, come le due lampade, le penne che dispongo in un ordine propiziatorio. In realtà, anche la pistola è un'amica della mia solitudine, perché so che non la userò mai per uccidermi; essa serve solo per il gusto morboso di accarezzare l'idea, come accarezzo lei, che chiamo "la mia amante signora Luger con cui rimando sempre il momento dell'amplesso", quando ogni mattina la scarico, ne lubrifico i congegni, la ricarico, con la pazienza che uso nell'allineare le penne facendone cabalistiche geometrie.

Con la pistola in tasca, e il mio furore, mi sono inoltrato nel sotterraneo, alla periferia della città.

Le donne, che ancora non distinguevo nel buio corridoio che immetteva nella sala del rito, sussurravano intorno:

"Il Bello! Il Maschio!"

Era l'uomo che mi faceva strada, e che avrebbe guidato la cerimonia. Passando, egli accarezzava via via i seni delle adepte assiepate ai lati in sua adorazione, con gesti di benedizione carnale. Colui che aveva venduto l'anima alle Potenze del Male, aveva piuttosto l'aspetto di un attore cinematografico e di un copulatore superdotato.

Mi stringeva la gola un odore misto di sudore, sangue, profumi femminili.

Per quanta sprezzante ironia uno possa ostentare, in circostanze simili, c'è sempre un momento in cui un terrore prevale sulla ragione, appunto perché "senza ragione", come quello di un bambino assediato dai fulmini. Raggiunta la sala, di fronte agli arredi e alle candele nere, all'enorme simbolo fallico ottenuto da una croce col legno trasversale mozzato, mi sono ritrovato come nella "Casa dell'odio e del tradimento", centro medianico del male nel *Pellicano* di Strindberg, il quale sostiene che il male, quando è troppo, si trasforma nell'Assoluto dell'allucinazione.

Da un lato, uomini e donne si atteggiavano come il demone dipinto sulla parete, col volto bianco e da scimmia, accerchiato da una muta di cani adoranti; l'immagine appariva ancora più mostruosa in quanto l'umidità aveva raschiato i colori. Dal lato opposto, donne nude, evidentemente signore della società bene, e numerose ragazze, anche molto giovani, in tuniche corte e trasparenti, aspettavano immobili nel buio: di essere possedute, forse, violentate.

Due presenze mi hanno sconcertato. Una ragazza dai grandi occhi chiari, e che parevano puliti da una testarda innocenza; quando i nostri sguardi si sono incrociati, ho avuto l'impressione che un rossore di vergogna le avvampasse il viso, ma probabilmente era il riflesso di una torcia. E poi il profilo di un giovane, che ho afferrato in una frazione di secondo, mentre attraversava un lampo di luce per riaffondare nelle tenebre.

Il cuore mi si è fermato.

Possibile che fosse Franz, il fratello di Miriam?

Da quel momento, non faccio che ripetermi la domanda, e più mi rispondo che è impossibile, più si conferma la certezza che era lui, Franz...

Fece il suo ingresso la donna destinata a servire da altare. Era ben fatta, più alta delle compagne. Aveva grossi seni, le gambe lunghe e i polpacci forti, da ballerina. Ha sorriso invitante quando ha visto che i presenti si avvicinavano, contemplandole il corpo. L'hanno circondata mormorando una disgustosa parodia di una litania cristiana.

Le adepte l'hanno aiutata a distendersi supina.

È difficile trovare un raffronto alla rappresentazione che, da quell'istante, ha preso vita sull'altare trasformato in palcoscenico. Mi è balenato un ricordo: di quand'ero bambino, e c'era la guerra, a Po. La madre di mia madre diceva: "Ciascuno si porta la sua Iris nel cuore. È il peggio che non conosciamo di noi".

Un grido:

"Arriva la Iris!"

La torturatrice di partigiani che amava farsi torturare, sessualmente, dai suoi stessi torturati.

Era un grido di tutto il Po. Gli uccellatori, servendosi degli specchi da segnale, mandavano lampi fitti nella vegetazione di ripa, e dall'una all'altra sponda; poi si udiva una voce, insieme vicina e lontana: "Lumén,

lumén, ve' su!...". L'invito alla lucciola, ossia ai clandestini, a uscire dalle case e a non farsi prendere. Anche i colombi nelle colombare, le rane nelle lanche percepivano quel mondo stravolto che minacciosamente spingeva in volo i gabbiani e i falchi di palude.

L'Iris compariva sugli argini con un corto grembiule bianco, da infermiera, sulle gambe lunghe e i polpacci forti, da ballerina. Noi bambini la seguivamo quando andava a spogliarsi nei campi, lasciando il grembiule appeso a un ramo, sapendo che la stavamo spiando col cuore in gola, e appunto per farsi spiare. Come della donna distesa sull'altare, anche di lei ascoltavo il respiro che saliva al di là delle siepi, il respiro della sua potenza che mi pareva si facesse più alto degli alberi, quasi fosse posseduta da cento dei suoi torturati.

Scatenava desideri sconosciuti – raccontavano gli uomini – chiamati le voglie *zane*, ossia contro l'ordine naturale.

L'Iris fu la prima di cui mi chiesi – con lo stesso sgomento, ora, per la protagonista del rito satanico – come facciano le donne ad assorbire quei falli enormi: con quale dilatazione, non dico degli orifizi, ma della coscienza. Come riescano a sopportarne le cariche brutali, divaricate sulle ginocchia, la testa inchiodata all'ingiù, nella posizione di chi aspetta di essere decapitata, senza lasciarsi sfondare o spezzare le ossa.

Prima di farsi torturatrice delle Brigate Nere, l'Iris si prestava alle pratiche esorcistiche per scongiurare la piena del fiume. Esse imponevano che un toro fosse pungolato dai manici delle scuri e dalle punte delle vanghe lungo le acque tumultuose e nereggianti, e infine tenuto fermo dagli uomini e manipolato dalle donne, affinché il suo seme si rovesciasse come una magia salvifica sulla terra degli argini.

I racconti che si facevano sull'Esorcismo della Piena

sembravano coincidere perfettamente con ciò che stava accadendo fra la donna sull'altare, il sacerdote demone – osannato come il Magnifico Maschio, che impugnava e affondava il grande simbolo fallico – e gli adepti:

... mentre i barcari bloccavano il toro, le donne si inginocchiavano tendendo le mani allo scroto come a una fonte sacra. Cantavano il Tabù: inno alla creazione attraverso l'oscenità. La verga fuoriusciva dalla sacca e sferzava l'aria. Ciascuna si adoperava affinché crescesse in tutta la sua potenza. E contro la folla l'animale scrollava le corna, cercava di fuggire, spostando la moltitudine a destra e a sinistra, alzando lamenti come di vergogna.

Invocavano il Bio, il dio fallico: che il seme esplodesse nella maggiore quantità e tutto si spargesse per la riva del fiume; la piena – assicuravano – si sarebbe placata. Allora l'Iris si denudava fra i garretti e la verga che pareva sanguinante, col rischio di farsi penetrare fino al cuore. Il toro ondeggiava per trovare l'appoggio. Mentre il seme si rovesciava fra le mani dell'Iris. La turba si attaccava alle corna, ossia trascinandosi l'un l'altro trascinavano l'animale che ora si muoveva di corsa, nonostante l'emorragia del seme che sembrava non avere fine, inondando erba e radici, e così propiziando il ritorno del sole. Trottava fin che gli era possibile, poi si esauriva sotto la forza oscena che rendeva quella moltitudine più bestiale di lui: la verga rientrava come un cilindro appiattito, benché la trattenessero urlando e conficcando le unghie.

Allora lo uccidevano.

Il rito esigeva che anche il sangue si spargesse. La terra si faceva vermiglia. Il toro si appoggiava sulle zampe anteriori fratturate, con le ossa che uscivano dalla pelle, poi crollava di schianto. Il suo lamento dominava gli argini. Manovrando i coltelli da norcino, calandoli nei testicoli e nel cuore, le donne erano le più spietate. Poi la folla spariva d'incanto. Quando lo raggiungevo e mi inginocchiavo sopra di lui, il toro respirava ancora; avevano abbandonato nel fango la verga amputata e gli occhi della bestia morente la fissavano con un battito, un barlume della pietà:

... fu con l'orrore che ammutoliva la natura e spingeva in volo atterriti i gabbiani e i falchi di palude, che afferrai d'istinto il primo calice a portata, dove c'era del sangue, umano credo, e ne scagliai il contenuto in faccia a colui che per le adepte era il Magnifico, e presi a strappare via gli arredi neri, le candele nere, a spezzare il Cerchio Magico indegno di questo nome, a scaraventare a terra una serie di simboli fallici.

Mi furono addosso.

Con tale furia che avrebbero potuto farmi a pezzi. Non me ne importava: che ci provassero, a farmi del male, ad offuscare con le loro tenebre la luce del mio contagio magico che, più che mai, mi splendeva nella mente. Sono arrivati i primi colpi: nelle reni, in pieno viso. Anche da me, ora, colava sangue. Mi sono specchiato, con la mia faccia insanguinata, nella faccia che avevo insanguinato.

Ho levato dalla tasca la pistola. A usare un'arma mi ha insegnato mio padre; o meglio, l'uomo d'avventura che ha abitato in mio padre.

Mi hanno fatto largo. Mi sono salvato la vita per un soffio.

Ho sparato alla cieca contro l'imboccatura del sotterraneo, l'intero caricatore, non tanto per terrorizzare gli adepti che erano rimasti imprigionati sul fondo, dentro il loro buio, quanto perché – vedendo le schegge di muro che schizzavano via, mentre mi lacerava i timpani il rimbombo degli scoppi nello spazio angusto – capivo fino a che punto fosse orribile l'idea che avevo accarezzato, con un gusto compiaciuto e controverso della depressione e della solitudine: appoggiare quell'arma alla mia tempia, e premere il grilletto.

Ho raggiunto la mia automobile, tremando, reggendomi a malapena sulle gambe, con una voglia smisurata di vita.

3.

Quando, per episodi del genere che fanno esplodere ai miei occhi la violenza dell'assurdità umana, mi sento "incrinato", come confessava Flaubert, vedendosi simile a un orcio o a una bottiglia, e anche a me sembra di attraversare un deserto senza fine, per andare non so dove, e sono io insieme il deserto il viaggiatore e il cammello, ricerco Tano e i suoi amici spiritosi, per rigenerarmi col sorriso e il riso, per ritrovarmi uomo dell'ironia. Per me è magia anche andare in giro per Roma con questa combriccola, e tutti gli amici, come ho detto, nascono da Tano, simbolo volante di ciò che è spirito e paradosso.

A Roma c'è il palo, c'è la frasca. Si può saltare dall'una all'altra. Si può, volendo, allegramente non connettere. E Tano, di questa Roma occulta e stralunata, è guida sapiente; conosce ogni cosa: dalle reliquie esilaranti, prova dello sberleffo di cui la capitale ha sempre fatto oggetto la morte, alle leggende più seducenti.

E vado con l'Omino Alessio, irriducibile anarchico delle stelle, l'Amerigo, il Wolmer, il Boris, e compagnia bella. Arrabbiati col mondo, ma fantasiosi nel deriderlo; e io li amo perché spesso fanno apposta, a trasformarsi in tanti Pulcinella e Rugantino: per distrarmi e illudermi che mille sorprese sono possibili.

L'Amerigo, come Tano, vive in simbiosi con un animale. Come vivevo io, un tempo, con Salomone. Tano ha sempre la bislacca capretta bianca, Malù, che fu spettatrice privilegiata delle sue esibizioni solitarie. Essa continua a lamentarsi per essere tenuta prigioniera in una terrazza nel cuore della città, senza nemmeno una pianta intorno. Ha tentato anche la fuga più di una volta, e in un caso Tano ha dovuto darle la caccia per tutto il Colosseo.

C'è sempre una gran cena, dopo che fa ritorno a casa.

L'Amerigo, invece, ama un gatto che chiama, chissà perché, Luna Marinara. Pranoterapeuta d'eccezione, in grado di liberare gli altri da ogni tipo di fattura, da quelle "a morte" a quelle d'amore, egli si ritiene, per sé, sfortunato, come capita spesso a personaggi del genere. Sfortunato al punto – ironizza – che sapendo che in certe tribù d'Africa si usano ancora conchiglie come moneta di scambio, se andasse là, con intenti di speculazione, finirebbe rovinato per un'inflazione di conchiglie.

Perciò si consola con il suo gatto.

Mi delizia ascoltarlo quando racconta di Luna Marinara che lo sveglia la mattina facendo carambole sul suo petto, e lui apre gli occhi, subito investiti dalla magia degli occhi del gatto, che si incantano, risplendono, perché Luna Marinara individua le misteriose presenze e forze che circondano Amerigo, e gli consentono di rendere felice e guarire la gente, ma non se stesso. Così il mio amico comincia la giornata almeno rassicurato da questa certezza: di possedere ancora i poteri che lo legano agli arcani della natura.

Wolmer, che ha la faccia di Buster Keaton, specialista in esperimenti di magnetismo e in legni pregiati, è un artigiano mago.

Potrebbe guadagnare una fortuna con la sua arte, che al contrario impiega a fabbricare piccole meraviglie dell'inutile: cornici per specchi convessi, usati soltanto da alcuni maestri di visualizzazione di entità trapassate con il pubblico in sala, o scatole d'ebano, mirabilmente intagliate, che servono a qualche chiaroveggente, destinate a contenere il nulla. Gli dà un senso di potenza – confessa – essere un genio dell'inutile, a dispetto della volgare cupidigia che satura una società di consumatori di massa, che vorrebbe afferrarlo con i suoi tentacoli per estorcergli, testarda, almeno un prodotto di consumo da esibire in uno spot televisivo. Se avesse soldi, il Wolmer, finanzierebbe una serie di spot per pubblicizzare l'*inutile geniale*.

Boris, infine, è un mimo bravissimo, che stenta a campare in un mondo che lo ingaggia sempre meno per i suoi spettacoli, avendone a sufficienza di mimare se stesso, nella sua mostruosità pachidermica. Boris ha il culto di Karl Valentin, il grande comico tedesco dell'epoca d'oro, quando Brecht suonava il clarinetto nella sua orchestra, e di Charly Rivel, e dei mitici cabaret di Monaco e di Berlino, prima della tragedia hitleriana.

A quei mimi, e a Valentin in particolare, bastavano un ammicco, un gesto per raffigurare all'istante tutto ciò che il dramma contiene di ridicolo. E così, secondo Boris, bisogna interpretare anche la tragedia d'oggi, da cui siamo travolti, che nasce dalla stupidità umana oltre che dalla corruzione.

La storia del riso non è mai stata scritta.

Avrebbe potuto scriverla la madre di mia madre, che era molto spiritosa e colta, e amava il *cirlìnn*: quel ridere che ci prende per niente, anche se ci va male, quando si è in combriccola... "Tingeltangel", di Valentin, è uno dei pochi tentativi riusciti, dove si capisce che esistono molte forme di riso: della solitudine anche, persino della disperazione. E infatti la madre di mia madre mi portava sul tram della prima mattina, che dalle parti mie viene chiamato l'*Allegria*, perché ci salivano i disgraziati che andavano al lavoro duro, ammucchiandosi appiccati alle maniglie, ancora intontiti dal sonno, ma già col peso delle ansie e delle umiliazioni quotidiane.

E proprio alla faccia di queste ansie e umiliazioni, c'era sempre uno che veniva afferrato dal *cirlìnn*, più forte di lui, da questa specie di preghiera mattutina dello spirito beffardo. Subito accadeva come con le ciliegie: il *cirlìnn* del primo diventava, via via, il *cirlìnn* degli altri. Così il tram si trascinava per le periferie quella nube di riso, diventando contenitore di un'"Allegria" per disperazione, come se portasse tanti orchestrali tutti contenti di suonare un'ouverture di Rossini. Che meraviglia...

"Tingeltangel" ripetiamo fra noi "Tingeltangel."

Caffè Concerto. Ma sembra una canzoncina.

La intoniamo andando nella notte di Roma. E io aggiungo, quasi a contrappunto: "Cirlìnn".

Scopro che Tano ha una discreta voce da baritono e l'Omino Alessio è abile nel falsetto. Charly Rivel, nella Monaco d'oro, cantava filastrocche simili, piene di affascinanti assurdità, e gli spettatori scoprivano, alla fine, che aveva letto fogli di musica messi alla rovescia.

"Tingeltangel... Tingeltangel."

"Cirlìnn... Cirlìnn."

Sembriamo un piccolo stormo di uccelli.

E i passanti ci scrutano dapprima dubbiosi, poi, scoprendoci davvero contenti, si uniscono, anche ragazzi e ragazze, e si forma un codazzo:

"Tingeltangel... Cirlìnn."

Non gli importa sapere cosa significa. Gli importa soltanto che sia "alla faccia del mondo", di questo mondo che, secondo Boris, sta vivendo la stessa tragedia dei favolosi cabaret di Monaco.

4.

Era davvero Franz, il fratello di Miriam, il giovane che avevo intravisto durante il rito satanico, mentre scompariva nel buio attraverso i lampi delle torce?

Continuavo a chiedermelo, nei giorni più difficili dedicati al caso di Luisa M. (aiutavo anch'io a guarire questa donna, vittima di un fenomeno di sdoppiamento per certi aspetti simile a quello che aveva vissuto Franz nei confronti della sorella). E mi rendevo conto che per la prima volta non avevo esaudito un desiderio che Miriam mi aveva espresso in una delle sue lettere nelle quali continuo a imbattermi, senza che possa dare una spiegazione a questi ritrovamenti:

"Vai a trovare Franz" mi aveva pregato. "Chiuso nel villino di Monteverde Vecchio, sta vivendo in una solitudine che egli crede una sua purificazione, mentre rischia di portarlo alla follia... Parlagli, con l'affetto che in fondo vi ha legato."

Rileggevo la lettera. E non riuscivo a rispondermi: quale ragione mi aveva trattenuto? Perché ho sempre dubitato, senza confessarlo, che Franz sia davvero un assassino? Perché lo ritengo uno dei responsabili della scomparsa di Miriam? O forse avevo aspettato, per capire meglio certi raffronti, che si risolvesse il caso di Luisa M., affetta da una delle patologie più dolorose che la depressione può provocare? Essa investe l'identità individuale, ma è diversa dallo sdoppiamento della personalità: il soggetto, afflitto da un io infelice, si costruisce, per difesa ed evasione, un secondo io, opposto al primo, che cerca di far crescere dentro di sé impiegando tutte le sue energie.

Luisa M. si era costruita, addirittura, un io appartenente ad un'altra età: quarantenne, fragile e minuta, tendeva a regredire allo "stato d'infanzia" e a identificarsi in una gemellina, Letizia, morta a dieci anni, il cui ritratto dominava la sua casa; *voleva essere lei*, esattamente come Franz aveva sempre voluto essere Miriam.

Siamo stati costretti a ricorrere ad esperimenti e a tecniche diversificate della medianità; in particolare, alle cosiddette "esperienze fuori dal corpo" che, sfruttando le forze psichiche latenti e ancora inutilizzate dal soggetto, proiettano l'io infelice oltre la sfera corporale, dove l'io parassita tende a divorarlo.

Cito il caso di Luisa M. non solo perché è il più complesso fra quanti si siano presentati in questo periodo, ma anche perché esprime, sia pure in forme morbose, il desiderio paradossale che abita in tutti noi o, perlomeno, a volte ci afferra: ritornare bambini.

Ogni mattina, Luisa M. baciava il ritratto della gemellina Letizia.

Mentre deponeva le labbra sulla tela, scopriva la vita nelle forme, nei colori e nei gesti della creatura che la fronteggiava, simile a lei, ma col privilegio di essere ancora intatta, sigillata, in un sogno dell'avvenire, fra malinconia e felicità, in una beltà fanciulla che ci accompagna fino alla morte, perché sta chiusa dentro di noi come una scatola d'oro, e niente la tocca. Letizia aveva un viso ovale, da cui traspariva una delicatezza d'animo accentuata dal pittore che, servendosi di una luce obliqua da una fonte invisibile, aveva creato un alone intorno agli occhi e alle labbra. La bambina raffigurata stringeva un libro nella mano destra, e nella sinistra un fiore.

Ecco come si operava la prima identificazione: le labbra vive di Luisa sostavano su quelle di Letizia, coperte da un sottile velo di polvere. Ma questa polvere prendeva, misteriosamente, il profumo di un fiato, e il sorriso dipinto si illuminava di miracolo. Sembrava davvero che la gemella del quadro avesse atteso la gemella vivente, che ora arrivava a lei, congiungendosi come un sacerdote al suo Dio.

Il dipinto era l'*infanzia*. Ne rappresentava il libro liturgico, dove stavano scritti i miti e i riti, i poteri segreti. Bastava persistere nel decifrarli, nel celebrarne il culto. Ogni giorno di più, Luisa M. diventava bambina, e dopo il bacio della mattina le due gemelle si aiutavano a trasfigurare i giorni col genio bizzarro che è tipicamente infantile, come quando, entrambe vive, giocavano nel parco della loro villa, sull'Appia Antica, dove scoprivano paesaggi fiabeschi e la malinconia delle fate nelle fontane barocche, nelle ninfe e divinità sull'erbosa solitudine, nelle statue dei duchi, delle dame e dei cavalieri.

Il tempo procedeva a ritroso.

Per Luisa M. vennero gli anni della seconda giovinezza, poi della prima, poi dell'adolescenza. Le età passarono all'incontrario con la clemenza di stagioni in un giardino mantenuto tanto mite che, a distinguere l'inverno dall'estate, non c'era che il minimo indispensabile: il cadere e il rinascere di poche foglie, il ricrearsi di qualche fiore.

La donna ebbe una cura ossessiva della propria pelle, per conservarla rosea e senza una ruga; ebbe cura della propria voce, facendola risuonare – come diceva – "sugli archi", senza abbandonarla ai toni bassi e rochi dell'età che avanza; la risata, in particolare, fu oggetto di controllo, affinché nello scoppio dell'ilarità nessuno riuscisse a cogliere le disarmonie volgari degli adulti.

Si nutrì con le preoccupazioni, verso se stessa, di una madre nei confronti di un figlio ancora bisognoso di protezione. Trattò il corpo come un cucciolo fedele, che vedeva camminare, che ascoltava parlare, attenta a scongiurargli i pericoli e a rinviargli il più possibile le amare esperienze. Persino la sua vita sessuale si realizzò senza compromissione con le consuetudini adulte:

niente passioni – si impose – se non per il proprio io; niente amplessi, né asservimenti agli altrui amori e piaceri. Ebbe rapporti con bambini, ma evitò di corromperli, usando il loro linguaggio della scoperta; anche se, in più di un'occasione, passò per corruttrice: "Che m'importa" diceva "che il mondo dei grandi capisca?".

Nei solai della sua villa, dove si nascondeva col batticuore, i bambini salivano a trovarla: la toccavano, lei li toccava. Un intenso piacere del gioco si contagiava con la paura della punizione.

Luisa M. professò religioni che non invecchiano chi le pratica, ma tendono al contrario a mantenere l'infanzia nell'uomo; mai si lasciò sfiorare dall'idea dell'inferno cattolico, né dalle prediche sulla dissoluzione corporale, il cui concetto è lontano anni luce dalla mente di un fanciullo. Si specchiò, piuttosto, nel Dio degli universi: perciò, nella sua guarigione, l'Omino Alessio poté più di tutti noi.

Li scoprivo confabulare davanti al telescopio:

«Anche lassù» le indicava «ci sono stelle che vorrebbero restare bambine. Ma non si può...»

«E per quale ragione non si può?»

«L'universo vale perché, nella sua evoluzione, ha reso possibile l'esistenza di esseri coscienti in grado di osservarlo.»

«E forse un bambino che scruta l'universo, per le prime volte, non è cosciente di un'emozione bellissima, forse la più alta? Egli lo scruta con un'innocenza che un adulto non avrà mai.»

«È vero» acconsentiva, paziente, l'Omino Alessio. «Ma l'universo richiede di essere osservato sia quando elargisce stupore e suggestione, sia quando stimola l'intelligenza capace di raffronti fra l'idea di eternità e la vita umana, il dolore delle amare esperienze, la speranza e l'amore che ci vengono negati.»

«Io ho conosciuto troppo dolore, mi sono stati negati troppo amore, troppa speranza...»

«Chi ci chiama dalle stelle, Luisa, e qualcuno c'è che ci chiama, ci chiede di dividere con lui proprio questo: il dolore, oltre che la felicità, perché anche lassù accadono drammi di proporzioni enormi. Chiede che ci si consoli a vicenda, Luisa, e da noi, proprio da noi, pretende una parola di conforto, la stessa che noi pretendiamo, e da lassù ci viene...»

Mi rendevo conto che pochi, come l'Omino Alessio, sanno parlare ai bambini.

«Vorrei perdermi nella Via Lattea!»

Lo esclamavano insieme, perché anche l'Omino Alessio è un po' bambino:

«Lo vedi? Lo vedi, là?... Si fa giorno su un pulviscolo di stelle. Noi siamo come un pulviscolo di stelle, Luisa, e quel pulviscolo nessuno, nemmeno Dio, può mantenerlo immobile nel limbo della sua origine!»

Luisa M. retrocesse, psichicamente, fino a sfiorare lo zero del tempo. Allora si fece fare un ritratto identico a quello della gemellina Letizia. Anche lei vi indossava una veste di velluto rosso, con un arabesco in pietre oro e verdi. Anche la delicatezza che traspariva dal suo volto ovale venne accentuata, dal pittore, con una luce obliqua da una fonte invisibile, che creava un alone intorno agli occhi e alle labbra, accarezzava la mano destra che stringeva un libro, la sinistra che reggeva un fiore.

I due dipinti vennero appaiati.

Le foglie dell'ultima stagione s'affollarono alla finestra, spinte da un vento soffice, e Luisa capì che era l'ultima primavera. Doveva raggiungere la gemellina Letizia e, con un ostinato capriccio del tutto infantile, pretese: "Voglio la morte!". Come avrebbe potuto chiedere una mela rossa, un giocattolo.

«È Luisa che gioca...» esclamarono i familiari, con un'alzata di spalle.

I bambini distruggono le cose.

Luisa M. lasciò aperte le finestre, in modo che la pioggia e il vento entrassero nei giorni di burrasca; disseminò pupazzi su divani e poltrone; sparse ovunque il contenuto dei bauli; fece sì che frammenti della cristalleria spezzata luccicassero qua e là, disposti a forma di croce o di cerchio; dispose mucchi di fotografie affinché confondessero sul pavimento le immagini delle diverse età.

I quadri vennero scaraventati a terra.

Tranne due.

Arrivammo a salvarla appena in tempo.

5.

Mi aggiro nel buio fondo, nei canneti e nella sterpaglia del Tevere. Non c'è città che sgomenti più di Roma nei piccoli inferni della sua periferia.

Inseguo il ricordo della notte in cui Miriam mi condusse a scoprire Franz che mercanteggiava il proprio corpo. Ricerco la strada morta che si specchiava nelle stelle annebbiate dalla calura. Fra i cespugli, stano uomini e donne in coito, che mi avvistano, e io, vedendomi scoperto, spicco una corsa, attraverso i nascondigli a testa bassa. Gli uomini si allarmano; le donne si sfilano dal sesso degli amanti con una reazione per lo più fredda e rassegnata.

Sotto i ponti, la notte romana è lastricata di fornicazioni. Vecchia storia: anche Piazza del Popolo e altre piazze famose furono selciate dai Papi coi proventi di gestori di lupanari e prostitute. Stano anche cani accucciati che forse muoiono in mezzo ai cespugli con la vergogna di mostrare al chiaro delle stelle che stanno morendo. E sotto il ponte di Viale Marconi non sono più donne, ma gattacci spelacchiati che urlano incastrati in gatte scappate dalle casupole.

La strada è questa.

Miriam fermò la macchina, un'altra automobile stazionava davanti a noi, a una decina di metri, con tre uomini e due donne stretti nei sedili, e Franz, chino verso il finestrino aperto, stava appunto mercanteggiando se stesso con la figura seduta al volante. Fummo testimoni di Franz che dava sfogo alle voglie di quegli uomini e di quelle donne, che si alternavano, scendevano, orinavano, rientravano, ridevano, si incitavano. Poi l'automobile partì, e Franz restò seduto a terra, sotto il muraglione.

Fece a pezzi i soldi che gli avevano dato.

C'è un ragazzo, là, sul fondo, appoggiato al finestrino di un'automobile ferma, che ripete la stessa cerimonia, e del fratello di Miriam ha la stessa corporatura, uguale il modo di atteggiarsi, e mi salta il cuore, perché mi pare di riconoscere in lui Franz, come ho avuto l'impressione di ravvisarlo nel giovane che affondava nel buio durante il rito satanico. Grido:

«Franz!»

Il ragazzo si gira un attimo, e scopro che è un altro. E allora mi ripeto: non era Franz neanche fra gli adepti fanatici. Ma non riesco a convincermene.

Lo raggiungerò, Franz, nel villino di Monteverde Vecchio dove Miriam è nata e cresciuta; ora, benché sia notte fonda, anzi proprio per questo: per scoprirlo, sapere. Lo raggiungerò e gli dirò:

«Nonostante l'amore che ti portava, Miriam non è riuscita ad aiutarti con i suoi poteri, tu l'unico che non ne abbia goduto gli effetti, perché sei diabolicamente doppio: la causa del dolore più grande nella vita di Miriam...»

E insisterò:

«C'è un Sostituto Procuratore che non si è dato per vinto e aspetta ancora, come un rapace, che tu commetta un errore nel buio di queste immonde notti romane, per incastrarti, darti l'ergastolo... Egli è convinto che l'abbia assassinato tu quel professore di lettere, nello stabile di via Marsala: il tuo amante, il tuo plagiatore. E siamo stati noi, Miriam e anch'io, che mi vergogno di averlo fatto, a procurarti la libertà, mentre sta marcendo in galera il tuo amico che ti ha fornito l'alibi, un fragilissimo alibi: quel giovane, disgraziato tossicomane che ti amava davvero, ed era assetato della gentilezza che gli avevi elargito, per poi negargliela, quando il professore ti impose di buttarlo a mare...»

Mi torna alla mente il passo della confessione registrata di questo ragazzo, che il Sostituto Procuratore mi ha fatto ascoltare cento volte, affinché ne afferrassi l'assurdo altruismo, ma anche l'implicita inattendibilità:

"... la gentilezza di Franz, l'unica mia ragione, l'unico valore che mi era rimasto... Ho capito che mi sarebbe stata negata per sempre, ed è stato allora che ho deciso di distruggere, con la mia vita, anche la vita del professore, che quella gentilezza l'aveva, tutta la gentilezza di Franz... Avrei ucciso Franz, se non lo avessi amato così disperatamente, perché era stato il solo a farmi conoscere cos'è la gentilezza..."

Raggiungo il villino di Monteverde Vecchio. Non appena supero il cancello e si alza il rumore dei miei passi sulla ghiaia, una luce mi investe e Franz appare sulla porta: sembra aspettarmi, o forse a quest'ora aspettava un altro, uno dei suoi amanti, ma, con la sua capacità di fingere, riesce a darmi la sensazione che sia io l'ospite atteso per una sorta di preveggenza:

«Entra» mi invita. «Sapevo che saresti venuto, una di queste notti.»

Mente, ripeto fra me.

Mentre il Sostituto Procuratore lo attende al varco, fuori di qui, Franz, apparentemente, vive in una solitudine assoluta, maniacale, come Miriam mi ha scritto nella lettera: simile a un topo immobile nella tana, perché sa che la trappola è appena oltre l'uscita, pronta a scattare.

Non esce mai – a suo dire – passeggia nel giardino, supera il cancello per le necessità della sopravvivenza, poi si chiude nel salone dove mi ha introdotto, spesso a tende tirate, un lume acceso da una parte, anche di giorno.

Ascolta musica. Nel suo isolamento dal mondo, si susseguono la *Passione secondo Matteo*, il *Capriccio sopra la lontananza del suo fratello dilettissimo*, l'*Allegro con brio* dell'Eroica, e preludi, fughe, suites, partite.

Mi guardo intorno. Nel vasto salone, spiccano dei fiori di campo, a mazzi sparsi, e la penombra è attraversata dal loro profumo. Alle pareti, i ritratti – che già mi colpirono – dei danzatori amati dalla madre morta da poco. Vi campeggia la figura di Misia, una delle più affascinanti donne del secolo, che passò da un amore all'altro, e fu ispiratrice di artisti della danza, intima di Sergej Diaghilev, adoratrice, al di sopra di tutti, dell'infelice eroe dei "Balletti Russi": Vaslav Nijinskij, Ballerino Supremo del Teatro Imperiale, che impazzì giovanissimo.

La madre di Miriam e di Franz si era identificata in Misia, il mondo della danza era sempre stato il suo sogno, e raccontava di straordinarie avventure al seguito delle compagnie di balletto più importanti: Lifar, Balanchine, Nijinskij stesso.

Anche Franz fissa quelle figure e io leggo nel suo

sguardo il sogno che le musiche che egli ascolta in continuazione – la stessa che ora si alza, *Sonata quasi una Fantasia* – possano dar vita ai danzatori dipinti, sciogliendoli dalla loro mossa bloccata, restituendoli ai balzi e ai piccoli passi di grazia: a quell'anima del corpo che nella danza si sublima e si libera dal corpo, pur avendo un imprescindibile bisogno dei suoi movimenti. Franz è preso dal delirio che il salone si affolli dei grandi ballerini della storia, tutti nelle loro esibizioni più alte, nel momento magico della loro arte.

Lo fisso negli occhi, intensamente:

«Chi sei tu, Franz, in realtà?»

Non mi risponde. Si limita a restituirmi lo sguardo.

«Sei un assassino feroce o un innocente infelice, come ora appari?» Insisto: «Una creatura dell'inferno o uno scambiato sempre, nella vita, per un altro?... Conosci la delicatezza, la gentilezza, come a volte risulta, o soltanto la violenza mascherata con l'abilità, appunto, di un demone?»

Si scuote soltanto quando aggiungo:

«"I miei poteri" si torturava Miriam "non possono nulla con Franz. Ogni mia forza l'ho impiegata. Ma la nube delittuosa che circonda mio fratello è rimasta fitta. La mente di Franz continua a fronteggiarmi murata, e io non riesco a leggere nei suoi pensieri, nel suo cuore. Perciò, di quel delitto, non so nulla... Lo ripeto anche alla polizia che continua a interrogarmi per ore".»

Gli stringo la mano:

«Ricordi queste parole, Franz? Dimmelo, chi sei!...»

«Chi sono?» sorride finalmente, con amarezza. «Se per voi è così importante saperlo, lo saprai presto. Te ne darò l'occasione e la dimostrazione. Scoprirai, allora, se conosco la delicatezza o soltanto la violenza mascherata. È vero, tu hai provato affetto per me, perciò sei il solo, oltre a Miriam, che ha il diritto di sapere.»

Una strana commozione mi prende.

Gli chiedo di condurmi in quella che fu la camera di Miriam bambina. Franz mi introduce. Mi inteneriscono le prove, disseminate intorno, dei primi prodigi della mia compagna perduta; in un angolo, la lavagna che conserva le impronte gessose di numeri, triangoli, piramidi, di cui all'inizio non riuscii a decifrare il significato magico. Poterlo decodificare, ora, mi trasmette la stessa consolazione che proverei sfiorando la mano di Miriam. È un linguaggio nascente, di amorosa intesa con il mistero della natura, che mi fa pensare, di nuovo, a un Mozart intento a giocare con le sue note dell'infanzia.

Il giorno che decise di andarsene per sempre dal villino, stanca della madre despota e lussuriosa, Miriam impugnò una pietra e la scagliò contro la vetrata che s'affaccia sul giardino. È ancora nettamente visibile il largo fiore bianco e scheggiato dell'impatto della pietra con la superficie vitrea.

Sto fissando quel fiore, quando sento Franz piangere alle mie spalle. Non mi giro. So, con il sapere del mio *batticuore*, quale ricordo lo conduce a piangere. È come se tornassi a leggere, fra le carte di Miriam:

"... ci fu un giorno che dissi a Franz: 'Desidera il mio corpo di donna. Desideralo senza paura'. Intuivo la sua incapacità, congenita come una malattia, a 'decidere nella vita': se essere maschio o femmina, onesto o delinquente, violento o gentile, credente o disperatamente ateo, pieno d'amore o incapace di amare... Lo stavo invitando a fare l'amore con me, sperando che attraverso il mio corpo di femmina il suo conflitto potesse guarire... Il mio, il suo corpo si univano in una dolcissima terra di nessuno. Franz non si sentiva più braccato, il corpo femminile cessava di apparirgli un'oscura tentazione di cui non aveva conoscenza, di cui aveva paura...

Sfiorava, accarezzava il mio corpo come un amuleto, aveva le guance rosse, e io lo baciai, mi fermai con le labbra dove batteva forte il suo cuore. Eravamo stati nello stesso ventre, e lì avevamo conosciuto lo stesso piccolo silenzio d'universo, quel silenzio viscerale che tornava ad avvolgerci. In quel pomeriggio, Franz, steso nel letto con me, si sentì l'uomo che avrebbe voluto felicemente essere... Fummo uno nell'altra, belli, e giusti in ciò che chiamano osceno. E io dicevo: Dio, aiutaci..."

La voce di Franz mi richiama alla realtà. Mi insinua:

«Avrei voluto essere Miriam, una parte di lei, anche un solo battito del suo cuore... Come te, del resto. Come vorresti essere tu.»

6.

Un'altra profezia di Rol si è rivelata esatta.

È stato lui a comunicarmi, per la prima volta, il nome di una donna che mi avrebbe contattato in modo non effimero.

Aveva ripetuto quel nome:

"Giulia J."

La prima *lettera verde* di Giulia J.

È arrivata alla fine di gennaio.

Il color verde della busta e dei fogli, che aveva richiesto un pennarello speciale – la scrittura sembrava tracciata con una pasta bianca – ha attirato la mia attenzione.

Giulia J. (del cognome, solo l'iniziale) cominciava presentandosi con la forma, direi burocratica, degli scriventi più impacciati e semplici, tuttavia la si avvertiva ironicamente provocatoria: ventisei anni, di padre francese e madre italiana, vissuta in Francia fino all'adolescenza, abitante a Roma, studentessa fuori corso all'università, interesse per la psicosomatica, non sposata, ma già con un figlio di otto anni.

Anche i fatti erano esposti con distacco schematico.

Giulia J. era figlia di un coreografo che, fin da piccola, le aveva trasmesso il senso della realtà ponendosi al pianoforte e suonandole le musiche predilette: Beethoven, Mozart, Schubert, Brahms. In particolare, le aveva insegnato a esprimersi con la danza prima ancora che con le parole.

Giulia, dunque, aveva cominciato a comunicare col mondo servendosi dei passi e delle figure che creano la sostanza formale del balletto; erano stati il suo alfabeto con cui conoscere la felicità e il dolore, inseguire i primi sogni, mettere in discussione la logica apparente. Si può danzare, infatti, sulla musica e oltre la musica, addirittura contro la musica: essa non serve se si segue il ritmo interno della dinamica coreografica, quando è in sintonia con il ritmo dei sensi e del cuore.

Aveva assaporato i primi amori sviluppando l'alfabeto appreso dal padre. Le bastava ballare in solitudine davanti allo specchio per dialogare con se stessa come, su un palcoscenico, riusciva a tradurre le sue potenzialità espressive con una classe naturale che l'avrebbe portata a una carriera luminosa.

La morte del padre aveva cancellato, in lei, tutto questo.

Per molti mesi, Giulia J. perse l'udito e la voce; li perse per quella volontà da cui può scaturire, come un terremoto, il rifiuto della vita ritenuta crudele e punitiva. Riacquistò la facoltà di dare e ascoltare la parola, ma il suo corpo, dove la bellezza si delineava come un disegno perfetto, sembrò privato per sempre del linguaggio della danza.

Giulia diventò una ragazza come tante, chiuse in una depressione che lotta col peso, a volte insostenibile, di una comunicazione banale.

La *lettera verde* si ravvivava, con uno stile suggestivo, verso la fine:

"... La perdita della grazia, che prima danzava in me e poi mi faceva danzare, è stata come il colore dorato di un'estate che passa e ci lascia in un autunno triste. Vivo, da allora, in un silenzio del corpo che non ha Dio; peggio, che ha memoria di un Dio che un tempo mi amò e mi sorrise e poi mi ha abbandonata. Non riesco nemmeno più a guardarmi allo specchio, che pure fu il mio confidente migliore. Nascondo la mia condizione dietro un sorriso che agli altri sembra contentezza, mentre è una maschera, dietro una bellezza fisica che incanta gli uomini, che mi inseguono, fanno pazzie per me, e ai quali a volte mi concedo per disprezzo di me stessa e per il gusto morboso di avere continue prove di quanto essi non mi capiscano: ottusi, vanitosi, compiaciuti semplicemente della conquista della mia bellezza... Come, davvero, il mondo non riesce a comprendere la mia sensibilità ferita!"

Esposto il suo caso, Giulia J. non aggiungeva altro: in particolare, nessuna richiesta di aiuto.

Non c'era indirizzo. Non c'era telefono.

Stavo per archiviare la lettera, quando quel *batticuore* mi ha avvertito. Era un segnale forte, insistente. Ma di cosa voleva avvertirmi? Subito si è insinuata una sensazione stranissima. Toccando la busta, era come se passassi la punta delle dita su polpastrelli morbidi e quella busta si trasformasse, concretamente, in una mano femminile che restituiva, alla mia, una carezza. Riuscivo, da rabdomante, ad avvertirne il calore del sangue e, insieme, quel senso impalpabile di seta che trasmette la pelle di una donna che sa che anche sfiorare è un'arte. Di conseguenza, coglievo la grazia che Giulia dichiarava di aver perduto con la morte del padre. E, mi pareva, la sua sensualità...

Era un fenomeno del tutto nuovo.

Nei giorni seguenti, ho sfiorato spesso la busta verde. Stavo, davvero, toccando una persona. Sono arrivato a stringere la busta nel pugno. Esattamente come se stringessi la mano di Giulia J.

La seconda *lettera verde* è arrivata dopo una settimana.

Di nuovo, la firma con la sola iniziale del cognome. E nessun indirizzo. Nessun telefono.

Ma lo scritto conteneva elementi che accentuavano il fenomeno che ho descritto. Giulia dimostrava di conoscere molto bene la mia opera letteraria e, per segnalarmi il suo stato d'animo, cominciava citando la mia poesia che mi è più cara: "Bellezza della farfalla che muore – sulla rovente lampada tenuta accesa – da un uomo insonne fino al giorno: – bruciata impronta del confine – tra il grande sogno e la notte breve. – Bellezza, un senso del nulla, – il solo forse, – che percepisce il mondo – che ci scruta dal fondo del suo specchio – dove riflette solo chi ci manca".

La busta conteneva anche la prima pagina strappata da un mio libro, con una dedica di mio pugno: "A Giulia, sperando un giorno di rivederla". Mi era capitato di incontrarla, dunque, questa Giulia. Ma la dedica, tracciata con evidente mano frettolosa, era di quelle che si fanno, per compiacenza o per una momentanea attrazione, nella piccola folla che si forma dopo una conferenza o in qualche circostanza ufficiale.

Non poteva servirmi quel granello come portato da una montagna di sabbia. Per quanto mi sforzassi, infatti, non suggeriva nulla alla mia memoria.

Sono rimasto stupefatto leggendo le righe finali:

"Ci vedremo. Ci incontreremo di nuovo. Ma solo a una condizione: se queste mie lettere riusciranno a restituirti il desiderio e la naturalezza di viverlo davvero un nuovo rapporto con una donna. Essi si sono spenti in te, come in me si è spenta la grazia della danza."

Come faceva, Giulia, a sapere che stavo affondando nel sentimento del grado zero, perché esiste, per quanto paradossale, anche un sentimento della caduta dei sentimenti: tormentoso, controverso, fatto di rancori e di rimpianti, che solo per approssimazione può definirsi una ventata acre di misoginia, provocata dalla delusione e da una solitudine morbosa di se stessa?

Vi ero affondato, ripeto, fino al punto di diffidare dell'intero genere femminile, che vedevo capace solo di fraintendere; di essere attratto dall'apparenza maschile ignorando certi valori, anche quelli della sessualità, se non esposti in superficie; di cambiare pensiero, per capriccio, da un giorno all'altro.

Giulia aveva ragione. Le sue *lettere verdi* addolcivano, d'improvviso, la mia solitudine. Ma mi rifiutavo di ammetterlo.

Mi imposi persino di non aspettarle più, quelle lettere, benché, in una parte inconfessata di me, le aspettassi con ansia.

Esse tardavano ad arrivare. Forse, mi dicevo, non sarebbero arrivate più. Era stato soltanto un breve inganno. E fu con questa malinconia per quella che immaginavo e percepivo la "delicatezza" di Giulia J., che una notte presi la macchina per uscire da Roma, a caso.

7.

Mi ero svegliato, di soprassalto, da un sogno.

Il sogno di un'esperienza che avevo realmente vissuto.

Un giorno, mi ero spinto in profondità nel mare di Delo. La visibilità era perfetta. Il fondale aveva una bianca consistenza che assomigliava al marmo. Mi avvicinavo e il marmo prendeva forma. Accerchiai una roccia. Mi trovai di fronte a uno sguardo. Era scolpito in una piccola statua ancora lontana da me, ma da cui un effetto prospettico riduceva la distanza. Mi chiamava e io continuavo ad obbedire al suo silenzioso richiamo, affondando sempre più dalla superficie, che diventava come una volta celeste, punteggiata di astri.

Mi tornavano i momenti più felici della mia vita, in una sintesi vertiginosa, accompagnati da un senso struggente della loro perdita.

Finché nessun movimento mi fu più possibile. Riuscivo soltanto a fissare con la stessa intensità con cui venivo fissato. Nella luce attonita dell'acqua, nei colori ultramarini, si imponeva un addio alla terra. Con la tensione, fortissima, di superare il confine tra vita e morte, perché la piccola statua era a portata, sarebbe bastato allungare un braccio... Poi mi sono ritrovato alla superficie, qualcuno mi aveva tratto in salvo, non so nemmeno come. Mi sono reso conto che ero vivo.

"È un fenomeno che si chiama disgregazione della volontà" mi hanno spiegato. "Basta una fonte di suggestione per provocarlo. Un idolo di marmo, una voce che ci attraggono. Viene vissuto con la sensazione liberatoria di correre verso una felicità sconfinata. Chi non resiste, è perduto. Ma resistere è difficile."

Qual era il significato del sogno?

Lo capivo mentre puntavo, in macchina, verso nord, ancora senza sapere dove intendevo arrivare; o meglio, sapendolo, ma senza volerlo ammettere.

Il sogno aveva raffigurato il ritorno di un uomo alle proprie radici. Una magia, anche questa, che ci riconduce a una voce, di noi, remota e seducente come certe stelle che in quel momento – lo immaginavo – l'insonne Omino Alessio stava frugando col suo telescopio.

Non volevo più tornare da queste parti.

Dalle mie parti. A Po. Il cosiddetto ritorno alle radici, l'avevo inteso come un vizio, e avevo cercato di liberarmene.

Ma ora la forza del sogno mi spinge. Quella forza, soltanto; anche se mi dico che ho bisogno di respirare aria pulita e, soprattutto, di rivedere mia madre.

Albeggia. Nei tramagli che i pescatori lasciano appesi ad asciugare, da albero ad albero, i pesci rimasti impigliati e i residui delle piante acquatiche mandano iridescenze contro il buio che ancora stagna sulle marcite. Dagli attrezzi di lavoro abbandonati qua e là, riconosco i mestieri della mia gente, che la notte ha interrotto.

Poi, una luce che mai potrei immaginare, se non la contemplassi coi miei occhi, sale dalle argille e dalle montagne di detriti, dalle miriadi di canne.

"Bisogna diventare ciò davanti a cui ci si prosterna" affermava la madre di mia madre. E in questi luoghi stanno il segreto, e la potenza, la maestosità della mia patria.

Mi arrivano dei fischi lunghi, modulati.

Sugli argini, quando qualche amico in esilio altrove fa ritorno qui, e viene avvistato senza che se ne accorga, i fischi degli amici si rispondono da lontano, lanciandosi quei saluti attraverso il cielo, per il pudore di non sprecare altrimenti parole banali. Infine una voce, chissà di chi, da dove:

«Marcooo!» con la finale piena di echi.

Attraverso distese di pioppi, costeggio il Po fra sponde di cenere, vedendolo azzurro, poi verde, poi color sangue. Scrutando, nella distanza dello spazio, la distanza degli anni, sono i colori a dare una sacralità al silenzio del tempo. Le case contadine passano dai rosa ai celesti ai gialli.

Dal portale di una chiesetta, si diffonde sulla strada un odore di incenso e di cera scolata: là mi sono inginocchiato per la prima volta nel mistero e qualcuno di quei fantasmi mi è rimasto attaccato alla pelle.

Dalla chiesetta potrebbe uscire uno per informarmi, come se l'avessi lasciato solo un istante fa:

«Lo sai che il Paganelli sono tre giorni che si scorda di morire? Sta lì, col fiato a metà... Ma quel Dio deve pur capirlo, il Paganelli. Col fiato a metà ci è campato ottant'anni di Po in vena di tracimare con le sue piene. Ci vuole tempo, per imparare a sprofondare.»

Mi arrivano, da lontano, le grida dei barcari che hanno ormai questo vizio di darsi la voce anche quando il cielo è limpido: l'hanno preso in tanti anni, per non scontrarsi nelle nebbie. Si forma quel coro d'armonie profonde che ricorda certi passi delle opere verdiane, certamente influenzate da queste scene della magia fluviale.

È bello, qui, ritornare con le nebbie che così fitte esistono solo da queste parti. Puoi scrutare i volti degli amici che non vedi da tempo, riuscendo appena a distinguerne il profilo, senza lasciarti amareggiare dai nuovi segni degli anni.

Mi fermo a una fontanella. Sembra che non ci sia anima viva, e invece salta fuori il Rigo – di cognome Barezzi – a cui il padre, per quanto di verdiana dedizione, non ha osato aggiungere quel “letto” in più. Stralunate pianure, le mie, trasformate in palcoscenico dalla devozione a Verdi e all’opera lirica, dove non si contano i Radames, gli Abdallo, gli Oronti, gli Ernani, gli Otumbo, e Terlamando e Lohengrin (due fratelli che, di cognome, fanno Cavazzini), sprecandosi i Manrico e gli Aroldo, con piccole gemme come Sparafucile Lodola e Onesti Jago. Per non dire delle donne: le Cunize, le Ninette, le Imelde, le Abigaglie, le Zume, le Odabelle, con abbondanza di Amneris, Aide, Viole, Gilde, Azucene, Preziosille; qualche sperduta Griselda, in omaggio a Massenet, o Iris, in omaggio a Mascagni, o controvoglia wagneriane Isotte.

Rigo, liutaio di genio, a cui quasi nessuno compra più né liuti né violini, prima di aprir bottega se ne va battendo col bastoncino miracoloso i fusti degli alberi, per capire se contengano la grazia del suono. E il bastoncino si trasforma nella bacchetta di un direttore d’orchestra, e i pioppi in orchestrali pronti a obbedire ai suoi gesti felici. Allora Rigo si muove più in fretta, e salta qua e là, amministrando attacchi e pause, e lascia indovinare ai passanti quale opera stia sognando di dirigere, come Toscanini.

Aspetto che, finita l’esecuzione, giri lo sguardo per assaporare gli applausi del nulla, e dopo tanto tempo lo saluto, canticchiando:

“Schiavo son de’ vezzi tuoi...”

Mi sorride. Ha il fiato grosso, è contento che abbia indovinato.

Gran fabulatore orale, egli ha sempre arrotondato i guadagni andando in giro a raccontare storie di meraviglie e di magie nelle veglie contadine, ai pranzi di nozze, persino durante le esequie, inimitabile consolatore con le sue mirabolanti fantasie sull'Aldilà.

È stato il mio maestro di storie. Da lui ho imparato, da ragazzo, l'arte del raccontare. Come se, appunto, l'avessi lasciato un istante fa, mi chiede:

«Come va, come va, l'avventura che stai scrivendo?»

Glielo dico. Approva.

"Una storia" mi insegnava "deve riuscire come l'O di Giotto. Se il tondo è perfetto, la gente s'incanta al tondo e ci sta a vederci dentro quel che gli vuoi far vedere."

Mi metteva alla prova:

"Bisogna che impari a raccontare di niente. Di una farfalla, magari, che svolazza via da un buco."

E io provavo.

Andavamo anche al Gran Bosco della Mesola. Si entrava nell'Abbazia di Pomposa, e lui mi ordinava: "Inventa un po' sull'Apocalisse e il Giudizio Universale". Mi concentravo sulle scrostate figure del Giudizio, sul Cristo severo dell'abside. Il mio maestro mi lasciava finire, poi mi batteva una mano sulla spalla: "Bravo. Te la cavi bene con Dio".

Di nuovo, mi raccomanda:

«Più vai in libertà nel mistero, più vai bene, e anche tu da ragazzo eri già un bel mistero, con quel tuo cervello *alla viennese*.»

Nella lingua di qui, la *viennese* è la cassaforte piena di denaro e gioielli, ma dalla combinazione imprevedibile: un vero tabù per gli scassinatori.

Sapendo di fargli piacere, lo saluto chiedendogli delle sue Amneris e Gilde e femmine folli. E lui mi racconta di una Cicci che ha conosciuto all'Albergo Leon d'Oro, che non si sa dove sia, e forse non c'è questo albergo, la Cicci che gli va dietro la notte sussurrandogli delle paroline in francese, e lui le regala violini con putti osceni scolpiti nelle fasce. Ha sempre sognato, Rigo, di far l'amore con una francese, e al sogno domandava: "Se possibile, non a pagamento".

Continuo ad aggirarmi qua e là, rimandando il momento per cui sono arrivato fin quassù, e solo l'idea mi fa battere il cuore: quando vedrò mia madre uscire dalla casa di Sabbioneta, per abbracciarmi. Con tutto me stesso vorrei che, ora guarita e serena, lei si limitasse ad esclamare "Oilà!", come si usa da queste parti, lasciando perdere i lunghi convenevoli e le complicate emozioni, semplicemente con affetto e abitudine alle sorprese.

Mi chiedo: sarà così che accadrà? Sarà davvero guarita al punto da limitarsi, con una vena d'allegria, a quell'"Oilà!"?

«Oilà!» esclama mia madre venendomi incontro dalla casa. E io griderei dalla gioia.

Prima di entrare in questo che fu, e resta, il mio piccolo tempio di Sabbioneta, esploro il giardino in cui la madre di mia madre andava di notte ad incontrare l'Armando. Poi scendo in quella che mia madre ha sempre chiamato *la stanzetta della neve*, dove – mi ha confessato – è avvenuto l'atto d'amore durante il quale io sono stato concepito.

Mi affaccio alla piccola finestra e mi sembra di rivederle, le piane, quando si colmavano di neve. Da qui apparivano davvero più belle che da qualsiasi altro punto, e il sole vi spuntava con tinte stupende, sul giallo dorato, e le piane bianche si trasformavano in laghi d'oro, e durante le nevicate più grandi c'era sempre un poco di neve che finiva per cadere dalla crepa di un angolo, che nessuno mai si era curato di murare, perché era bello anche questo: veder crollare un po' di neve, spinta dal vento, nella stanzetta segreta. Ho già detto di quando mia madre mi ha rivelato:

«È stato lì, lì che è successo, fra me e tuo padre, capisci?»

E io "lì" ora ci sono, e dalla crepa dell'angolo vedo entrare, spinte dal vento, delle fogl ioline giovani, tenere, di un verde squillante, che fanno pensare a una corsa di ragazze per intanarsi. E mentre qualcuna mi crolla sulla testa, alle mie spalle intendo una risatina, e poi la voce di mio padre, e io non mi giro, lascio che parli, che si confidi, senza guardarlo in faccia per non metterlo in imbarazzo, perché sento tutta la voglia che ha di confidarsi.

Ascoltare mio padre che racconta come avvenne l'atto d'amore con mia madre, per il quale lei è rimasta incinta di me, è una di quelle emozioni rare che si provano, nella vita, quando meno te l'aspetti. Lo racconta esattamente con le parole che usò mia madre, a Parigi, durante la visita alla Mostra del Bacio. Ma il tono di una voce può dare alla realtà una differente venatura, un'altra polpa, come accade a due tronchi d'albero che sembrano simili, e non lo sono, per quella venatura, quella polpa del legno. È il padre mio, che ne dà versione, il *Mario dalla moto rossa*, che mai ho udito così arguto e desideroso di amicizia con me:

«... io, a quei tempi, chiamavo tua madre Lisa, Lisetta, col suo secondo nome» ricorda «e l'ho portata qui, che ci nevicava, crollava già un po' di neve dalla crepa, e le ho detto "perché non ci scaldiamo un po' in questo posto che ti piace tanto e dove nessuno ci vede? Lisa, Lisetta, dài...". E mi sono messo a canticchiare "Ba-babaciami piccina con la bo-bo-bocca piccolina", la canzoncina del Rabagliati, mentre questa stanzetta da bianca diventava d'oro perché il sole cominciava a calare...

"Lisa, Lisetta, dài che ci scaldiamo". E siamo arrivati a te, così, da incoscienti, come ci si sbada a ridere, o appunto a cantare una canzoncina...»

Come, a Parigi, ho portato mia madre a mangiare alla "Maison Rose", oggi porto sia lei che mio padre alla "Trattoria Stendhal", che è il ristorante a cui sono legati i più bei ricordi della mia gioventù, e sta a Sacca di Colorno, non lontano dalla reggia di Maria Luigia, ma anche dall'ospedale psichiatrico dove mia madre ha trascorso lunghi periodi, e anch'io qualche breve stagione.

Voglio vederli "vivere insieme qualcosa in pace", finalmente.

Li faccio salire in macchina e li sistemo nel sedile posteriore. Mi avvio sul terreno accidentato e li guardo nello specchietto retrovisore, mentre si reggono stringendo le mani all'imbottitura e disdegnando i sostegni degli sportelli, pur di dividere la corsa come una coppia di vecchi uccelli fedeli sopra un trespolo: quando il precario equilibrio che gli fa scivolare le zampe, obbligandoli ad aprire un poco le ali e a battersele contro, a scontrarsi con le code, è in realtà, più che una serie di movimenti necessari, un gioco provocato da quel tanto di istinto giovane che è sopravvissuto attraverso la dedizione.

Si divertono a puntare i piedi, a sostenersi rigidi nella schiena allorché l'automobile salta sopra le buche e frena bruscamente alle curve. Infine viene l'asfalto, e si abbandonano, si ricompongono.

Il tavolo è collocato accanto a una finestra. Mio padre e mia madre si sistemano con cura il tovagliolo sul petto e aspettano di essere serviti. Io guardo loro e, di là dai vetri, i pioppi bagnati dalla luce del fiume. Mangiando, alzano il cucchiaio dal piatto, soffiano sul brodo, e poi se lo portano alla bocca con una contemporaneità di gesti, un'intesa – anche in quel piacere che fa apparire sulle loro fronti goccioline di sudore – che mi lasciano incantato.

Siamo gli ultimi ad uscire dal ristorante. Lascio che mi distanzino, che vadano sottobraccio verso il fondo della strada: un uomo e una donna umiliati nel tempo migliore della loro vita eppure ancora insieme con un'ostinazione che basterebbe, da sola, a rendere irrisoria ogni mia solitudine.

8.

La terza *lettera verde* di Giulia J.

Contiene dei piccoli assurdi che fanno volare lontano le mie fantasticherie. C'è, ad esempio, il nome della strada, ma non il numero civico. C'è anche il numero di telefono, ma segnato volutamente con ghiribizzi e cadute di segno per cui l'otto potrebbe essere un tre, il sette un uno, il cinque un sei, anche il sette e il nove un uno.

Dovrei tentare complicate combinazioni.

Si aggiunge, disegnata, una sagoma che richiama un profilo di donna. È come se tutto fosse stato tracciato con chiarezza, ma sopra vi stagnasse un'acqua che altera le forme, le fa ondose.

Un'altra sensazione strana. L'occhio, l'unico punto netto del disegno, sembra fissarmi con uno sguardo enigmatico che mi interroga, mi mette sull'avviso. Giulia mi sfida a un rebus. E sfiorando la busta, è come se la sua mano mi incitasse a risolverlo.

Ma cosa? Un gioco?

Il mio cervello si rifiuta, ormai, a ogni gioco della seduzione, pur restando la seduzione, per me, un miraggio, col rimpianto di questa sete violenta e innocente.

Stavolta, Giulia non ha scritto nulla di sé; o meglio,

non direttamente. Si è limitata a citazioni da Dostoievskij. La prima riguarda la felicità – che è pura non quando si scopre qualcosa o qualcuno di atteso, ma quando si è coscienti che si sta per fare la scoperta – e la sintonia che può scattare fra due persone affini, già al primo fuggevole incontro, al primo sguardo.

La seconda, bellissima e anche per me memorabile, è dall'*Adolescente* e contiene l'insegnamento sulla "vita vivente":

"La vita vivente è qualcosa di molto, molto semplice: la più ordinaria e percettibile. È la vita di ogni giorno e di ogni minuto: è talmente semplice che non si può credere che essa sia così semplice, e perciò è naturale che vi passiamo davanti durante migliaia di anni senza accorgercene e senza riconoscerla."

È comunque certo che questo paradossale rapporto epistolare con Giulia J. è destinato ad avere una svolta sorprendente.

Una di quelle a cui Miriam mi ha abituato.

9.

Parlavamo spesso, con Miriam, della comunicazione coi morti.

Recenti studi di meccanica quantistica trovano riscontro nelle suggestive intuizioni delle antiche filosofie indiane, che riconoscevano l'esistenza della "Akasha", una sorta di cervello globale dove la memoria di ogni esistenza si deposita in una memoria perenne.

Quando esiste un forte legame affettivo fra una persona scomparsa e una che vive, è dunque possibile la transcomunicazione di ordine medianico.

L'evocazione dei morti.

Un dialogo e un incontro oltre la porta ultima.

C'era stato un avvertimento, la notte prima.

La frase citata da Dostoievskij e sottolineata da Giulia J. mi aveva suggestionato. Stavo sognando il giovane Arkadij, protagonista dell'*Adolescente*, e cercavo di raffigurarlo in quella "vita vivente", semplice, che sfioriamo senza accorgercene e senza riconoscerla.

Ho aperto gli occhi. Mi sono svegliato con la sensazione che nella camera, davanti al letto, una figura di adolescente mi fissasse. Sono rimasto, a mia volta, a fissare il buio. Ho provato l'impulso di accendere la luce. Non l'ho fatto, mi sono mantenuto nelle tenebre, in ascolto. Una presenza – mi ripetevo – immobile, una sagoma più buia disegnata nel buio, ma diversamente da come mi accade coi fenomeni notturni che la mia immaginazione attribuisce a Miriam.

La differenza consisteva nell'avvertire l'intrusione di un'entità estranea a me, ai miei affetti e memorie. Ho percepito che la presenza si muoveva, si spostava in avanti aderendo al letto, sfiorandomi con un senso di gelo la mano che tenevo abbandonata sulla coperta. Ho visto filtrare la luce sotto la porta del corridoio. Non ricordavo di aver lasciato la luce accesa nel salone.

Poi la porta si è aperta. La figura si è stagliata, oscura, contro le tende rosse sul fondo. Di nuovo è seguita un'immobilità durante la quale, nella presenza, ha preso forma la tensione allucinatoria di quando, svegliandomi di soprassalto, mi aspetto un'apparizione proprio là, nello spazio dove si era prodotta.

Accade spesso nell'evocazione dei morti. Che vi sia un preannuncio.

Era in questione il caso di due genitori che insistevano per mettersi in contatto con un figlio morto adolescente.

Richieste del genere, da chi non accetta che persone amate se ne siano andate per sempre, sono frequentissime; fanno parte di quello che definisco il "grande delirio" dell'assalto della gente.

Ho già descritto, ne *I Sensi Incantati*, il mio coinvolgimento in esperimenti che vanno dall'evocazione che si traduce in visioni, alla psicofonia, la registrazione delle voci dell'Oltre; da materializzazioni che non hanno niente a che fare con lo spiritismo e la necromanzia tradizionale, a stravolgimenti impressionanti degli ambienti, delle cose, degli stessi Sensitivi che si fanno portatori di messaggi medianici.

L'indagine sull'enigma della vita e della morte resta riservata a una biologia occulta del futuro, ma i fenomeni che si producono ai miei occhi già l'anticipano. Niente può sparire perché la natura non conosce distruzione, solo continua mutazione. Una delle poche leggi naturali indiscusse è che tutte le esistenze di energia si trasformano l'una nell'altra; perciò anche la *coscienza chiara* dei defunti, ossia l'energia del loro conscio, non solo è trasformabile e non si dissolve, ma può raggiungere i viventi in grado di registrarla. Le registrazioni degne di attendibilità – e di fronte alle quali la scienza, dopo infinite verifiche, resta turbata – si conservano a migliaia.

Ho assistito a dialoghi con l'Aldilà e a sperimentazioni sulla sopravvivenza, che diventa certezza, che si giustifica persino nella dimensione della fede cristiana, in ogni parte del mondo, e ne ho riferito. Qui, confermo ogni cosa. Il mio compito, come scrittore, è di riportare sulla pagina le scene che alla realtà dei miei occhi, la sola che mi interessi, comunque si producono; di farmi spettatore di un teatro quale non è dato vedere in nessun altro luogo e circostanza, con attori e situazioni che lasciano un segno, a volte indelebile, nei nostri sensi.

Che importano il come e il perché? L'importante è certificare ogni meraviglia, anche tenebrosa, che il mondo crea, e persino le sublimi altezze che può raggiungere la finzione del creato.

Ma non dovrei. Mi propongo sempre di non prendere parte ai riti di evocazione dei morti, pratiche in alcuni casi crudeli, che mi lasciano a pezzi, anche fisicamente. Emozioni di massima intensità, stupefazioni che assorbono ogni fibra del corpo, terrori, alterazioni violente dello stato fisico: e io ne ritorno spesso con la febbre alta, la voce spezzata come dopo un lungo gridare, forti accelerazioni cardiache...

I due genitori sono stati messi a contatto con il proprio figlio deceduto in un tragico incidente.

Non riferirei di questo esperimento se la sua conclusione, in un modo del tutto inaspettato per gli stessi Sensitivi che agivano da "Magnete Privilegiato", non avesse investito un mio caso personale.

Riporto testualmente:

"... l'adolescente evocato manifesta un grande rimpianto per il padre. Appare avvolto da nebbia. Esita, prima di muovere un passo. Si appoggia ai tronchi degli alberi. Fa pensare a un bambino che il pantano nebbioso abbia spinto a smarrirsi. Quando il vento dirada la nebbia, i suoi occhi riacquistano vivezza e trapassano con il loro nero acceso la distanza. Il ragazzo allunga le mani per decifrare le cose che incontra. Si succedono i filari dei salici, le siepi, e quell'andare e tornare di un attimo di luce."

Il grido dell'adolescente al padre:

"Vienimi incontro!"

Il registratore in azione. Quel grido ripetuto.

Poi, la voce si fa bassa, quasi non udibile. Parole disperse nel vento nebbioso. Il registratore si blocca. Riprende a funzionare.

Di nuovo un'invocazione gridata al padre, con un suono secco, come di una scudisciata:

"Sei tu? Rispondimi!"

La voce, esatta, dell'adolescente da vivo. Ma come se una spina lacerasse la gola. Il ragazzo è terrorizzato che la nebbia abbia la forza di spingerlo indietro, di offuscarlo totalmente, annullarlo, e combatte con la nebbia quasi fosse una vegetazione fitta, con tentacoli che lo avvolgono, lo soffocano:

"Sono qui. Vienimi incontro!"

I genitori, i presenti, sono paralizzati dalla visione. Privi, come accade, della volontà di reagire. L'ineluttabilità della morte, mentre viene violata da queste manifestazioni di sopravvivenza, qualunque natura esse abbiano, provoca una condizione neutra della mente e del cuore negli astanti, morbosamente consolati, appagati, dalla visione che si sta producendo. Non si è mai verificato il caso di un vivente che, durante l'esperimento, abbia reagito sottraendosi al controllo del Sensitivo mediatore. Tutti accettano le materializzazioni, ascoltano le voci, come se la morte non fosse avvenuta, e si trattasse di momenti normali di una vita che continua, mai interrotta.

Il padre riconosce la fibbia dalla forma strana della cintura del figlio, che risplende d'improvviso, allorché si apre e svolazza il cappotto; una cintura regalata in un giorno di compleanno e in seguito perduta: un particolare di sconcertante esattezza. E il cappotto si delinea, via via, lo stesso che il ragazzo indossava al momento dell'incidente. L'odore di quel cappotto macerato dalla pioggia sembra percepirsi nell'aria.

E poi l'odore della nebbia, delle foglie, della melma...

La voce dell'adolescente risuona chiara, tranquilla:

"... mio padre lasciava la motocicletta rossa davanti a casa nostra, per farci capire che era nei pressi, ma non si sarebbe degnato di entrare nemmeno per un saluto. Io uscivo, toccavo il sedile che conservava la fossa del suo corpo, e rovesciavo a terra la motocicletta... Poi aspettavo che lui ricomparisse. E col mio silenzio, la mia mancanza di paura, lo sfidavo a punirmi per ciò che avevo fatto. Mi scrutava, quindi sollevava la motocicletta e scompariva nella polvere..."

Il ragazzo sta rievocando un episodio che riguarda non la sua vita, ma la mia. Un episodio della mia vita! E io l'ascolto parlare, con la mia voce, di mio padre, negli anni in cui non voleva sposare mia madre, per il culto della propria libertà di aviatore spericolato e di sovrano delle motociclette rosse, infatuato delle donne infatuate di lui, del loro numero e della loro disponibilità: Mario l'incantatore che non voleva farsi mettere al laccio, e io avevo cinque anni, ma di quel periodo conservo bagliori di memoria vivissima...

Scruto i presenti. Nessuno parla, fa un cenno. Anche il Sensitivo mediatore non mi degna di uno sguardo, lascia che l'esperimento continui come se non mi riguardasse affatto. E forse, mi dico, è questo che sta accadendo: il rito dell'evocazione, come capita abbastanza frequentemente, ha ottenuto l'effetto di sdoppiarmi, facendomi spettatore-evocatore e, insieme, destinatario. Ossia l'adolescente, mentre continua a rivolgersi ai propri genitori e ai presenti con un messaggio che ora mi sfugge, dalla cui registrazione sono escluso, si rivolge al contempo alla mia persona con un secondo messaggio particolare.

Si tratta di una scena che veramente accadde: di quando mia madre faceva le poste a Mario l'imprendibile dalle donne, ed è stato mio padre a raccontarmela un giorno con spiritosa amarezza, per farmi capire quanto si può essere assurdi e sciocchi in gioventù, e a volte crudeli:

... quello è mio padre in una giornata d'inverno con la neve molto alta. Passa in moto, imbacuccato, e non avvista mia madre. Non c'è traccia di donne sulla distesa immacolata e, dietro la sciarpa indurita dalla brina, egli tira un sospiro di sollievo. È di una tale pienezza, il suo senso della libertà, che fischietta nella sciarpa che gli sbatte sul naso, e si dice:

"Adesso faccio un voto e vado a portare due fiori ai miei poveri morti. Vado, così i miei morti mi perdoneranno per il male che faccio a Lisa."

Prima di entrare nel cimitero della Tedolda, il centauro che ha vinto una volta la Milano-Taranto, si concede qualche svolazzo acrobatico sul ghiaccio, sotto il nevischio della sua libertà, trovandosi imbattibile. Quindi irrompe fra le tombe tracciando una scia che a nessun altro riuscirebbe. Lasciata la moto, avanza coi fiori stretti contro il giubbotto di pelle nera. Sugli occhiali, la neve crea figure acquose. Perciò, all'inizio, egli pensa: non può essere, è uno scherzo degli occhiali, come faceva a sapere, Lisa, che mi sarei fermato qui alla Tedolda, e proprio stamattina? Ma, sollevati gli occhiali sulla fronte, Lisa è sempre là che cammina adagio sotto i portici, a tratti battendo i piedi, per scrollarsi la neve.

Allora mio padre si lascia andare su una tomba. E senza chiedersi perché, affonda le braccia. Getta via neve su neve, e quando trova il marmo gli sembra di scavare anche quello con le unghie. E mia madre lo accosta. Ritta dalla parte opposta della tomba, lo guarda, con la sua serenità, scavare e scavare. Finché lui non ha le dita che colano sangue. Se le scruta come se non fossero sue, riconoscendo:

"Neanche i miei morti mi vogliono."

Si solleva, dimenticandosi della motocicletta. Più non capisce da che parte stia il cancello. Affonda nella neve ora a destra, ora a sinistra. E mia madre ferma – mentre lui le gira intorno – col suo peso da nulla, sospesa sulla coltre dentro il cappotto col collo di pelliccia. Mio padre crolla ai suoi piedi, sprofondando con le ginocchia, l'abbraccia ai fianchi e abbandona la fronte contro il suo ventre, nel punto da dove io sono nato:

"Perdonami" le dice. E poi: "Io ti sposo... Lisa, Lisetta...".

10.

«Un ictus...» cercava di svegliarmi una voce. «Tuo padre... Un ictus.»

Un grido, al telefono. Il telefono è rotolato via dal mio orecchio, dalla mia mano.

Di nuovo ero chiuso nel sogno ossessione di quando mi ero spinto in profondità nel mare di Delo. In vista dei leoni stagliati contro il Lago Sacro e della Casa dei Delfini.

Le spie rosse della barca avevano segnalato, impazzite, un circoscritto cataclisma sotto lo scafo. Il congegno di contatto fra me e chi era rimasto a bordo era saltato con una fiammata; l'allarme aveva avvertito che io, in immersione, correvo pericolo.

Il mare mi stava ingoiando:

«Un ictus!»

Nel sogno, la barca era come una mente umana, lo scafo avvolgeva un cervello, e io ne incarnavo il pensiero, il meccanismo dei pensieri che si oppone alla nullificazione del corpo, e questo meccanismo si perdeva verso il fondale infinito. Mi allontanavo, sempre più, vedendo nella carena l'anticorrosivo che si scioglieva in chiazze gialle, la vernice che si sfarinava come una calce rossa formando, fra me e la barca, una grande nube sanguigna. Dalla ghiacciaia, sgusciavano rigidi come pugnali i pesci che vi avevo chiuso, li guardavo perdersi anch'essi nell'azzurro denso della profondità, e se cercavo di afferrarne qualcuno, essi diventavano piccoli miraggi di sola luce che mi sgusciavano attraverso il palmo.

Da ogni falla, il cervello perdeva pensieri e sangue dal suo scafo:

«Tuo padre...»

Lo sciogliersi dell'antivegetativo provocava una vertiginosa formazione di alghe. Nubi verdescuro mi assalivano da ogni parte. Mi toglievano la vista, mi soffocavano. Avvertivo il sapore del sangue nella bocca, mentre la vernice rossa continuava a spandersi nel mare.

Così vivevo, prima ancora di reagire in qualche modo, l'ictus che – mi avvertivano – aveva staccato il cervello di mio padre dalla realtà anatomica della ragione, interrompendo il congegno di contatto. Aveva sospeso le funzioni dipendenti dalla zona encefalica, ma fortunatamente non aveva centrato il cervello, come un fulmine che si fosse abbattuto limitandosi a incenerire le pareti di una casa: il cuore della casa resisteva, fra le macerie annerite, affollandosi di memorie e di affetti vissuti che, in quello spazio di salvezza, intatto per miracolo, cercavano scampo, confondendosi.

Sono saltato in macchina, ho guidato con le lacrime che mi annebbiavano la vista, ripetendomi quanto fosse assurdo e crudele questo maleficio della vita che ci costringe a ripetere determinate azioni, che restano esattamente uguali nella loro dinamica, ma è sufficiente un breve intervallo per trasformarne la felicità in dolore; questo maleficio che non fa differenza fra felicità e dolore, come se per la vita felicità e dolore fossero delle semplici circostanze fortuite e intercambiabili.

A distanza di pochi giorni, stavo precipitandomi di

nuovo dalle mie parti, che si mantenevano tali, ma vuote come un sepolcro in attesa, senza più amici bizzarri, piane di neve dorate dal sole, la suggestione delle acque dal mutevole colore: il mito delle radici si riduceva al rettangolo del letto dove mio padre giaceva dopo il suo trasporto in clinica.

L'ho raggiunto:

... e ora lo tengo abbracciato e gli dico:

«Non morire, padre mio, tu non puoi morire, perché sei il Mario dalla moto rossa... Mi capisci?... Riesci ad ascoltarmi?... Tu che hai trasvolato nei cieli, hai fatto dei cieli il tuo giardino dei giochi, e tutti applaudivano il tuo aereo quando facevi il funambolo sulla città come un falco rovesciato... Non puoi morire perché c'è ancora la tua motocicletta rossa che ti aspetta nel cortile di casa....»

Fra le mie braccia, è un mucchietto d'ossa bagnato di sudore:

«Cerca di sentirmi, Mario l'incantatore, re dei cieli e delle corse e delle donne infatuate di te... Tu che non volevi farti mettere lacci alla tua libertà, e ora non puoi farti mettere il laccio dalla morte... Non morire, padre mio...»

I medici mi hanno avvertito: non devo stupirmi.

Quando l'ictus sfiora semplicemente il cervello, succede che la coscienza, o qualunque diavoleria sia questa corda che ci tiene e chiamano anima, induca la mente a cancellare tutto di una vita, e si limiti alla memoria di un solo periodo, quello che nell'inconscio è rimasto come il più crudele o il più felice: i giorni, o i mesi, o gli anni che, di un'intera esistenza, sono stati il nodo.

Così mio padre se ne sta stretto nel mio abbraccio che mi bagna col suo sudore, credendo di vivere nell'anno in cui io sono nato: e pronuncia frasi, fa domande, risponde, come se le figure che lo circondano, le cose stesse, gli eventi che tornano a vivere dentro la sua testa, appartenessero a quell'anno.

Mi restituisce l'abbraccio, con le poche forze che gli restano, vedendo in me il fratello Gabriele a cui, allora, chiedeva ansiosamente di mia madre che aveva messo incinta. Ed è a me, attribuendomi le fattezze di Gabriele, che ripete la domanda che fu la sua ossessione, fra una caduta e l'altra negli stati di coma, mentre si alternano nei suoi occhi commozione e paura:

«L'hai vista, Lisa? Le hai parlato?... Se lo vuole tenere, Lisa, quel figlio?»

Dico a mia sorella, a mio cognato, agli altri di andarsene fuori dalla camera, affinché io possa rispondere in libertà, facendo su me stesso uno sforzo che, al sudore di mio padre, aggiunge ora il mio sudore:

«Sì, le ho parlato, Mario... E l'ho convinta... Ci rinuncerà, a quel figlio, stai tranquillo. Non nascerà nessun figlio e nessuno ti toglierà la tua libertà...»

La testa di mio padre ricade sul cuscino. Nei suoi occhi, perduti nei miei, sembra farsi largo una momentanea lucidità. E mentre gira via la faccia verso un punto del soffitto, dalle sue labbra esce una frase che mi allarga il cuore:

«Però, mi dispiace... Proprio adesso che ha accettato di liberarsene, Lisa... Perché mi dispiace?»

Cerco Rol, al telefono. È assente da Torino. E poi i miei amici dai poteri mille volte più forti dei miei, e Tano, e gli altri della compagnia. Telefono a tutti, come un pazzo. Arriva uno specialista che si aggiunge ai medici. Ho chiesto lo specialista capace di portare qui anche i miracoli della scienza. Su mio padre che sta morendo convergono energie salvifiche da ogni parte, e sono perfettamente consapevole che queste energie attraversano me prima di raggiungere il suo corpo fra le mie braccia.

Sono io il medium, il magnete, in questo paradossale

esperimento dell'evocazione di un vivo dal regno dei morti, dove stava perdendosi come io rischiavo di perdermi nel mare di Delo:

«Non morire, padre mio.»

E poi mi accorgo che questa mia invocazione si fa, via via, sempre meno necessaria. Passa una settimana prima del giorno in cui mio padre non vede più in me il fratello Gabriele, ed è mattina presto, il sole è spuntato da poco, c'è un raggio appena che spiove nella camera della clinica, quando il Mario apre gli occhi, e mi fissa, mi strizza l'occhio e mi fa:

«Oilà!...»

Vede me in me. Mi sorride e mi chiede:

«Ma che ti succede, eh, garibaldino?» Come quando mi faceva montare sulla moto rossa: "Su, monta, che ci facciamo una bella corsa".

E io la corsa la farei davvero, quando esco su questi argini, sapendo che il Mario non morirà, e ce l'ha fatta, è tornato alla superficie.

Mi ricordo dell'airone. Allorché la piena si ritirava, l'airone si staccava dal sole e tornava a volare. Un prete andava sugli argini agitando una campanella e portando la maestà di un crocefisso d'oro. Mentre le acque del fiume riacquistavano la calma di un passeggio e le allodole chiamavano da tutte le direzioni, segnalando gli alberi che erano sopravvissuti.

11.

incontro e dialogo con Giulia J.

Da tempo non tenevo una lezione in un'aula universitaria.

Cominciai parlando della missione che mi sono proposto: "la politica delle forze misteriose dell'uomo e delle cose, il recupero del sentimento primigenio della vita".

L'aula de "La Sapienza", gremita e silenziosa, mi isolava come in una gabbia, mi faceva sentire un animale strano esposto alla curiosità di ragazzi e ragazze la cui generazione mi appariva una specie diversa e remota dalla mia. Se mi accaloravo, era anche per combattere quel dubbio: sarei riuscito non dico a sedurli, ma almeno a insinuarmi nella specie a me ignota, con l'evocazione dei nostri poteri sconosciuti, delle meraviglie di ciò che passa per paranormale, descrivendo le magie per me sbalorditive (ma per loro?) dei Sensitivi Maggiori, dei grandi Iniziati? Quei bei ragazzi e belle ragazze avrebbero afferrato la suggestione dei prodigi del mio Rol?

Quale poteva essere il loro linguaggio per la felicità e la disperazione, il loro Dio? Quale il loro pensiero del cuore?

Parlai del progetto narrativo a cui sto lavorando, partendo dalla nota iniziale del *Viaggio al termine della notte* di Céline: "Il viaggio che ci è dato è interamente immaginario. Ecco la sua forza. Va dalla vita alla morte... È *dall'altra parte della vita* " (potrebbe valere come uno dei titoli che inserisco, via via, nell'apposita cartellina azzurra).

Ma quanto esiste in questo uditorio – mi chiedevo – dell'immaginazione? Sarò capito o aggredito? Sbalordirli con un piccolo prodigio: qui, ora? Potrei farlo. Scoprivo come può essere difficile parlare col futuro, non già nel silenzio mentale della chiaroveggenza, ma attraverso un'assemblea fitta di corpi giovani.

Ebbi un istante di scoramento e mi dissi: è un confronto talmente impari...

Fu allora che, muovendo lo sguardo, mi accorsi di una ragazza della prima fila, che mi faceva un piccolo cenno. Non uno dei soliti, di approccio o di allusione; era un segnale concreto, che mi comunicava una solidarietà rassicurante.

Una stretta, quel *batticuore.* Non può essere, cominciai a ripetermi. È solo una percezione illusoria. E invece era Giulia... Giulia J. che mi ascoltava con una concentrata ammirazione.

Mi imposi di continuare. Lei mi aveva fatto capire che l'aula era in sintonia con me, e io ora le rivolgevo le mie parole:

«...Quando il bene della comunicazione si spegne e persino il rapporto sessuale si fa automatico, com'è bello comunicare con il mondo *che dicono non c'è*!»

Tanta gioventù, ora, si lasciava sedurre dalle mie parole, e dai miei sfoghi, ricordi, polemiche anche violente; ed ero affascinato, a mia volta, dal fatto che questa seduzione non restava passiva, come di solito accade in chi si lascia suggestionare dal magico, ma si animava, partecipava col mio discorso alla ricerca, persino giocosa, di nuove formule nei confronti della vita.

Riuscivo a divertirli.

Conclusi con un ricordo di Apuleio, che si curò di magia col suo piglio da gran signore della letteratura, trattando da rozzi imbecilli quanti presumevano di colpirlo per il suo credo fra filosofia ed erotismo, creatività pura e scienze "proibite". Apuleio, scrittore mago che venerava il dio di tutti i maghi, l'Ermete Trismegisto, sotto il cui segno fiorirono tanti capolavori.

«Vi auguro che vi capiti, almeno qualche volta, di provare un sentimento struggente, senza sapere perché, a causa dell'indicibile della vita...»

Lo stesso sentimento che provavo, in quel momento, fissando Giulia J.

Me ne andai dalla cattedra.

Giulia sembrava scomparsa. Trattenuto nel corridoio da alcuni colleghi, guardavo sfollare gli allievi. Una mano mi apparve sotto gli occhi. Mi veniva offerta per complimentarsi o semplicemente per mostrarla.

I segni incisi nella mano.

«Mi chiamo Giulia» disse la ragazza.

E io finalmente, concretamente, potevo toccare quella mano, provandone la stessa sensazione di quando passavo la punta delle dita sulle *lettere verdi*. Tutto coincideva, in quel contatto: l'intenso e circoscritto calore del sangue, il senso impalpabile di seta che trasmette la pelle di una donna che sa che anche sfiorare è un'arte.

Gli occhi di Giulia erano chiari: vi leggevo la trasparenza, la delicatezza che mi avevano incantato attraverso la lettura dei suoi scritti e le mie percezioni tattili; ma anche una solida difesa delle proprie emozioni, una natura rapida a intuire. In quello sguardo non c'era traccia della curiosità superba e aggressiva, cosciente di poter escludere l'interlocutore una volta soddisfatta, con cui di solito scrutano le ragazze di quell'età e di quella bellezza fisica, davvero eccezionale.

Giulia mi aveva confidato di aver perso la grazia che le aveva consentito di tradurre il suo sogno, la danza; ma era evidente che la malinconia, per questa perdita, coesisteva con molti desideri e sogni ancora pieni, intatti, con una sensualità curiosa che il suo dramma non aveva compromesso. Lo si intuiva dal suo corpo, portato con vanità e candore insieme: dal corpo, Giulia aveva avuto, senza dubbio, un fascino protettivo, il potere di addolcire, con le sue armonie, le disarmonie del cuore.

Avrei dovuto corrispondere subito, con parole adeguate, alla disponibilità che mi stava dimostrando.

Ma in quei secondi che a volte ci separano, per timidezza o disagio, da una persona che appunto ci affascina, un'ombra è tornata ad offuscarmi: la stessa che, nei momenti più acuti della depressione, mi faceva sentire escluso dalla gioventù altrui, dal sogno di un amore, dal mondo stesso.

Perciò guardando Giulia, vidi in lei una delle piante piene di linfa e fiori carnosi che mi suggestionavano nella foresta che accerchiava il monastero di Tashi, vedendo invece me stesso come uno di quei vecchi alberi che si potevano incrociare a pochi passi di distanza: alberi stanchi di rifiorire, che più non rispondevano alla nuova stagione, abbandonati all'aridità delle proprie radici, illuminati di riflesso dalle piante in piena esplosione, dentro una penombra umida che trasmetteva rimpianto.

Questo piacere morboso – di lasciar svanire l'occasione attesa come un lieto convoglio che si allontana – è uno dei frutti più ripugnanti della depressione.

Era una folla di creature, la vita stessa che, in Giulia, mi invitavano ancora una volta a servirmi della loro bellezza, e io rispondevo: non cadrò più nel vostro inganno, non mi presterò più come oggetto passivo delle vostre illusioni, per poi ritrovarmi deluso. È un gioco finito, fra noi.

Una breve ricaduta. Ma dalla mia espressione dev'essere risultato chiaro il conflitto che stavo vivendo. C'è un potere quasi diabolico, nelle donne, di cogliere anche la minima incertezza nell'approccio con un uomo.

E Giulia era già là che si allontanava per il corridoio, che spariva, dopo essersi girata, sulla porta, per fissarmi un attimo. Nella sua seconda lettera, era stata chiara, fissando la condizione che richiedeva per lasciarsi coinvolgere: il desiderio e la naturalezza, da parte mia, di viverlo davvero un nuovo rapporto con una donna.

L'ho raggiunta in strada. Stava già aprendo lo sportello dell'automobile.

12.

... a valutarlo ora, in prospettiva, il dialogo che seguì con Giulia – quando mi invitò a salire in macchina e cominciò a guidare a caso per la città, per poi uscirne e perdersi nella campagna, che attraversammo fino a sera – potrebbe apparire immaginario. Apparenza falsa. Fu assai concreto invece, e talmente provvidenziale che, se non fosse avvenuto, la mia storia non avrebbe avuto quello scatto in più, quella presa di distanza da un'emotività divenuta troppo accesa e confusa, che le erano indispensabili per non arenarsi e concludersi anzitempo.

È vero, d'altra parte, che questo dialogo lo riporto filtrato dalle riflessioni con cui ho continuato ad analizzarlo nella memoria.

«È facile costruire un mistero» cominciò Giulia. «Basta scrivere con un pennarello bianco su un foglio verde. Ridurre un cognome a un'iniziale. Far sì che un numero telefonico risulti una cifra aperta a combinazioni infinite. Tracciare il confuso profilo di un volto...»

«Per te non esiste nulla di magico?»

«La realtà è chiara. Perfettamente leggibile.»

«Il mistero non sta nelle apparenze con cui possiamo giocare e creare piccole metamorfosi, come hai fatto tu con le tue lettere. Il mistero sta nel percepire la delicatezza di una donna solo sfiorando il foglio dove lei ha scritto di sé, e il foglio diventa una mano, viva; e dalla mano si può risalire alla grazia del cuore... Il mistero sta anche nel dramma che stai vivendo dopo la morte di tuo padre.»

La corsa dell'automobile, fra il verde, e il tono della voce di Giulia, mi mettevano profondamente in pace con me stesso. Era la pace di quando l'alba la riconosco dentro di me perché, quali che siano i miei sogni, mi sale per una frazione di secondo un sogno più piccolo, che si fa largo come un'ostia di luce che ha il rintocco della campanella di una chiesa di campagna:

«La semplicità delle cose...» ribadì Giulia. «Siamo noi tanto complicati che possiamo sfiorarla, per migliaia di anni, senza accorgercene, senza riconoscerla. Quel passo di Dostoievskij contiene una grande verità, l'unica in cui credo.»

«Ma proprio tu, Giulia, questa semplicità la temi. Mi hai confessato che non riesci nemmeno più a guardarti allo specchio. Perché?»

Non mi rispose. Con un'ombra di malinconia.

«Hai paura di vedere i tuoi pensieri che si rivelano nel tuo volto? Di leggere, nei tratti della tua fisionomia, i tratti di tuo padre che hai amato?... Il tuo dramma consiste nel capire che la tua vita è stata plagiata e dunque altro non è che il prolungamento della vita di tuo padre. Ma quella vita si è spenta, perciò la tua resta il prolungamento del nulla: un nulla dove si è dissolto il solo grande amore che sei stata capace di provare...»

«È un malessere che...»

«No, Giulia, è una falsa idea.»

«Comunque, non toglie niente ai miei principi. E poi io non predico agli altri. Tu, sì. Poco fa ti ascoltavo ed ero sinceramente affascinata da ciò che cercavi di insegnarci. Ma per essere convincenti nel trasmettere parole che possono aprire la mente altrui, bisogna farsi l'incarnazione attiva del proprio insegnamento. Tu predichi il ritorno a forze naturali vere, per certi aspetti primitive, e poi ti nutri di fantasmi... Fantasmi creati dalla tua mente depressa o dalle suggestioni con cui ti ha contagiato Miriam: una donna che ora non sai dove esista realmente...»

Ne ho provato meraviglia: ma tranquilla, serena. Giulia aveva un potere rassicurante anche nel rinfacciarmi verità sgradevoli e nello stupirmi con le sue inspiegabili conoscenze della mia vita. L'ho lasciata continuare:

«E si aggiungono i fantasmi degli estranei, nei cui drammi e segreti ti sei buttato con tutte le tue energie. Non credi che sia un alibi per non riconoscere che tu, invece, stai precipitando sempre più nella solitudine? Cosa ti dà vivere le mille vite che non ti appartengono, far tuoi i casi della gente che ti assale?»

«L'essere utile a qualcuno.»

«D'accordo. Ma a te?»

«Come fai a sapere queste cose?»

«Lo vedi com'è facile, di nuovo, costruire un piccolo mistero? Queste cose le ho sapute non attraverso le magie in cui credi tanto, ma nel modo più naturale. Semplicemente perché qualcuno che le conosce, me le ha dette.»

«Chi?»

«Non importa chi. D'altra parte, lo scoprirai presto. Importa che io le abbia sapute, e il saperle mi abbia addolorata. Perché ti ammiro: per ciò che sei arrivato a capire della vita, per ciò che scrivi e senti, tormentandoti, per le stesse verità che vai predicando, e che in sé sono giuste, ma avrebbero bisogno che tu ritrovassi l'amore di te stesso... Nella testa, nel corpo, quel po' di gioia di te...»

«Quella che anche tu hai perduto.»

«In parte. Solo in parte, credimi. E potresti aiutarmi a recuperarla completamente, recuperandola tu per primo. Ma ti servirebbe quell'energia che vai raccomandando a una società disfatta e umiliata; un'energia di istinti, di desideri, di piaceri, persino di un eccesso di tutto questo, simile alla foresta che accerchia il monastero di Tashi, che ci hai descritto poco fa, in aula, e ne siamo rimasti soggiogati...»

Era così bella, quella corsa in macchina, che provavo il rammarico di non averne goduto per troppi anni, distratto da lavori, traguardi che ora mi parevano senza senso. I miei giochi mentali svanivano. Ma, al tempo stesso, mi tornavano alla memoria momenti bellissimi dell'educazione con cui avevo portato la mia mente alle percezioni estreme.

Il *contagio magico* non era più un ponte verso gli altri, con la premonizione dei destini altrui, ma verso me stesso: mi sembrava che si sciogliessero grovigli che in me, fino a quel momento, avevo accantonato.

La campagna mi ricordava le piane di Delo, di Mykonos, mentre il tramonto annunciava la notte attica, e io vi andavo alla ricerca delle fontanelle millenarie che riproducono ciascuna un suo dio. E avrei voluto insegnare a un mio figlio – Giulia aveva accennato, con fierezza, al proprio figlio di otto anni – come ci si ferma a bere quell'acqua sacra e come si crea il cavo della mano, per non farne cadere una goccia... Fissavo così a fondo la luce del tramonto, e la ascoltavo, come se la luce dei bei monti che mi circondavano fosse una lingua di care parole, che mi veniva di attribuire, al profilo di Giulia che ne era investito, una rassomiglianza con una fisionomia indefinibile, ma già amata da molto tempo.

Tornavo a toccare le mani di Giulia, strette al volante, che ora mi guidavano verso una dolcezza riconciliata con la natura, e chissà perché pensavo alle mani di mio padre: grandi, callose, pale da mulino, lui dice ridendone, eppure capaci di delicatezze. Quando mio padre ha capito di essere scampato alla morte, esse sono scivolate sopra le mie con un pudore che le ha rese due piume; ho immaginato la prima volta che si sono insinuate nel sesso da cui sono nato con la medesima grazia della resurrezione.

Giulia ha rotto il silenzio, chiedendomi d'improvviso:

«Provi qualcosa per me?»

Ho risposto con la semplicità che lei ama:

«Sì.»

«Cosa?»

«Un'attrazione profonda, fin da quando sono cominciate ad arrivare le tue lettere. Un bisogno, anche sensuale, della tua delicatezza...»

«Perciò faresti l'amore con me. Se ora ti invitassi a casa mia, e ti dicessi chi sono realmente, tu...»

«Sì.»

Mi ha fissato:

«E allora come si giustifica la misoginia che non risolvi, che lasci incerta fra rifiuto e attrazione, dove ti hanno spinto i fantasmi dell'assenza di Miriam e di tutte le donne che valevano qualcosa e ti sei lasciato sfuggire?»

Di nuovo, Giulia aveva ragione. Riconoscevo il compiaciuto culto di una solitudine che mi faceva orrore.

«Un tempo» ha continuato «la tua curiosità, la tua

sensualità erano sfrenate, e l'eros il tuo consolatore, e il desiderio la misura del tuo sentirti vivo. Per tutto questo sei stato frainteso, da tua moglie prima che da ogni altra, perché non era bassezza carnale, ma l'opposto: la meraviglia per i corpi che vivono, compreso il tuo, che non ami più, e la gioia di creare attraverso la magia dei corpi, non dei fantasmi...»

«Che dovrei fare?»

«Dài una carica nuova alla tua curiosità anche con le donne. Ti senti in credito col mondo femminile, e a ragione; ma a quel mondo devi pur qualcosa perché ti ha dato provocazioni memorabili e ti ha aiutato a capire la vita... Quel mondo è stato, e resta, la dimensione privilegiata della tua ricerca.»

«Ma con che spirito, Giulia? Potrei essere, semplicemente, un bersaglio. O un mezzo, come Sensitivo. Magia ed eros ferito, complicato, inquietante... La magia sessuale può essere un grande aiuto per molte donne.»

Ne sorridevo con amarezza. Ma Giulia ha insistito:

«Prova. Non pensare, per ora, ai sentimenti. Accetta di essere il loro feticcio, il loro mago, se necessario. Purché tu ti apra a ogni possibile provocazione dei sensi... Attraversa questa foresta femminile come attraversavi la foresta intorno al monastero di Tashi, quando scoprivi che in nessun altro posto al mondo splendore e orrore erano così indissolubili, in un gigantesco ventre che partoriva con un eccesso inesauribile... Parole tue!»

«E poi? Che succederà, poi, Giulia?»

«Ti libererai, comunque, dei tuoi fantasmi. Sarai costretto a trattare di nuovo col tuo corpo, e il tuo vuoto si affollerà di corpi. Sparirà, il tuo vuoto. Come potresti, altrimenti, compiere ciò che ti sei proposto, ultimare lo stesso progetto narrativo a cui stai lavorando?... Sisteremai con te stesso, comunque sia, i conti che devi. E dopo... Il dopo si vedrà. Potresti abbandonarti al gusto morboso di uscire di scena, persino di sparire, avendo magari l'ultimo applauso.»

«Sarà questa la conclusione?»

«Dipenderà da te.»

«E noi due?»

«Ci rivedremo quando potrai aiutarmi, e anch'io potrò darti qualcosa: un po' di pace e di delicatezza, come dici tu, un delicato modo di goderti la vita, senza più obblighi assillanti, né drammi tuoi e altrui... E a volte basta allontanarsi dalla città, come abbiamo fatto oggi, per respirare aria di campagna... O un viaggio, fatto serenamente, senza inseguire magie o riti o incontri con angeli e demoni... O un sonno degno di questo nome, anch'esso profondo, senza l'obbligo di sogni che abbiano un significato: con una donna, nel tuo letto, che sia vera in ogni senso, di cui sentire il calore, svegliandoti, toccandola...»

Sesta parte

1.

Scrivo a Giulia J. dalla *foresta delle donne*.

È davvero come quando mi aggiravo in quel regno delle specie vegetali che accerchiava il Monastero, così arrogante e volubile nel suo essere foresta, che m'incantava e poi subito mi afferrava coi suoi tentacoli in un abbraccio sensuale e angoscioso insieme.

Mi ha indotto Giulia ad addentrarmi, e io procedo, col mio *batticuore*, pensando a lei, mio punto di riferimento, come consideravo il monaco Tashi il mio rifugio e la mia salvezza, allorché la foresta si faceva minacciosa.

Abbiamo concordato che continueremo a scriverci: Giulia le sue riflessioni e i suoi suggerimenti, io le mie reazioni. In attesa di ritrovarci insieme, quando sarà il momento.

Arriveranno ancora le lettere verdi. E questo mi conforta.

Capisco, ora, quanta ragione abbia avuto Giulia nel convincermi a sistemare i conti con un universo praticato per anni e disertato per delusione. Non potevo fingere di risolvere il problema accantonandolo. Dovevo affrontarlo cercando, anche qui come nell'assalto generico della gente bisognosa del mio aiuto, figure disegnabili in quanto esistenti nella realtà.

D'altra parte, il metodo seguito fin dall'inizio nel mio

progetto narrativo non è forse consistito nell'immergere la mia immaginazione in una sorta di creazione collettiva con gli altri?

Non immaginavo, tuttavia, che esplorare di nuovo questa foresta, anteponendo la realtà ai fantasmi, si sarebbe tradotto in una così ardua prova: donne, ragazze che emergono dall'"assalto della gente", mi stanno dimostrando che la psicologia e la psicopatologia femminili sono lo schermo in cui leggere la vita d'oggi, le provocazioni più forti per mettere in atto i miei poteri.

Ho aperto le porte, dunque.

Della mia casa, di me.

Nel contattarmi, le donne sono più immediate e scoperte degli uomini. Non ricorrono a stratagemmi. Le telefonate e le lettere sono dirette, e in buona parte i personaggi si presentano senza preavviso, ora che sanno della mia disponibilità. Avendo letto del mio amore per Salomone, arrivano persino con animali strani; oppure, conoscendo la mia predilezione per la Cerva-fiore, con piante mai viste o fiori che spesso trovo deposti sullo stoino. Giorni fa, uscendo per andare a comprare i giornali, mi sono scontrato con una pianta gigantesca che aveva le forme di un corpo femminile, le spighe terminali di un rosso violento come una chioma, la parte centrale di un bianco che ricordava un cuore freddo; ieri notte, un mazzo di tulipani, d'improvviso davanti ai miei piedi, mi ha dato nell'ombra lo sgomento di un feto sanguinante.

Di nuovo rischi, imprevisti, il colpo di scena come costante.

Io che un tempo, e non solo nell'adolescenza, provavo ben altro batticuore a ogni incontro e aspettavo la donna desiderata come il fischiatore di palude, a Po, chiama l'airone, ora vedo femmine cercare l'impatto con me come quando, in macchina, gli insetti ci corrono colare, da un eros drammatico, contorto, a volte demoniaco, in un mondo dove l'eros autentico fa paura, perché la società di oggi o non lo possiede, o non lo conosce, o lo gestisce con volgare brutalità.

In tutte – tranne che in quelle che vengono per cercare alibi a una sessualità trasgressiva, e nelle imbecilli per carattere, supponenza, volubilità – trovo straordinaria la sopravvivenza dell'istinto, un'attitudine moderna del pensiero. E mi affascina il loro conservare quella che chiamo la "malinconia delle fate": questa sensitività ora malinconica, ora orgiastica e dionisiaca, che dominò le fate come i demoni antichi, è l'essenza del genio della femminilità, perché le fate comprendono più cose degli uomini, hanno più nostalgia e più desiderio, un maggior talento verso il mistero.

Le visitatrici chiedono i miei poteri, la mia comprensione.

Confessandosi per essere capite, danno sfogo alle loro fantasie represse, e allora fra noi si alzano gli ippogrifi, le volanti creature, ed è come se l'aria si colmasse delle mirabolanti imprese con cui suggestiono Tano, quando gli parlo del mio prediletto Ludovico, dell'Orlando innamorato e furioso. Le confessioni si perdono fra chimere bizzarre, velleità perverse, castelli incantati.

Non c'è limite alla fantasticheria delle donne.

Penso anche al mio amato Apuleio. Le sue *Metamorfosi* sono la ricerca della femminilità in Iside, che si rivela nel suo splendore lunare solo alla fine, e forse questa rivelazione avverrà, per me, in Giulia J., quando saremo pronti entrambi a condividere la mia avventura. Ma il protagonista di Apuleio, Lucio, non sa che Iside è tutto, è *tutte*, è ciascuna di queste figure che affollano la foresta in cui continuo ad addentrarmi.

2.

La parte migliore della bellezza è quella che un ritratto non può esprimere e che, spesso, esprime il piangere.

Era una frase di Miriam.

Ricordo la notte in cui conobbi Miriam. "Ho voglia di camminare" disse. Camminammo stando zitti e ascoltando, nei nostri passi che risuonavano nella Roma notturna, le parole non dette, che era inutile dire. È importante accorgersi che stai portando per mano qualcuno, con la voglia di essere portato. Non capita quasi più nel nostro mondo, vi siamo disabituati. Era così piacevole quel camminare insieme, a caso, ridendo e fermandoci davanti ai negozi chiusi dietro le grate, lasciandoci andare alle improvvisazioni un po' da ragazzi.

Le mani ritornavano adolescenti: nel desiderio del contatto, nel modo di animarlo.

La neve cominciava a cadere, rada.

Continuammo, di strada in strada, respirando a fondo questo profumo di neve che invadeva la città deserta, e io sorridevo all'idea che Miriam, Maestra delle immense verità dell'Universo, si divertisse come una bambina a lasciarsi cadere addosso quei fiocchi incerti. Contagiata dalla felicità atmosferica, guardò in alto:

"Andiamo a casa tua. E facciamo l'amore."

Lo propose con letizia, senza l'automatismo ansioso

o magnanimo con cui, di solito, una donna decide di concedersi la prima volta. Aveva la schiettezza di quella neve inaspettata. E le ultime parole di Miriam, prima di lasciarmi, sono state:

"Ti ricordi? Cominciava appena a nevicare..."

Nevicava anche poco fa, un leggero nevischio d'argento contro il cielo notturno, mentre reggevo questa ragazza, Giovanna (o non so, i nomi mi si confondono), verso la macchina, e lei non si accorgeva della neve, ripeteva "Io che mi vantavo di non aver mai pianto in vita mia", e piangeva, chiusa nel cappotto, cercando che il suo piangere non avesse suono e scivolasse via da lei insieme a un'angoscia. Un piangere che la liberava, mentre i suoi capelli cominciavano a brillare di nevischio, e sul volto affondato il nevischio si aggiungeva alle lacrime.

Ha ripetuto esattamente la frase di Miriam.

Ma come se la decisione di concedersi fosse il solo mezzo per bloccare quel pianto. Che abisso, dai tempi di Miriam; davvero, mi sono detto, si è stravolto il mio universo.

E ora della giovane figura che sta di fronte al mio letto, in piedi, addossata alla parete, nel riflesso rossastro della sola lampada accesa da una parte, scruto il piangere che continua dentro la nudità del corpo. Giovanna, se così si chiama, piange ancora senza suono, senza singhiozzi, senza alcuna contrazione del volto, riuscendo a fingere l'atteggiamento perfetto di una donna pronta ad offrirsi con desiderio. La tradiscono solo quelle lacrime indomabili, sulle quali la sua volontà non può nulla.

Percorro con lo sguardo il suo corpo seguendo appunto le lunghe righe come di pioggia su un vetro, quasi avessero il potere, oltre che di attraversare le guance, di continuare in mezzo ai seni, sul pacato respiro.

Prolungo con il mio sguardo il piangere, immaginandolo solcare il ventre che ricorda la sua sete di maternità delusa, gli aborti di cui mi ha raccontato, imposti dai suoi amanti, fino alla peluria folta che dà ampio spazio al pube, mentre mi chiedo in che misura quel sesso abbia accolto le penetrazioni degli uomini.

«Prendimi» ripete, mormora.

Con un cenno per farmi capire: considera le mie lacrime come un fatto meccanico, un tic, scusami. Allora l'avvicino. Comincio ad accarezzarla dalla fronte, e lei fa lo stesso su di me.

I tempi coincidono nel bacio che ci diamo.

Poi prendo una coperta e l'avvolgo. Le dico che c'è un letto, di là, dove può dormire o dare finalmente un suono e una libertà al suo piangere. La sistemo sotto le coperte come una figlia. Mi stringe la mano, mi prega di tenergliela finché non s'addormenti. Il nevischio batte contro i vetri, è una dolce realtà che disegna i suoi arabeschi lontana da questa ragazza che cade, piangendo, in un sonno di frustrazione.

La sua mano resta stretta alla mia.

È un oscuro gesto di gratitudine, che mi illumina. E so che, per il suo male, questo atto che ci unisce avrà valore più di qualunque magia, più di qualunque altro potere che avrei potuto esercitare su di lei.

3.

Si entusiasmano quando le porto al telescopio dell'Omino Alessio.

E gli spiego che i neuroni del cervello, dove risiedono la loro tristezza, il loro dolore, sono oltre cento miliardi, tanti quanti le stelle della Via Lattea, e presentano, come gli astri, un'incredibile varietà strutturale e funzionale, e comunicano fra di loro con un linguaggio chimico che è simile a quello dei corpi celesti, ugualmente conosciuto solo in minima parte. I neurotrasmettitori consentono alle cellule di collegarsi in armonia come le note di uno spartito, e io ne pronuncio i nomi – serotonina, dopamina, noradrenalina, acetilcolina... – con la sommessa sacralità con cui insinuo: Proxima Centauri, Alfa Centauri.

Contemplare il proprio cervello raffigurato nel cosmo intelligente, diventare in tal modo coscienti di un personale mistero, gli fa nascere sorrisi di stupefazione e di consolazione. Le smuove dalla paura nei confronti della mente. E la vanità femminile, che anche gli astri subiscono – l'Omino Alessio lo sa, conosce bene le sue adorate femmine del firmamento – s'illumina nello scoprire che ciascuna visitatrice può paragonarsi a una stella: cadente, filante, fissa...

Che mirabile aiuto può essere la vanità femminile, quella vera, pura, quando la bellezza non sta più nella cosa guardata, ma nello sguardo di una donna, anche se infelice.

4.

Scrivo a Giulia J.:

"Abbiamo aiutato a guarire una ragazza drogata.

Le prime volte veniva a trovarmi, si sedeva da una parte col suo portamento altero che nascondeva una natura dolcissima. Mi fissava, senza speranza. Ma continuava a fissarmi per dichiararsi disponibile, pronta a qualunque forma di aiuto.

Ricordi e pensieri disparati si affollavano in me, mentre le ricambiavo lo sguardo.

Mi sono ricordato di una pagina che, anni fa, ho scritto sull'imperatore Federico all'assedio di Parma, prima della sconfitta. È stato il portamento della ragazza a riportarmela alla mente e, leggendo in quegli occhi fissi e atoni, mi è sembrato che non ci fosse similitudine più adatta a un senso di cristiano sbigottimento:

'La neve era grande. L'imperatore cacciava fin dall'alba e la brina gli incrostava il viso, gli circondava gli occhi immobili. Egli non distingueva più lo zufolo della guida dal fischiare del vento che colmava la pianura di creste nevose come un mare sotto raffiche radenti. Né più distingueva, per la stanchezza e la disperazione, le casacche scure dei suoi barbari cacciatori dalle ombre volanti degli uccelli di posta, degli astori e dei falconi che tenevano alle zampe i campanellini d'argento.

Inseguiva il nulla affondando sempre più e sperava che almeno una preda si alzasse. Ma nemmeno l'occhio di una volpe brillava sulla neve.

L'imperatore cadde a faccia avanti e desiderò morire soffocando nella neve...'

Ho rivisto la ragazza guarita.

E stranamente un altro ricordo mi ha riportato a Parma, quando la madre di mia madre mi conduceva nel Duomo, di mattina presto, per assistere al sorgere del sole sulle figure della *Deposizione* di Benedetto Antelami. Mi diceva: 'Aspetta'. E lentamente, su quel groviglio di forme oscure e addolorate, cadeva l'oro di un raggio solare che tutto faceva risplendere, fino all'esultanza.

La guarigione!

Ti scrivo questo per farti capire che, inoltrandomi nella 'foresta', si risvegliano immagini perdute nella memoria, come quando imbocchi a caso una stradina, senza badarci, e via via ti ricordi che, lì, hai vissuto un momento della tua vita. Magari una passeggiata serena, in una mattina di primavera.

Il raggio di sole sulla *Deposizione* antelamica mi ha illuminato per giorni..."

5.

Queste donne che io chiamo *del vuoto e della bile rossa*, rappresentano il tratto più squallido della foresta, il più battuto da un vento freddo e gremito di foglie secche. Sono per lo più giovani, giovanissime, o simulano una gioventù perduta, con espedienti patetici. Le ragazze portano capelli a criniera, come segnali animaleschi, giubbotti pieni di seno, calzoni attillati.

Sono oppresse da una vacuità di cui ignorano tutto.

Possiedono corpi invadenti, ma se li sentono addosso esili, incapaci di occupare spazio; soffrono di questa riduzione progressiva di ciò che forma la loro consistenza, sia corporale che psicologica. Si toccano in continuazione per certificare di avere almeno, dentro il vuoto, la tangibilità di una cosa.

Ridono, con un riso che risuona di un vuoto sepolcrale, se gli spiego che l'accidia è il distacco dell'anima da Dio, e Dante affonda gli accidiosi nella palude stigia, pronunciando una condanna altrettanto inesorabile contro gli ignavi: "Questi sciagurati, che mai non fur vivi".

I loro sguardi splendono di una cieca crudeltà, mentre tentano di occupare il nulla affollandolo di oscenità, con l'istinto cannibalesco di ingurgitare l'anatomia dell'amante. Capisco perfettamente che, spinte dall'antropofagia sessuale con cui si illudono di colmare i loro gusci di conchiglie svuotate e lasciate sulla spiaggia dalla risacca, vorrebbero inghiottire anche me. Ci provano. Per queste donne che vengono a scoprire come fa l'amore il personaggio noto, il taumaturgo, io rappresento l'idolo da dissolvere.

Penso alle parole profetiche di Giulia:

"Accetta di essere il loro feticcio, se necessario. Purché tu ti apra a ogni possibile provocazione..."

Non è curiosità, la loro, ma la bile rossa degli antichi

alchimisti: la sete di sgretolare gli esseri viventi, come statue di sale, nel proprio vuoto dell'anima. Le vedo chine sul mio corpo che scrutano con l'occhio dell'entomologo, servendosi della più scontata gestualità erotica per sollecitare, e poi registrare, anche la minima reazione dell'insetto. Ogni comportamento, ogni erezione del partner vengono passati al microscopio e saranno, l'indomani, spunti delle loro telefonate fra amiche.

Mi abbandono al piacere che deve provare l'insetto geniale il quale sa che l'entomologo ignora di essere lui, in realtà, l'oggetto del microscopio, la patetica vittima delle forze intelligenti e misteriose della natura. E faccio in modo che le loro telefonate fra amiche dell'indomani mi rendano gloria; con una rabbia che non è più misoginia, ma il rendermi conto che sono ancora in grado di umiliare la vita che vorrebbe umiliarmi.

Al punto che, venute per andarsene con un sorriso di scherno, sono capaci di esclamare il "Ti amo" così occasionale e idiota che è tipico di molte donne, e insistono per rivedermi. È penoso leggere in quegli sguardi storditi come implorano che sia io, ora, almeno un po' curioso di loro.

Continuo ad accogliere simili personaggi in casa mia, per due ragioni: confrontare il vuoto che opprimeva anche me, di cui Giulia mi ha accusato, e provarne orrore; continuare a verificare come la femminilità abbia facce diametralmente opposte.

Le donne *del vuoto e della bile rossa* sono l'opposto esemplare di Miriam.

6.

«Ora puoi ascoltare il mio saluto anche con l'anima. Ti auguro buona fortuna.»

Poterlo dire a una donna che ho aiutato a guarire, dimostrandole che la depressione può scomparire da un giorno all'altro, repentina come può manifestarsi.

Non conosco commozione più sincera.

Dirle:

«Ora, hai di nuovo il dominio della tua bellezza, della tua vita intima. Le tue forze spirituali e fisiche potranno essere, di nuovo, dedicate a te. E il tuo talento manifestarsi. Non dovrai più imprecare: "Io sputo sulla mia anima". Questa frase che ripetevi con gli occhi rossi, la bava alla bocca, ti sembrerà una bestemmia. Ti passerai allegramente il rossetto sulle labbra. È bello ricominciare daccapo.»

E lei a sua volta mi insinua:

«I fiori che ti ho portato, anche quando saranno appassiti, tienili ancora per qualche giorno nel vaso vicino al letto.» E poi: «È il giorno più bello della mia vita».

Ha voluto un gelato. Siamo solo noi fra le sedie di vimini. Gustandone il sapore con lentezza, cerchiamo che il gelato finisca il più tardi possibile, restando in silenzio. Prolunghiamo questa felicità comune come si dilata il tempo delizioso di un dormiveglia.

È il più sereno plenilunio che abbiamo mai visto.

Un albero, che ha la forma di un Cristo appeso dentro il cielo, resta la sola cosa buia in tanto bianco che resiste alla notte.

Lei si alza. Attraversa la distesa delle sedie di vimini. Scompare.

Che esistano quell'albero, le sedie di vimini, la periferia, e una felicità che si allontana verso una vita che si stacca dalla mia: tutto questo mi stringe la gola.

«Ora puoi ascoltare il mio saluto anche con l'anima... Addio.»

7.

È *la ninfomane spiritosa.*

Grida così forte che io allontano di scatto la testa dal suo volto, come se il grido potesse rompermi il timpano. Questo orgasmo mi investe quasi fosse il più pieno e potente che io abbia mai provocato. Mi restituisce quel senso di piccolo trionfo che provavo da adolescente, nelle occasioni più felici.

Mi tornano, in una folgorazione, le parole di Giulia, quando mi ha incitato a trattare di nuovo col mio corpo, a ritrovare la meraviglia dei corpi che vivono, compreso il mio, soprattutto il mio. Non potrà più rimproverarmi di non amare il mio corpo.

È lei, Mara, che si definisce ninfomane spiritosa. Ma il sospetto che il suo male sia ben altro nasce dall'ilare cinismo con cui dà, di se stessa, spiegazioni da manuale di sessuologia: libido insatiata, insatiabilis, che può portare una donna alle esperienze più mortificanti, sintomo di una grave degenerazione psichica.

Le oppongo:

«Sei semplicemente una donna sola, Mara, sola e spiritosa, a cui piace fare l'amore.»

So di mentirle, di consolarla. Cinismo e ironia, quando mascherano una solitudine assoluta, possono generare tragedie, portare al suicidio. Per sopportare una solitudine patologica occorre, a volte, non essere troppo intelligenti.

Mara, al contrario, è intelligente, a suo modo colta, ama leggere, in tasca ha sempre un libro: libri stravaganti, per lo più esoterici. Dei testi arcani, che parlano di mistero e di aldilà, ne sa più di chiunque. Eppure ha distrutto la propria psiche praticando tutte le forme dello squallore con cui una donna può umiliare il corpo: ha fatto l'attricetta in volgari pellicole, l'intrattenitrice in locali malfamati, la fotomodella avventurosa, la spogliarellista, la pornodiva d'occasione.

«Ho cercato, anche, di essere altruista, per liberare l'umanità della mia presenza» aggiunge alla maniera sua, con una smorfia arguta e afferrandomi il naso con due dita, come si fa con i bambini.

È così che mi informa di aver tentato il suicidio due volte.

Con un *batticuore* che si fa doloroso, già prevedendo il suo destino, mi chiedo in che modo posso salvarla da un'autodistruzione che continua sotto l'esuberante scena che fa della sua persona: Mara è un palcoscenico vivente di apparenza festosa. Galleggia sulla sua disperazione come un fiore splendente, scivola su acque torbide come una di quelle musichette gaie che, da ragazzo, udivo arrivare sul fiume senza capire dove fosse nascosta l'orchestrina dei ballabili.

Magistrali le sue descrizioni degli ambienti in cui si esibisce, che sono poi l'Italia precipitata, oltre che nell'orrore civile, in una disfatta sessuale non meno ripugnante; un'Italia che si è spinta al di là delle luci rosse della perversione come ha superato le spie rosse dell'emergenza sociale, dove il sesso sta morendo come fenomeno da circo, milioni di insospettabili sono diventati dei maniaci, e gli impresari del porno o bassa macelleria vaginale hanno capito che, nei nostri tempi miserabili, le loro femmine sono in grado di accedere a funzioni pubbliche e al Parlamento.

Se sapesse esprimersi sulla pagina come racconta a parole, Mara sarebbe una scrittrice potente; poeta, anche, dell'innocenza che ha conservato a dispetto delle prove terribili.

Ha uno dei corpi più belli che io abbia mai visto.

E anche il suo corpo, potrei dire, è spiritoso. Quando si rannicchia al centro del letto con ascetico capriccio, in atteggiamento di preghiera, imitando nuda i favolosi oranti dei paradisi d'Oriente in cui sogna di fuggire, la magnificenza della sua schiena, delle sue natiche, la grazia delle spalle, questo prodigio di forme, sono come avvolte da una luce di sorriso che sembra sprigionarsi dalle cose, dall'atmosfera stessa, felici di accoglierla.

Mara adora denudarsi, si spoglia dovunque, e a sorpresa, sbadata e in realtà col piacere di farsi nuda agli occhi del mondo. Si sfila i vestiti con la beatitudine di un gatto che si allunga al sole.

Ne provo una tenerezza tutta particolare, e con lei ho approfondito un sentimento che avevo sempre vissuto confusamente: l'amicizia erotica. Ironia e amicizia mi hanno spinto a portarla nella combriccola degli amici spiritosi di Tano, e credo che Tano si sia innamorato di Mara: Tano che si solleva a mezz'aria per conquistarla con la magia della levitazione, e lei che gli dice, sfiorandogli la punta delle scarpe con la malizia esperta con cui sa accarezzare un sesso:

«È meglio se scendi, Tano. Sei più bello e mi sei più simpatico da seduto.»

Mara ha fatto irruzione in casa mia, la prima volta, portando sotto il braccio le buste con gli ingrandimenti fotografici del suo corpo. Ha invaso le stanze con quelle foto giganti, è andata al ripostiglio, ne è uscita con la scala, si è arrampicata sulla scala e ha appeso se stessa alle pareti della camera da letto: per incantare i miei occhi, ha detto, e sollecitarmi le opportune meditazioni:

«Così non potrai dimenticarti di me.»

E infatti. Là Mara è nuda a mezzo busto e di fianco,

che si comprime il seno, ma le mani non riescono a tenerlo tutto; qui dal buio del corpo esplodono nella luce le gambe spalancate a compasso; là, ripresa dal basso, se ne sta con la testa in cima alle natiche gigantesche; qui balla, qui è seduta all'incontrario su una sedia, con soltanto una maglietta e gli stivali, e le gambe aperte appena per far intravedere il sesso come uno sberleffo.

Sorrido di nuovo, fra me, a un'altra profezia di Giulia ("il tuo vuoto si affollerà di corpi"), mentre di fronte alla gioiosa solidarietà delle forme che mi circondano, riconosco: eccola, la gaia scienza dell'Eros.

«Sei un po' Califfa» dico a Mara.

Ha letto più volte quel libro, conosce sequenza per sequenza quel film. Mi chiede spesso del mio fiume, dei personaggi di lassù, quando mi porta a camminare dove il Tevere appare più torvo. Lei fissa le acque, io afferro il suo sguardo e mi si stringe il cuore, poi entrambi facciamo in modo che filtri almeno una luce d'allegria. Così le racconto che, dalle parti mie, ci sono *i Capèi al vént*, "i Capelli al vento", ossia gli sfaccendati del Bar Blu, che aspettano il calare del sole per gustarselo – è una loro espressione – come si disfa in bocca un'albicocca.

Lassù si dice: "As parla cun Diu – cme as méta – la lengua in boca a na dòna", si parla con Dio come si mette la lingua in bocca a una donna. Una frase piena di rispetto, persino di fede.

Ci sono sempre di mezzo la donna e un ironico rispetto della vita quando gli sfaccendati si danno, di fronte al tramonto, al loro *bablare*: il parlare a vanvera, tuttavia con sentenze giudiziose. E magari essi si mettono a discutere del come e del quando l'Ozél, il sesso maschile, a Po cambia nome a seconda del mestiere di chi ce l'ha. E i carrettieri di Arginotto lo chiamano affettuosamente alberobello o pingherlone; i navaroli di Barbamarco scherzosamente bigolo e crescinmano; i contrabbandieri di Mirasole misteriosamente pescecane o seminarista rosso; i pescatori di Ariano, con storico militarismo, fucile 91.

Sembra divertirsi davvero, Mara, a certi modi della mia lingua fiumarola, della "Leggera": quando le spiego cos'è il *bacio ammobiliato*, che coincide con una delle sue specialità erotiche, e che la grazia della natura viene definita "'na fighénna serpentäda cme 'n sentér rosé", una fighina a serpentina come un sentiero fra le rose. E le descrivo la "luna che sborga", che va per borghi, e le confesso che, nella mia terra, c'è una parola che esce come un do di petto, come l'Esultate dell'Otello, davanti a visioni simili a quella che offre Mara quando si rannicchia sul letto, nell'atteggiamento dei suoi amati santoni orientali in preghiera: *culofigato*. Una parola che vale un applauso alla radice potente della vita, che non ha soluzione di continuità fra le natiche e il sesso.

Per noi di Po non è mai suonata volgare, ha sempre avuto lo stesso senso di "pirläda de stéli": la balordata luccicante delle stelle, quando si alzano gli occhi al cielo perché si vorrebbe dimenticare la nostra disperazione in una "maturla di vaghèzie", nella gran mattana delle fantasie del creato.

Mara continua a ridere, ma guarda le acque del Tevere, che sono fango nero.

Darei l'anima perché non le accadesse ciò che temo.

8.

Una sorpresa, stamattina, che mi ha emozionato, commosso.

È arrivato un bambinetto. Me lo sono trovato sulla porta, a scrutarmi, e poi l'ho visto scrutare il salone, come se dovesse riferirne. Aveva le guance tutte rosse, l'aria gentile, educata.

Teneva un mazzetto di fiori in una mano, una busta nell'altra. Prima di consegnarmeli, mi ha chiesto:

«È vero che sei un mago?»

Ho equivocato. Mi sono detto: non mi è mai capitato, finora, che dall'assalto della gente uscisse, per chiedere il mio intervento, un bambino. Ho pensato a quando Miriam sosteneva che l'attitudine parapsicologica è diffusa e che delle tracce esistono, senza dubbio, in ciascuno di noi. Ma i soggetti più dotati sono i bambini, perché non hanno riserve mentali e offrono senza resistenze la propria immaginazione allo sperimentatore, se riesce a diventargli amico.

«Tu ci credi?» e gli ho accarezzato la testa, avvertendo il segnale del mio *batticuore*: quel bambino – mi è stato subito chiaro – avrebbe fatto parte del mio futuro.

«Io, sì» mi ha risposto. «E anche la mamma, benché dica di non crederci.»

L'ho capito nell'attimo stesso in cui mi consegnava la busta e il mazzetto di fiori, per poi correre via, verso le scale, fermandosi solo il tempo di comunicarmi:

«Mi chiamo Giacomo.»

Era il figlio di Giulia.

Ora facevo caso al colore della busta: verde.

La lettera di Giulia aveva per tema, stavolta, "l'incanto e il desiderio". Potrebbe essere un altro titolo per questo libro, e l'ho infilato nella cartellina, annotando anche: *Prodigi* e *Meraviglie*. Perché la strana conoscenza col bambinetto, mi è parsa rientrare nel loro meccanismo arcano.

Sto rispondendo alla lettera di Giulia.

Avviene una comunicazione di Rol, che mi fa anche telefonate maliziose.

Ho già raccontato di come sia vivo, in lui, il gusto del gioco.

Egli è in grado di indovinare, con esattezza, i nomi delle donne che, penetrando in casa mia, mi solleciteranno interesse o il contrario, come riesce giocosamente a scrivere a distanza, a leggere in un libro chiuso, a far apparire su una parete quadri che un istante prima non esistevano.

In questa circostanza, egli mi comunica sollecitazioni su Giulia J. E mi ricorda le parole con cui mi predisse che lei sarebbe entrata nella mia esistenza:

"Ti farà da guida, intelligente e non conformista, nella vita *normale*, e l'animerà... Non sarà un tradimento al tuo mito di Miriam. Ma un immergerti parallelo – che gioverà, per contrasto, al tuo 'contagio magico' – in una dimensione che dovrai recuperare: la concretezza reale."

Riscontro tutto talmente esatto che potrei chiedergli cosa nascondano, se nascondono qualcosa, le intenzioni di questa ragazza. Ma preferisco, per ora, mantenere intatto il suo enigma.

Rol si allinea coi propositi di Giulia. Solo quando è la realtà a stupirci – insiste – proviamo un senso di gratitudine, perché allora, sì, lo stupore e la meraviglia sono piaceri impagabili, forme privilegiate che allontanano la paura della morte.

Mi cita la *Metafisica* di Aristotele. E quanto sosteneva Voltaire:

"Non faccio niente senza gioia."

Cerco di adeguarmi. Riconquisto piccole gioie, ogni giorno un po'.

E mi ripeto:

"*Come andrà a finire?*"

9.

Anche le visite del mio amico giudice si sono fatte più frequenti. Da quando sa che la mia casa è diventata un'uccelliera di donne, non ha più bisogno di scuse per suonare alla mia porta, né di portarmi dolci o provole della sua terra o libricini preziosi.

Mi fa:

«Ti ho visto fotografato con femmine magnifiche.»

In realtà, non sono poche le mie visitatrici che, quando le porto a cena, chiamano furbescamente i fotografi. E io le lascio fare: rientra nella baraonda, nel piccolo circo che, di giorno in giorno, si anima sempre più.

Aggiunge, con un sorriso da amabile ambiguo:

«Ciò non giova alla tua causa di separazione.»

«La mia causa di separazione dipende da te» gli ribatto. «E poi il suo fascicolo è finito nelle fogne del tuo tribunale. Lo sai perfettamente.»

«Comunque sia» precisa «devo verificare che tu non ti comprometta con femmine pregiudizievoli.»

Perciò lo faccio accomodare. Gli do riviste e giornali da leggere e lui accavalla le gambe esclamando, col tono di chi accenna al maltempo o al malgoverno: «Certo che anche il sesso è un gran mistero, come tutto il resto». Poi, come se sedesse nell'anticamera di un medico, aspetta, sfogliando con noncuranza, che arrivino le mie visitatrici.

Esse arrivano e lui s'illumina, si intrufola, tenta arrembaggi spericolati, e scopro che è abilissimo; la conquista tribunalizia delle sue separate, gli ha insegnato i dovuti espedienti. È capace di pazientare per ore, pur di dare un passaggio in macchina a qualcuna.

Mi stringe l'occhio quando se ne va portandosi via la presumibile preda. So perfettamente che se dice "la porto a casa", egli intende casa sua, e mi diverte l'idea di queste donne e ragazze che, dopo essere entrate da lui, sgranano gli occhi e restano sbalordite, come è capitato a me, la prima volta. Il mio amico giudice vive, infatti, fra pareti letteralmente tappezzate di donnine riprodotte in ogni forma e formato: cartoline intime dei primi del secolo, nudi fotografici e illustrazioni di ogni provenienza, pitture erotiche e miniature anche antiche e appartenenti a ogni civiltà, stampe, ex-libris, litografie, figurine pubblicitarie, vignette.

Ci sono autentiche preziosità. Come le *cartes de visite* del Disderi, le primizie dell'obiettivo di Nadar, i dagherrotipi americani di metà dell'Ottocento coi nudi pensosi, i rotoli giapponesi di Kyosai, i "miraggi dei giardini d'Oriente" che furono le gemme dei Pascià.

È una sorta di censimento del visibile femminile, e il mio amico giudice, che ama definirsi "contemplatore sublime dall'occhio onnivoro", è un collezionista imbattibile. Le pareti accecano con un'esplosione di colori, dove fluttuano, occupando ogni spazio, impudiche offerte, insinuanti pose, promesse di piacere trasmesse in forma di deliziosi messaggi.

Il godimento massimo dell'amico consiste nell'addormentarsi dopo aver girato intorno lo sguardo, chiudendo le palpebre sulla retina che conserva le impronte luminose dei nudi immersi nei segnali multicolori di quella casa che è un regno dell'eros indagato come dal telescopio dell'Omino Alessio.

Stirandosi beato nella grande solitudine del letto, egli canticchia l'invito di Leporello:

"Venite pur avanti, – vezzose mascherette!"

10.

Le mie visitatrici sono tutte gelose di Miriam.

Il loro senso di rivalità, di invidia, è esasperato proprio dall'assenza fisica della rivale, che io ho trasformato in ossessiva presenza atmosferica, in culto della memoria. Le scopro scrutare le fotografie, gli idoli disseminati, e leggo nei loro occhi la determinazione a distruggerli.

Qualcuna, in effetti, ha distrutto un idolo.

Ho trovato frantumata, nello studio, la statuina tibetana che esprime la Solitudine quando si crea i suoi angeli e i suoi demoni, e con quelli sostituisce la realtà. Ho incaricato un abile restauratore di ricomporre i pezzi. Ora, la mia solitudine conserva qualche crepa visibile.

C'è anche chi si abbiglia con i vestiti che Miriam ha lasciato, come se indossarli potesse trasmettere i poteri della grande assente: tutte vorrebbero essere lei, possederne le facoltà.

Ieri, mi è sembrato di essere proiettato in un'altra dimensione, perché d'improvviso nella casa si sono diffuse le parole di Miriam, e prima di rendermi conto che si trattava della sua voce registrata, che volava dalle finestre dentro la distesa di Roma nella bella giornata di sole, ho provato di nuovo l'intensa emozione allucinatoria di quando ho la certezza che la mia compagna perduta ci sia davvero, qui, sia pure al confine fra la verità e l'illusione dove le è consentito di apparire.

Era Miriam che mi parlava del viaggio che avremmo fatto, l'ultimo, nel solo posto della terra dove Dio si può vedere davvero: il viaggio che, come ho raccontato, non ci è stato possibile compiere, perché il nostro rapporto si è interrotto pochi giorni prima della partenza.

Udivo questo invito, un incantesimo, con quel tono di voce che aveva il fascino delle musiche medianiche evocate all'Isola Tiberina, senza che nessuno suonasse uno strumento, delle armonie stellari amate dall'Omino Alessio, che ci arrivano anche dai cieli sconfinati che ciascuno porta dentro di sé senza saperlo.

Era Miriam che cercava di convincermi:

"Esiste quel posto. Esiste, credimi. E io ti ci porterò. Qualunque cosa accada, abbi questa certezza: che ci andremo. Ma quando sarà arrivato il momento. Allora ci rivedremo, *fisicamente*, e sarà il nostro 'viaggio alla grande luce estrema'."

Mi sono precipitato attraverso la casa, al punto da cui proveniva la voce, ho aperto la porta e mi è apparsa Mara, che indossava un vestito di Miriam, e subito si è fatta piccola e impaurita; mi fissava con occhi supplichevoli, rannicchiata contro la gigantografia della Montagna Re, che di quella stanza occupa una parete, e lì accanto, su un tavolino, era in moto il registratore dove Miriam ripeteva:

"... ricordati che lo faremo, quel viaggio."

«Scusami» ha balbettato Mara.

Se non si fosse trattato di lei, l'avrei presa a schiaffi.

E per la prima volta Mara la scoprivo piangere. Piangeva e diceva:

«Come vorrei darti anche uno solo dei momenti che ti ha dato lei.»

Ho finito per abbracciarla.

Ad incantare le mie visitatrici, c'è un'altra "assenza" femminile che io ho trasformato in suggestiva presenza attraverso il culto di un idolo concreto che non appartiene alla serie di Miriam.

«Venite» le invito, e parlo a bassa voce, preannunciando il segreto.

Faccio strada nel corridoio. Da una porta socchiusa, laggiù, esce una luminosità dorata, che dirada il buio. Ci inoltriamo nella camera e verso la vetrinetta dove lascio sempre accesa una lampadina che ha qualcosa di votivo: rischiara, dal basso, un supporto a forma di testa umana, collocato in una nicchia, di quelli che servono per appoggiarvi le parrucche. Dalla testa finta, e sul fondo di velluto azzurro, scende una treccia che si attorciglia come un serpente.

Alle visitatrici, estatiche davanti all'apparizione, spiego che sono i capelli di mia madre, tagliati durante il rito dell'"Incantagione" che ha suggellato il suo essere guarita grazie ai poteri di Miriam e dei miei più cari amici Sensitivi.

Le donne mi portano via. Vogliono farmi dimenticare, stordirmi dimenticando.

...

E questa è di nuovo Mara, con la suggestione del suo corpo: l'affetto paradossale che prova per me si traduce in un messaggio segreto. E il messaggio trasmesso è *il desiderio.*

Il desiderio, quando è assoluto, privilegia il godere di se stessi quasi il mondo si fermasse, lasciando il campo a una sola meraviglia, quella di esistere, senza dover rendere conto di nulla. Una sonda spaziale si lascia dietro la terra, se la dimentica nel suo volo, pur essendo creatura dell'uomo, un simbolo dell'uomo. Sale, poniamo, a raggiungere una cometa che contiene le molecole prebiotiche che stanno all'origine della vita, si perde in questo principio di creazione.

È una metafora ideale del desiderio: mantenersi umani, tuttavia senza il peso delle umane vicende, accolti nel cuore primordiale dell'esistenza.

Gli occhi di Mara mi incitano:

"Dimentica tutto nel desiderio, insieme a noi."

Una splendida ragazza sua amica si unisce. Viene a

sedersi sull'opposta sponda del letto. La scena di due donne che si spogliano fissandosi, esercita un'attrazione sacra: anche nelle circostanze più impure, questo preludio conserva comunque una purezza. L'una si scruta nell'altra con una nostalgia di sé che affiora, via via, col mettersi a nudo del corpo, e quanto più la situazione è ambigua, morbosa, tanto più è forte la nostalgia di un'intimità che, un giorno, fu incontaminata.

Con le due donne, sarà una domenica di oblio nel desiderio.

Si baciano. Cominciano ad esprimersi, sotto i miei occhi, senza più bisogno di parole, servendosi della comunicazione silenziosa dei gesti. Contro il chiarore della finestra, l'amica tiene la testa piegata sulla spalla di Mara, che la stringe a sé nell'arco del braccio. La visione delle schiene nude e vicine, mentre dietro i vetri il vento stacca le foglie in piccole spirali, evoca le raffigurazioni dei templi orientali.

L'amica è soggiogata da come Mara fa l'amore. Mara, comunque sia, resta una creatura emersa dalle profondità dell'energia umana, e la sua sapienza non è semplicemente sessuale, ma una scienza della vita che nella sessualità ora manifesta, con fantasia, ciò che l'ha formata: le mille avventure.

Mai dimenticherò certe pause, certi slanci. Mara che abbandona l'amica, torna a prenderla fra le braccia; l'amica che affonda il volto dentro il sesso di lei, escludendomi, per poi ritrovarmi con più spontaneità. Questa trinità, nella congiunzione, è gioia.

Ed ecco che le due donne se ne vanno da casa mia, con un ultimo cenno di saluto.

Finisce questa domenica di amorosi giochi che hanno accantonato l'assillo di ogni cosa. Torno a stendermi nel letto, fra le due fosse che le teste delle amiche hanno impresso nei cuscini. Mentre le campane di Roma accompagnano il tramonto, i ricordi riaffiorano: di Miriam, di mia madre, di Giulia...

Alla maniera sua, Mara mi ha suggerito, di nuovo, un'idea precisa.

Cos'è l'amore? Ciascuno porta, dentro di sé, una memoria genetica in cui le vite che hanno preceduto la nostra e di cui la nostra è fatta – dei padri, dei loro millenni – hanno stratificato sentimenti ed emozioni. Un uomo e una donna si attraggono e si innamorano quando esiste, fra loro, un'identità di sentimenti ed emozioni già vissuti da altri, nel tempo, stimolati dal presente. Allora il richiamo è irresistibile. E il bacio, l'amplesso non sono che un modo per ricordare insieme identità memorabili.

11.

Scrivo a Giulia J.:

"È passato questo tempo, fra poco uscirò dalla *foresta* e ci incontreremo di nuovo... Penso a quando, da bambini, si decideva di esplorare una di quelle grandi case di campagna che ci ospitavano d'estate, durante le vacanze.

Io obbedivo a una tentazione ambigua. Sfidavo la paura. Cominciavo sempre da un corridoio lungo e buio, di notte...

Percorrendolo, dapprima esitavo, il cuore mi batteva e immaginavo mostri e fantasmi. Poi mi rendevo conto che un'immaginazione più grande, che veniva dal buio, affascinava la mia, la sollecitava a espandersi sicura. Allora, vinto il timore, procedevo più lentamente, assaporando quelle tenebre, mentre il vento portava il profumo del fieno tagliato, che mi stordiva. Desideravo che il corridoio non finisse mai, che fosse il percorso di un'avventura.

E quando finiva, mi rannicchiavo dispiaciuto sotto una finestrella, aspettando l'alba, per l'illusione che quella luce che mi pioveva addosso, con il canto dei galli, e mi invitava, potesse essere il proseguimento e la meta del piccolo viaggio nell'ignoto.

Avevi ragione tu: che grandi passi abbiamo fatto davvero, in questo tempo, pur senza vederci. ”

12.

La luce che colma la campagna è di primavera inoltrata. È un'altra domenica in cui si sta bene. Molte amiche hanno finito per convincermi e mi hanno trascinato in una scampagnata che già ci sta lasciando qualcosa di sé.

Forse è l'ultima volta che mi trasformo in indovino per queste compagne. Venivano, venivano, le mie visitatrici, con il loro futuro da conoscere, e io avrei potuto leggerglielo in tanti modi sorprendenti, ma la maggior parte preferiva i Tarocchi, di cui mi ritengo lettore di prim'ordine, che le divertivano più di qualunque altro rito:

"I Tarocchi! I Tarocchi!"

Allora accendevo sul tavolo la lampada turca, anch'essa un idolo di Miriam, e disponevo nella sua luce le Carte che contengono le figure simboliche e i segni esclusivi, elaborati dalle scienze magiche, nei quali riesco a decifrare, oltre al destino, il passato e il presente di una persona con cui entro in sintonia.

I Tarocchi si ritengono, erroneamente, patrimonio del Gioco. In realtà, suddivisi in Arcani Maggiori e in Arcani Minori, costituiscono, a saperli usare, un potente metodo divinatorio che porta al massimo le doti di veggenza di chi li utilizza, rendendo chiarissime le situazioni interiori ed esteriori dell'individuo indagato. Pur esistendo regole, la consultazione varia da un Sensitivo all'altro, e certi Sensitivi si servono soltanto degli Arcani Maggiori.

Le mie Carte sono molto antiche, un piccolo tesoro, e

io mi servo di tutte, ispirandomi anche ai "Capitoli del gioco dei Tarocchi", scritti dal Boiardo e chiariti poi dalle annotazioni di Pier Antonio Viti da Urbino, nonché al dialogo dell'Aretino: "Le Carte Parlanti".

Per diversi anni ne ho smesso la lettura – avevo paura di ciò che vedevo nel destino di persone care – e l'ho ripresa su insistente richiesta delle mie ospiti.

In questa domenica euforica dissemino le Carte sull'erba di un campo fiorito, mentre donne e ragazze mi si affollano intorno curiose, e vengo messo in un particolare stato di grazia da un venticello tiepido che induce a respirare profumi femminili e profumi della terra.

Alle amiche spiego che, a rendermi così abile coi Tarocchi, furono gli Strioni di Po, considerati, fino a metà del dopoguerra, come i maghi delle leggende, insediati da Casalmaggiore al Gran Bosco della Mesola e all'Abbazia di Pomposa, dove la vegetazione appare una piccola Amazzonia. Essi non avevano nulla da invidiare agli iniziati d'Oriente. Si mascheravano dietro mestieri umili – barcari, pescatori, venditori ambulanti – ma esercitavano scienze occulte che gli consentivano di prodursi in fenomeni di telepatia e chiaroveggenza, o in guarigioni prodigiose e cerimonie propiziatorie.

A prova di queste verità, ho ricordato spesso che il circo di *Cent'anni di solitudine*, di Márquez, ha preso spunto da uno dei carrozzoni dipinti con cui molti Strioni emigrarono in terre anche remote.

La mia iniziatrice ai Tarocchi resta, in particolare, l'Albina Savi.

Ancora ai primi del secolo, l'autorità poliziesca aveva in forte sospetto le pratiche magiche che si svolgevano lungo il fiume, e spesso gli Strioni venivano messi al palo, flagellati.

Un giorno, al palo rimase una Striona piccola, una bambina: l'Albina, appunto.

La madre di mia madre vide la prima neve cadere su di lei; lo scialle le era stato rubato e i suoi indumenti stavano strappati a terra; il sangue raggrumato le formava un'assurda rosa sulla sinistra del petto. Si fissarono e, ipnotizzata dalla forza oscura che attraversava gli occhi celesti della bambina, la madre di mia madre le si avvicinò, sfidando la Guardia Regia appostata, la baciò, udendola balbettare i suoni di una lingua stramba, poi la liberò e la portò in salvo.

Da allora, l'Albina venerò la sua salvatrice, mise al suo servizio i propri poteri e, da vecchia, protesse la mia infanzia. Non ho mai visto nessuno leggere con il suo stesso talento i segreti della vita nei Tarocchi, di cui mi passò gli elementi che formavano parte della sua scienza.

Quando mi sedevo di fronte a lei, avevo la certezza che le note di una pianola si alzassero per accompagnare il rito, e allora non potevo sapere che si trattava di una musica medianica. L'Albina metteva le mani sul tavolo coperto da un drappo damascato e mi annunciava:

«Riprendiamo la lezione sul tempo che non ha tempo, che tutto sta scritto in queste figure.»

Ripeto la frase alle mie amiche, e di ciascuna indovino ciò che vuole sapere. Vedo, intorno a me, occhi illuminarsi di gioia, altri offuscarsi di lacrime.

Quante storie di donne ho letto nei miei Tarocchi, mentre attraversavo la *foresta*...

Molte altre storie, invece, non le ho decifrate io. Me le hanno confessate loro, con il furore della delazione, documentandole anche con diari che sono in mio possesso, e ogni volta che mi capita di sfogliarli ne provo sgomento. Le storie, in particolare, delle serve dei potenti, che hanno svolto il ruolo che fu delle "putains merveilleuses" fra i cortigiani di un tempo. Esse si sono prestate, complici solerti, ai vizi dei corrotti che hanno governato le nostre sorti, per distrarre la loro coscienza dalle tragedie di cui erano responsabili.

Le ragazze di due famosi alberghi romani, ad esempio: il Raphael e il Plaza.

I diari di queste e altre, dove sono dettagliatamente riportate le atrocità che certi potenti confidavano durante i loro riti erotici, rappresentano testamenti dell'orrore. Non c'è limite all'infamia del potere politico così com'è stato esercitato specie nel secondo dopoguerra.

Attraversando la foresta, mi è dunque capitato di indagare anche in questo sterco, e un giorno ne renderò pubbliche le testimonianze in mio possesso, i referti emersi da una malavita non criminale, ma non meno ripugnante: la "cattiva vita" di donne e ragazze, uscite da esperienze umilianti con la psiche a pezzi.

... ma la domenica continua ad avvolgere, con la sua luce, questo che sembra un palcoscenico allestito per inscenare, con mutevole vivacità, una rappresentazione dell'amicizia.

Mi si avvicina Mara.

Toccherebbe a lei, ora, la lettura dei Tarocchi. La fisso negli occhi, col mio *batticuore* che si segnala. Raccolgo le Carte, le rimetto nel cofanetto di legno e velluto.

«È tardi» le dico. «Sarà per un'altra volta.»

Lei, serenamente, accetta.

La reciproca profezia sul suo futuro si traduce nel bacio, appena sfiorato, che ci diamo.

E le altre amiche applaudono.

13.

Era quell'ora della notte in cui la luce che sta per venire inalba solo qualche punto dell'orizzonte romano: il Gasometro, il Cupolone, qualche macchia remota di case sui Colli. Quando le sedie s'ammucchiano davanti ai baretti notturni, e le vedo accatastarsi una sopra l'altra come i pensieri nella mia testa. Quell'ora della notte in cui anche gli altri della combriccola spiritosa se ne vanno dal baretto della Magliana, che butta giù la saracinesca, provando come me la sensazione che quella gran pensata che è la vita più la prendi sottogamba e la consideri comica, più si diverte con te, con una voglia di dimenticarsi lei per prima per quanto anche tu cerchi di dimenticarla.

Io, il Tano, l'Omino Alessio, il Wolmer, l'Amerigo, il Boris lanciamo la buonanotte al barista, canticchiando il nostro Tingeltangel, il nostro Cirlìnn.

Insomma eravamo su di giri, mentre ci si incamminava verso le sabbie che precedono le anse oscure del Tevere. Si stendevano irte di montagnole, senza un'anima, sconfinando nei nuvoloni e facendo un tutt'uno che confondeva cielo e terra.

Dall'aeroporto di Fiumicino, gli aerei, che si profilavano alle nostre spalle senza mandare suono, esplodevano col loro fragore sopra le nostre teste, e sembravano sfiorarle, avvolgendoci nel turbine dello spostamento d'aria, tanto che i sabbioni impazzivano intorno. Poi scivolavano via. Ne fissavamo le code, come di balene.

Dicendo mattanerie in libertà, si saliva e si scendeva, affondando. Fu allora che, mentre divoravo il buio con gli occhi, mi sembrò di vederla, dove la luna, sulla destra, resisteva ancora in un suo spazio:

«Ma non è Mara, quella?» esclamai.

Si girarono tutti: la figura era già scomparsa.

«I tuoi miraggi!» rise Tano.

Eppure, per un attimo, io l'avevo vista, avrei potuto giurarlo.

Avevo alzato gli occhi alla piccola luna, in momentanea pace fra un aereo e l'altro, e scendendo da lassù il mio sguardo aveva inquadrato la figura che se ne stava ritta su una montagnola:

«Mara...» mi ero lasciato sfuggire.

La sabbia che ne ricopriva il corpo formava anche sul suo viso una maschera: tuttavia, gli occhi le brillavano, sembravano dilatati in un grande splendore. Quella maschera luccicava sotto la luna, quasi la pelle fosse composta di pietruzze. Scivolando per le pietruzze, una lacrima, una sola, acquistava la consistenza di una lamina.

Mara guardava con infinita nostalgia la nostra combriccola, di cui aveva fatto parte, e un suo cenno, appena, accompagnando la lacrima, ne salutava la scomposta allegria.

Era scomparsa, come d'incanto, eppure io insistevo:

«Era Mara. Lassù, su quella montagnola.»

Fui sommerso dalle battute scherzose degli altri, ai quali nulla e nessuno era apparso, e soltanto negli occhi dell'Omino Alessio, che lesse nei miei la verità, afferrai un turbamento solidale.

Tano era il più animato nella sua allegria senza motivo, e ora già si respirava l'odore acre della desolazione del Tevere, dove le acque ci apparvero come una superficie di catrame. La sterpaglia era così fitta che dell'alba filtrava una luce languente. Ce la lasciammo alle spalle e uscimmo in una distesa di sacchi di plastica nera, da cui straripavano rifiuti; gli avevano dato fuoco, e ardevano in file infernali. Nel fango tiberino, stratificazioni, anfratti, voragini, e a tratti fiamme residue facevano balenare, su brandelli di mura, i colori di Roma che amo: stupendi, sul giallo dorato.

Gatti, a decine, ci sbucarono incontro, inferociti dalla fame. Tano afferrò un tizzone e, cantando la sua spensieratezza, si fece largo verso la marana più tranquilla.

D'improvviso, le sue mani scagliarono il tizzone nell'aria. Seguimmo quella scia di fuoco, e il canto di Tano diventò un lungo grido di dolore.

Perché fu lui il primo a vederla.

Capimmo subito che era Mara, anche se il corpo della donna affogata dondolava contro la riva fangosa come un uccello dalle ali rosse, avendo l'acqua gonfiato il vestito.

Tano cominciò a correre verso la marana, e sprofondava ora nell'acqua, ora nella fanghiglia, e gli andammo dietro soffocando in tutto il marciume di un mondo che, in quel punto, scaricava i suoi rifiuti...

Adesso Mara stava lì, da una parte, coperta da un telo. Dello splendore del suo corpo, spuntavano solo un ciuffo di capelli e una mano. Una mano che sembrava non sua, piccola, con le dita raccolte, le unghie bianche; la mano sinistra, sulla quale una fede d'oro brillava.

Tano singhiozzava contro di me, come un bambino. E io lo abbracciavo.

14.

Ci trovammo in San Paolo fuori le Mura. Seduti fra le navate, con un orlo di sole intorno ai mosaici e alle figure di tutti i pontefici.

Gli occhi fissi su quel sole che sfiorava in alto un'idea di Dio che non riusciva a entrare nelle nostre coscienze, stavamo con le mani strette in mezzo alle ginocchia, e l'unica pietà che ci consolava era la sensazione che la mano di Mara ancora si lasciasse tenere, calda, fra le nostre.

Tano si alzò e andò all'acquasantiera. Affondò le dita e poi le lasciò a mezz'aria, incerto: le strinse. Tenendola levata nel pugno, portò in giro per la Basilica la sua bestemmia silenziosa, finché non si placò, e la sua mano me la ritrovai sulla spalla, che tremava.

Ci disperdemmo, nel sagrato, senza dirci nulla.

Io presi a camminare avendo inconsciamente una meta, anche se non avrei potuto precisare a me stesso dove stavo andando a passo svelto, come se potessi disporre di un porto sicuro, sotto il sole di mezzogiorno che mi batteva forte sulla testa, e presto mi ritrovai in un bagno di sudore, ma non mi fermai, continuai a procedere con più determinazione, sapendo che la fatica mi pesava nelle ossa insieme all'angoscia, ma senza avvertirne il peso, senza nemmeno vedere i luoghi che attraversavo, la gente che mi sfiorava.

Mi arrestai solo di fronte al villino di Monteverde Vecchio. Superai il cancello, il rumore dei miei passi sulla ghiaia mi diede la prima, vaga certezza che ero arrivato dove volevo.

Entrai nel salone che aveva le tende tirate, un lume acceso da una parte: la *Sonata quasi una Fantasia* saliva fra mazzi di fiori di campo, sparsi qua e là a diffondere nella penombra il loro profumo, fino ai grandi ritratti dei danzatori: alla campeggiante figura di Misia, a Vaslav Nijinskij, il Ballerino Supremo.

Vidi prima Franz, che mi sorrideva, di nuovo come se mi aspettasse. E poi, alle sue spalle, con la stessa serenità accogliente e senza sorpresa di chi si attende la visita, scoprii lei: Giulia J.

Mi dissi: avrei dovuto capirlo molto prima... Il comune amore per la danza, il fatto che quella ragazza conoscesse di me ogni cosa... Giulia J. – con la sua delicatezza, il suo rispetto, la sua intelligenza – era stata spinta verso di me da Franz: rappresentava la risposta alle domande che, in una notte tormentata, io avevo rivolto con tutto me stesso al fratello di Miriam:

"Chi sei tu, Franz, in realtà? Sei un assassino o un innocente infelice, come ora appari?... Conosci la gentilezza, come a volte risulta, o soltanto la violenza mascherata con l'abilità di un demone?"

E lui mi aveva sorriso, con amarezza:

"Lo scoprirai presto."

Avevo un disperato bisogno di stringere una mano di donna, viva.

Perciò mi avvicinai e strinsi la mano di Giulia J. come se fosse la mano viva di Mara, e sotto gli occhi di Franz, anch'io senza mostrare sorpresa, scambiai con Giulia il bacio, appena sfiorato, che ci eravamo dati con Mara, nel nostro ultimo incontro, alla fine di quella spensierata domenica, di quella scampagnata.

la lieta estate con Giulia J.

È una notte chiara di fine estate, a Creta, dove io e Giulia siamo arrivati da una settimana. Ci siamo spinti alle rovine della *Villa dei fiordalisi*, fra la collina di Paleokhora e il porto minoico cantato da Omero. La terra è ricoperta di fiori rossi e soffici, che spuntano fuori stagione e formano una nube che si affaccia al mare: la brezza dà l'impressione di poterla sollevare, farla volare lontano.

Anche di notte, i fiori conservano un alone rossosangue, e avvistandoli da lontano si pensa: c'è un incendio dalle parti del mare.

Ho trascorso l'estate con Giulia J.

Per la prima volta nella mia vita, un rapporto di delicata armonia con una donna; un altro tratto della foresta femminile che mi era ignoto, il più luminoso e conciliante. Nessun malinteso o litigio, nessuna esplosiva nevrosi, con questa ragazza che mi dà il meglio di sé perché mi capisce.

Anche i fantasmi conturbanti e i fenomeni straordinari si sono presi una pausa. E le depressioni si sono fatte lontane.

Pur mantenendo nella docilità una sua fermezza, Giulia ha sopportato il mio carattere, ha saputo impedirne, con tatto psicologico, le impennate e i salti di umore; ha amministrato il mio bisogno di evasione e la dolce morbosità del mio mondo segreto.

Ha organizzato brevi, ripetute vacanze in luoghi sereni. E io mi sono abbandonato, finalmente.

Mi è stato facile simpatizzare con suo figlio, il piccolo Giacomo, trasferendo in lui una sete di paternità che non ho mai potuto soddisfare. Giacomo mi si è affezionato, e ora vede in me una figura, più che paterna, amica. Non avevo mai giocato con un ragazzino. Mi è piaciuto giocare con lui, portarlo alle partite di calcio, ascoltare con pazienza le sue confidenze intelligenti e le sue riflessioni già mature sul padre: un professore universitario che Giulia, dopo una relazione tempestosa a soli diciassette anni, si è rifiutata di sposare.

Un periodo lieto. Non certo una stasi.

Il mio *batticuore*, ad esempio, è tornato puntuale, a tratti, svelandomi segreti e piccoli eventi futuri; ma solo nei confronti di Giulia. C'era da cancellare, anche da parte mia con tatto psicologico, il suo trauma subito con la morte del padre, facendole conquistare una nuova confidenza col suo essere e con la sua passione più grande, la danza.

Ho impiegato i miei poteri.

Ho provato una rara felicità il giorno in cui l'ho scoperta davanti allo specchio. Nella sua prima lettera, lei mi aveva scritto: "Non riesco nemmeno più a guardarmi allo specchio, che pure fu il mio confidente migliore. Mi bastava ballare in solitudine davanti allo specchio per dialogare con me stessa". Stavo per entrare nella camera, ma mi sono arrestato. Giulia era là che si sfiorava i tratti del viso, come se le fosse riapparsa una persona cara dopo tanto tempo e la salutasse in silenzio, riconoscendone il sentimento che le univa come un cieco che legge coi polpastrelli nelle linee di una fisionomia.

Esitava.

L'ho incitata fra me:

«Non temere.»

E lei ha preso a truccarsi quei tratti. E i piccoli tocchi su se stessa erano le parole di un dialogo che riprendeva. Un dialogo che la illuminava di sorriso, mentre la mano le tremava per un'emozione evidente.

Né la bellezza fisica di Giulia, né la sua gioventù, mi hanno creato sensi di estraneità. Al contrario, ci ha legato un'attrazione carnale fatta di immedesimazioni profonde: vivo il suo corpo avvertendone medianicamente, con la medianità che a volte accompagna il desiderio, un'identità biologica, magnetica. È il concetto dell'amore che cercava di trasmettermi Mara: un uomo e una donna si attraggono e si innamorano quando esiste, fra loro, una memoria genetica comune.

Perciò non mi stanco di fare l'amore con Giulia. Abitare il suo corpo, essendone abitato, è come trattare coi miei pensieri, le mie fantasie.

Con Miriam, certamente, non era diverso.

Ma Giulia non possiede facoltà paranormali, solo piccole magie, se così possono definirsi, naturali, ed è questo che rende singolare il nostro rapporto. Grazie all'età, inoltre, lei dispone di una straordinaria freschezza dell'istinto, con cui conosce e pratica, della femminilità, l'arte che stimola con la voglia di vivere e, al tempo stesso, inquieta con le sue malizie. Con una forma tutta sua di candore disincantato, riesce a provocare, come ho detto, il lato occulto e morboso della mia sessualità. Si dichiara fedele, ma se ama sinceramente; racconta di essere stata fedele a tre uomini, e quando con loro è finita, di essersi concessa a rapporti disparati e occasionali: per amarezza, curiosità, disprezzo di sé e degli amanti, civetteria viziosa.

Fra un amore e l'altro, Giulia si è data a molti uomini.

Apparentemente svagata, e a caso, fa cenno a nomi, a particolari di quelle avventure, oppure, durante una cena con più persone, è capace di indicarmi, con un sorriso: «Quello mi ha avuta». Subito il mio fantasticare esalta le attrattive, la virilità di colui che ha goduto del suo corpo, e credo che la svagatezza di Giulia sia un modo ben calcolato di esercitare la seduzione, ossia che lei sappia perfettamente che, facendo l'amore, io poi la immagino posseduta dagli uomini di cui mi parla, la vedo compiere su di loro gli atti che sta compiendo su di me, e questo mi dà un'eccitazione fortissima. Come quando, mentre stiamo insieme, si serve del suo finto candore per insinuarmi voglie di trasgressione.

Sto bene con Giulia anche per le sue malizie.

Miriam ignorava le sapienze maliziose dell'arte femminile. E con lei non esisteva gelosia. Nemmeno il sottile, umano piacere di mentire, volendo; non intendo la menzogna, ma l'arbitrio di mentire. Miriam leggeva nei miei pensieri, nulla poteva sfuggirle, e spesso dell'imprevedibilità soffrivo la mancanza.

Con Giulia, ho conosciuto la gelosia.

Ciò che mi scrisse in una delle sue lettere, è vero: gli uomini fanno pazzie per lei e la assediano con corteggiamenti, anche in mia presenza. Giulia si diverte, a volte si concede civetterie, dà l'impressione di essere attratta da qualcuno, fino a confessarmi: «Con quello mi piacerebbe stare, se non amassi te». La gioventù è così, mi dico, e mi si stringe il cuore vedendola appartarsi, sia pure con innocente naturalezza, con tipi che mostrano lo stesso bene della sua età, che tengono gli occhi fissi in quelli di lei, soddisfatti e sicuri della loro sfida da animali giovani. Mi sento escluso da un segnale di solidarietà fra creature affini; e poi vorrei interrogarla, Giulia, chiederle fino a che punto è stata realmente attratta, reagire.

Scopro che la gelosia, questo sentimento che fa parte della natura dell'amore ma che finora non mi aveva toccato, può essere un altro modo, per quanto tormentoso, di sentirsi vivi. La mente creativa ne viene stimolata.

Della mia creatività, Giulia ha un piccolo culto. Un altro aspetto del mio benessere consiste nel sentirmi stimato come scrittore, oltre che come uomo, e riconosco in lei un'eccellente provocatrice, anche culturale, delle mie pagine. Come avviene nella nostra intimità, Giulia eccita la mia fantasia di fabulatore insinuando il meraviglioso nel banale, e nella logica un gioco di imprevedibilità e di contrasti che mi tengono su un'impagabile corda tesa.

Ci teniamo entrambi su una corda tesa. E questo ci lega.

Io so che la gioventù ha i suoi colpi di coda, e potrebbe portarmela via da un momento all'altro, nonostante le sue professioni d'amore.

Lei sa che anche in me potrebbe esserci una svolta inaspettata: quante volte mi sono lasciato trascinare dal vizio assurdo di rifiutare la felicità. Non è forse per questa ragione che mi ha indotto ad attraversare la foresta femminile: affinché la mia capacità affettiva, la stabilità dei miei sentimenti, ne uscissero rafforzate? Giulia sa inoltre, ed è ciò che teme di più, che Miriam irrompe spesso nel nostro legame, procurandomi un rimpianto di rara forza, violente crisi di assenza, che riconosco paradossali, ma hanno tuttavia il potere di sconvolgermi.

Momenti in cui vorrei fuggire, liberarmi, per cercarla ancora, Miriam, assurdamente.

Quando mi succede, reagisco impegnando, con più determinazione, i miei poteri, la mia parola, affinché

Giulia riesca a recuperare – dalla parte oscura di sé, dove le sue arti femminili e la sua volontà a lungo non hanno potuto nulla – quella che in una sua lettera definiva "la grazia che prima danzava in me e poi mi faceva danzare".

Il grido del padre morente, di orrore per la fine anche delle armonie mirabili, quel grido affogato nell'ultimo sangue uscito dalla bocca dell'uomo che Giulia ha più amato, aveva spento, sepolto la musicale grazia.

Ho fatto il possibile per ricambiare la dedizione con cui Giulia mi ha salvato mentre di nuovo stavo per smarrirmi. Mi illudo di essere riuscito a restituirle l'alfabeto con cui il padre le ha insegnato, fin da piccola, a esprimersi con la danza prima ancora che con le parole, di cui lei si è servita per comunicare col mondo, conoscere la felicità e il dolore, inseguire i primi sogni, assaporare i primi amori.

...

È un'illusione che si traduce in certezza in questa notte chiara di fine estate, fra le rovine della *Villa dei fiordalisi*, davanti al porto minoico cantato da Omero.

Una compagnia di giovani greci sta ballando l'Hassàpicos. Lo ballavano, secoli fa, i macellai di Bisanzio, dopo che anche l'ultima delle bestie squartate crollava sotto il loro coltello, e le strade erano montagne sanguinolente di buoi, tori e capretti, su quelle montagne muovendosi qua e là soltanto qualche zoccolo o qualche occhio che riceveva il raggio del sole così da sembrare più vivo ancora di quando si era girato alla lama tenuta dal boia.

Allora i macellai di Bisanzio tremavano per un freddo che non aveva ragione, poiché il sole picchiava e tutti grondavano di sudore: passava sulle loro bocche un silenzio stupefatto come quello sulle bocche delle bestie macellate, per cui capivano che il freddo era della morte che, a furia di darla, lascia qualcosa di sé.

Per cacciare quel freddo, i macellai cominciavano a muoversi, e poi a dondolare i grandi corpi, infilandosi i coltelli fra i denti. Fu da questo moto fra le carogne che nacque l'Hassàpicos, detto anche: *Ballo dei Macellai*.

Sotto la luna che solca le rovine, i giovani greci hanno indossato i costumi insanguinati. Con gesti teatrali si sono messi i coltelli fra i denti. Di fronte agli orchestrali, e fra le torce, sono stati deposti i bacili del sangue, per ricordare le strade di Bisanzio che davanti alle botteghe sembravano lastricate di gole e teste tagliate.

Il pubblico si è fatto silenzioso.

L'orchestrina ha attaccato e i giovani greci si sono mossi con le movenze che imitano l'ultimo volo del gabbiano. L'Hassàpicos è un rito che d'un tratto fa arretrare nell'ombra i ballerini, e fra le torce ecco avanzare qualcuno del pubblico...

Giulia è là. Sola. Non mi sono accorto di quando si è staccata dal mio fianco.

Affonda le mani nel sangue di un bacile.

Prende a ballare con tanta perfezione da incantare i presenti, e come se la morte di cui traccia i segni al ritmo della musica, la morte del padre, svanisse per sempre nel cielo e tra i fiori che avvolgono le rovine della *Villa dei fiordalisi*.

Abbraccia se stessa con enfasi, e questo tornare in possesso del proprio corpo, questo stato di beatitudine, la portano a toccare nel vuoto qualcosa di un essere invisibile, un suo Dio che si costruisce. E ora, di questo Dio, sono le mani protese verso le sue, ora i piedi ai quali si inginocchia, e poi le mani risalgono nell'aria.

È la musica della pace dopo il massacro.

Giulia danza, impareggiabilmente, la fine e l'inizio di molte cose.

Ultima parte

1.

Mi sta capitando in queste notti. Ogni comunicazione medianica che mi raggiunge parla di mia madre.

Potrebbe essere Rol. Potrebbe essere Miriam.

Sento che è Rol, il quale torna a farsi vivo dopo un'assenza discretamente lunga. È già successo, con la stessa insistenza, prima del Convegno di Parigi e della "Mostra del Bacio" dove, appunto, ho avuto le rivelazioni iniziali che la guarigione di mia madre non era illusoria, ma aveva una forza destinata a durare. In quell'occasione Rol mi aveva incitato:

"Occupati di tua madre, prendila per mano, portala a vivere ciò che non ha vissuto per anni... Tu ora sei in grado di farlo. E lei reggerà alla prova."

Le nuove comunicazioni ripetono una variante:

"Porta tua madre per il mondo. Falle conoscere il mondo che tu hai attraversato e indagato nei suoi misteri. Così assolverai interamente il tuo compito. E a te, e al tuo lettore, il segreto finale sarà svelato."

Vorrei alzarmi, muovermi. Ma è una di quelle notti che non danno tregua. Ho paura. Lo ammetto con me stesso, ed è inutile che cerchi di reagire, ripetendomi: perché, se sono stato testimone di tanti esperimenti sconvolgenti?

Forse è la solitudine accoppiata all'oscurità. Nessuna

lampada è accesa nello studio. Resisto all'impulso di accendere tutte le luci. Voglio mantenermi nel mio turbamento. Non per sfidarlo; capisco che è necessario: è un momento di rivelazione, e deve avere il suo corso.

Il volto, là, nel buio...

Il volto di mia madre giovane.

E una voce, un soffio di voce appena, che mi sfiora l'orecchio.

La voce di mia madre...

2.

La festa per l'arrivo a Roma di mia madre, l'ha organizzata Giulia. È stata sua l'idea. Lei mi ha convinto, quasi costretto.

Mia madre non aveva mai visto Roma, né la casa in cui vivo, dove i miei fatti essenziali sono accaduti.

Esitavo a farla venire. Che avrei potuto dirle, ad esempio, di Miriam? Mi tornavano in mente, bloccandomi, le parole che ci eravamo scambiati in aereo, tornando da Parigi, dalla "Mostra del Bacio". Era stata lei a introdurre il discorso su quella che riteneva la mia compagna, a cui doveva immensa gratitudine, per il ruolo che aveva avuto nella guarigione dei suoi pensieri malati.

«Ti chiede di me?» aveva insinuato.

«Sempre» le avevo mentito.

«E potrò rivederla?»

«Certo» l'avevo rassicurata.

Mi aveva fatto giurare, come quando ero bambino. E io avevo giurato, vergognandomi:

«Non appena Miriam tornerà» le avevo accennato a un suo viaggio di lavoro «tu verrai a Roma, a vedere dove e come vivo.»

In attesa di mia madre, Giulia ha avuto un'accortezza che mi ha toccato. Ha disposto tutto come se davvero Miriam abitasse ancora in casa mia. Ha messo in evidenza, negli armadi, i vestiti di Miriam, che io avevo nascosto dopo che le mie visitatrici della foresta se n'erano impadronite, in particolare dopo l'episodio di Mara. E lo stesso ha fatto con gli oggetti: nel bagno che era stato della mia compagna perduta, ad esempio, ha riportato ogni cosa, dalle creme ai rossetti collocati in evidenza, alla vestaglia azzurra ugualmente in bella vista, creando l'ordinata, calda confusione con cui una presenza femminile si segnala in un ambiente.

Mi rendevo conto che solo una donna, immedesimandosi, sa ricostruire l'atmosfera che un'altra donna crea nella casa che è sua. E ora tutto appariva perfetto, dando idea che Miriam stesse per rincasare da un momento all'altro; mia madre avrebbe avuto questa certezza.

Vedendola all'opera, ho detto a Giulia, con gratitudine:

«È un grande atto d'amore da parte tua.»

Lei mi ha sorriso. Con malinconia. Era chiaro che, nelle stanze, avrebbe voluto disseminare i vestiti suoi, le cose sue, e aspettare mia madre per riceverla e conoscerla.

Poi si è defilata. Non avrebbe partecipato alla festa:

«È meglio così» si è giustificata. «Mi farebbe troppo male. Un giorno, forse presto, la situazione cambierà e tua madre non avrà più bisogno di illusioni.»

Mi ha addolorato vederla andar via, con un'alzata di spalle, subito ritrovando la pronta vivacità con cui mi tocca il viso, per rasserenarmi, quando mi scopre triste:

«Non preoccuparti. Va tutto bene.»

Alla festa, i miei amici, non soltanto Tano e la sua combriccola, hanno avuto la sorpresa di trovare una donna che li trattava intuendo di loro quel tanto che gratifica, non per piaggeria, ma per una vocazione materna, ottimistica – che in Emilia è propria anche delle ragazze – a captare il meglio dell'ospite, e ad esprimerglielo, per farlo sentire a suo agio. Mia madre non provava soggezione e si intratteneva con scrittori, giornalisti, registi, donne abituate alla mondanità, esponendo le proprie idee, sui vari argomenti, con la semplicità del buonsenso, e direi il sesto senso per cui afferrava l'essenziale che conta nel groviglio del mondo d'oggi.

Ha incantato tutti: me per primo.

Particolare simpatia ha dimostrato all'Omino Alessio, il quale non riusciva a credere quando lei gli ha dimostrato che si ricordava perfettamente del Presidente austriaco Dollfuss, che mai approdò all'albergo Regina di Cattolica dove l'Italia lo attendeva, ucciso dai nazisti, nel Palazzo della Cancelleria a Vienna, alla vigilia di quel 26 luglio del '34 che avrebbe dovuto essere il giorno del suo trionfale arrivo:

«Io c'ero, al Regina di Cattolica» ha rivelato. «Io l'ho visto avvicinarsi il motoscafo che doveva portare Dollfuss, ma sul cuscino di velluto non sedeva nessuno, il cuscino splendeva vuoto, e ci si strinse il cuore quando un ufficiale saltò a terra, e piangendo ci disse che Dollfuss era morto, trucidato dai nazisti!...»

Lei non aveva mai raccontato l'episodio neanche a me. Ed era la scena, esatta, che tante volte l'Omino Alessio mi aveva descritto, perché aveva segnato per sempre la sua vita:

«Straordinario» ripeteva, turbato. «Lei c'era, e c'ero anch'io. Forse eravamo vicini.»

E con l'Omino Alessio, alzando ora la voce perché gli altri udissero, mia madre si è messa a parlare dei molti anarchici parmigiani che, dal suo mondo d'Oltretorrente oggetto di persecuzioni durante la dittatura, erano partiti prendendo strade straniere, come aveva fatto l'Omino Alessio, per combattere a fianco di gente che lottava per uno spicchio di libertà, in gran parte morendo in nome di mirabili cause perse.

Si sono fatti attenti anche i politici presenti, vergognandosi un po', nel loro intimo, di una passione ideologica che non avevano mai avuto, o che avevano tradito.

Ascoltando di anarchici suoi simili, l'Omino Alessio toccava con un dito quel cielo di cui ormai conosce ogni angolo segreto. E si è commosso quando mia madre ha citato, d'un tratto:

«Il Ferrarini, detto Gabbiano Reale!»

E lui a dire, subito:

«L'ho conosciuto nella Guerra di Spagna. Quanta galera ci siamo fatti insieme!»

«Era mio cugino.»

«Mi è morto fra le braccia. È morto guardando le stelle fra le sbarre della cella, le stelle che io già studiavo, notti e notti a scrutarle...» Ha sorriso, arrossendo: «E ormai sono diventato un anarchico delle stelle. Non so se lei può capirmi».

Mia madre capiva benissimo.

Tano, geloso, si è intromesso in quel dialogo che dimostrava come d'incanto si possono scoprire simili in molti aspetti le nostre vite, e anche questa è magia, e ha cercato di distrarre l'attenzione dei presenti magnetizzata sulle due figure che, sotto la luna, parlavano col cuore di un'Italia perduta. Ha preso a sollevarsi da terra, per stupire col suo dono della levitazione. Ma mia madre gli ha rivolto esattamente la frase di Mara, che lasciava sempre interdetto il mio amico innamorato:

«È meglio se scende, Tano. Lei è più bello e mi è più simpatico da seduto.»

«Dice?» ha obiettato Tano, sommesso, ed è ritornato coi piedi per terra, sedendosi in disparte e guardandosi intorno a disagio.

L'Amerigo e il Boris erano addirittura entusiasti.

Si è fatta l'alba. Mia madre appariva la meno stanca di tutti. Ben pochi se n'erano andati, e adesso i presenti le facevano cerchio intorno, mentre lei, felice d'incantarli con le suggestioni del raccontare imparate nella nostra terra-acqua, evocava l'*Allegria*, il tram di Po che la portava di prima mattina, insieme ai disgraziati che andavano al lavoro duro, ammucchiandosi appiccati alle maniglie, ancora intontiti dal sonno ma già col peso delle ansie e delle umiliazioni quotidiane. E alla faccia di queste ansie e umiliazioni, c'era sempre uno che veniva afferrato dal *Cirlìnn*, quel ridere che ci prende per niente, anche se ci va male, il ridere a scatole cinesi che sull'*Allegria* diventava una specie di preghiera mattutina dello spirito beffardo.

Impagabile attrice delle sue memorie ritrovate, mia madre dominava la terrazza come un teatro; raccontava la vera storia del *Cirlìnn*, senza che i presenti sapessero che le era stato negato per tutta una vita, e altre storie delle nostre parti. Pendevano dalle sue labbra insigni narratori, uomini di pensiero e di penna, belle donne che ora provavano il rammarico di non essere mai riuscite a esprimere, con tanta forza e suggestione, le avventure straordinarie che pur avevano vissuto.

Sotto il sole nascente, era una dimostrazione di fantasia creativa tanto più eccezionale in quanto – io solo avrei potuto rivelarlo – veniva da un cervello che il destino aveva a lungo affondato come un tesoro ormai del tutto dissepolto.

È finita con i presenti che intonavano:

"Tingeltangel!... Tingeltangel!"

"Cirlìnn!... Cirlìnn!"

E poi ciascuno aggiungeva parole sue, che esprimevano una propria contentezza, un proprio sogno. E questo coro di tante contentezze diverse, di tanti sogni diversi, volava dalla terrazza sulla distesa di Roma, verso la visione dei Colli, disegnata col suo azzurro negli ultimi residui della notte.

Due telefonate, durante la festa.

Una era di Giulia, che chiedeva come stavano andando le cose.

E io, con passione, tornavo a invitarla:

«Vieni!... È giusto che tu venga. Non puoi credere come hai visto giusto.»

«Capirebbe.»

«Ma come? Cosa?... E anche se capisce?»

«Non è ancora il momento.»

L'altra telefonata ha avuto solo suoni e nessuna voce. Il telefono ha squillato, io ho alzato il ricevitore e ho udito il fruscio atmosferico delle lontananze intercontinentali, che sempre esercita, su di me, una suggestione arcana.

Il mio «pronto» non aveva risposta. Chi stava dall'altra parte, doveva comunque udire la confusione allegra della festa. Sembrava indugiare proprio per udirla.

Poi ha chiuso, bruscamente.

Era Miriam?

3.

Ho portato mia madre a conoscere Roma.

Insieme a Tano e agli amici spiritosi.

Tano ci guidava, avendo impiegato una vita a esplorare questa città che è un po' simile a lui: affondata nelle radici terrene, ma in uguale misura capace, all'improvviso, di volare in alto, come via da sé. Egli ci ha inoltrato, appunto, nelle bizzarrie della capitale, trascurando i tragitti convenzionali, con la scusa che l'urbe ha l'anima a zig-zag.

Mia madre si lasciava trascinare dagli antichi luoghi dei maghi – le sibille capuane, gli aruspici etruschi, gli stregoni germani – a Castel Sant'Angelo, al Vaticano.

Ha fatto una sola richiesta, che ci ha stupiti: di andare sull'Appia antica, alla chiesetta chiamata "Domine Quo Vadis". Qui, l'apostolo Pietro, sfuggito ai carcerieri e diretto verso la salvezza, avrebbe incontrato Gesù e gli avrebbe rivolto la famosa domanda, avendone la risposta "Vengo a farmi crocifiggere un'altra volta", e Pietro capì, tornò indietro e si predispose ad affrontare il martirio.

La chiesetta conserva solo la copia delle presunte impronte di Gesù, il cui originale sta in San Sebastiano, conservato in una teca.

Tano ha cominciato a spiegare che la leggenda è incerta, trattandosi forse di un ex voto proveniente da un santuario pagano. Ma mia madre l'ha zittito con un gesto.

La copia delle impronte, quasi del tutto ignorate, spiccava davanti a lei, e mia madre l'abbiamo vista togliersi le scarpe, compiere quei pochi passi con un raccoglimento intenso e sorridente, persa in un'altra dimensione.

Ha fatto coincidere i propri piedi scalzi con le orme divine.

Stava là, fissando a terra, quasi fosse sul punto di intraprendere un volo infinito di cui la sua mente si illuminava, portata dalle impronte di Dio fatto uomo come da due immense ali del tutto possibile.

Siamo rimasti in silenzio, rispettosi, da una parte, finché il suo volo non si è compiuto, e lei è retrocessa dalle orme, sulle quali si depositava un soffio di sole da una finestrella.

Si è rimessa le scarpe. E uscendo dalla chiesetta in testa al nostro gruppo, ha mormorato una frase ambigua, che abbiamo afferrato solo io e l'Omino Alessio. Ne avrei capito il significato qualche giorno dopo:

«Fra poco lo ritroverò, il mio Dio.»

4.

È un andare per Roma che piace molto a mia madre anche questo che ci vede passeggiare per le strade tenendo per mano Giacomo, il figlio di Giulia.

Il ragazzino non ha rinunciato a farsi vivo con me: gli piacciono troppo la mia compagnia, i discorsi un po' divertenti e un po' saggi che improvviso per lui, sempre col proposito di compensare le sue carenze paterne, e appunto le gran camminate che ci facciamo.

Il ragazzino ha buonsenso. È furbo. Forse Giulia l'ha messo sull'avviso, ma è più probabile che abbia afferrato da solo la situazione, ossia di stare al gioco delle bugie e delle reticenze che mi sono costruito per mia madre.

Non ha mai fatto cenno a Giulia. Quando mia madre gli ha chiesto chi fosse, si è limitato a rispondere, con tono da adulto:

«Un amico di suo figlio, signora.»

Ma poi l'imitazione dell'adulto, per troppa diligenza, lo ha tradito, perché ha aggiunto: «Pura e semplice amicizia, le assicuro». Come se normalmente fossi un corruttore di ragazzini, o chissà che.

Mia madre, infatti, ne ha sorriso. Intuendo qualcosa di ciò che, con cura, cercavamo di occultarle.

Portiamo Giacomo al cinema, o a giocare a pallavolo, o al Teatro Ragazzi: ce n'è uno ben organizzato nel salone degli affreschi alla Società Umanitaria. Mettono in scena storie curiose, sempre affollate di fantastiche visioni, e fiabe strampalate come "C'è un ombrello che vola", spettacoli d'ombre.

Quella che si diverte di più è proprio mia madre. A tratti, diventa lei la bambina, tanto che con Giacomo ci strizziamo l'occhio, e lui si sente più che mai l'uomo maturo che collabora, con astuzia, al compito di rallegrare l'ospite.

Tutto è filato liscio fino ad oggi. Ma questa è una giornata diversa. Andiamo per il lungotevere e mia madre esclama d'improvviso, indicando il figlio di Giulia:

«Lo ha educato bene.»

Presi di sorpresa, io e Giacomo non ci rendiamo conto di chiedere all'unisono:

«Ma chi?!»

«Sua madre» risponde lei, con un sorriso.

«Mia madre?!» reagisce il ragazzino con la faccia di chi non ha mai avuto una madre in vita sua, e fosse figlio del vento, come si racconta nella fiaba "C'è un ombrello che vola".

«Tua madre» gli ribadisce lei. «Giulia.»

Io e Giacomo ci guardiamo, sconfitti.

«Come sai di Giulia?» azzardo. E Giacomo, di slancio e per adeguarsi, commette un altro errore per eccesso. Mi indica e le fa: «Già, come sa di lui e di Giulia?».

Mia madre gli accarezza la testa e mi chiede:

«Cos'è per te?»

Istintivamente, torno a mentirle:

«Un'amica.»

«Come Tano?» ironizza. «Come l'Omino Alessio?»

«Più o meno.»

Commenta, con una punta di amara arguzia:

«Certo, gli amici contano nella vita. Ma è quel "più o meno" che fa di un amico qualcosa di diverso: qualcuno che a volte colma vuoti insopportabili.» Si rivolge a Giacomo: «Non è così?».

Il ragazzino mi supplica con lo sguardo, ma non so aiutarlo. Allora cerca di cavarsela da solo e si sfoga:

«Io non ci capisco niente, con voi grandi. Sono meno complicate le favole strampalate del Teatro Ragazzi, dove volano gli asini e parlano le tartarughe.»

Giacomo capisce, invece, che deve sfilare le sue mani dalle nostre e andarsene avanti, per non essere d'intralcio a discorsi, fra me e mia madre, che con tutto me stesso vorrei evitare. Lo guardiamo incamminarsi ora con le mani in tasca, la testa bassa, e lei mi dice:

«Ti ci sei affezionato, eh?»

«Sì.»

«Sarebbe stato un figlio perfetto, per te.»

«Sì. Lo credo anch'io.»

E poi, come una pugnalata:

«Il tuo non voler figli è dipeso da me, vero? Perché ti sei sentito la causa di quanto soffrivo. E hai avuto paura di passare a un figlio lo stesso tormento della testa che io ho passato a te.»

Che posso risponderle: la verità? Che è così, come dice? Confermarle quanti conti ho pagato per lei? Che ci sono stati periodi che per causa sua, per la mancanza attiva del suo amore imprigionato e disfatto dal suo male, un blocco allo stomaco mi impediva persino di confessare a una donna "Ti amo" e mi procurava un autentico terrore di poterla mettere incinta?

È avvenuto, i primi tempi, anche con mia moglie Marta. E ne provo rimorso.

Tempi che avrebbero dovuto essere i più spensierati della gioventù, quando i miei amici facevano capriole felici con il “Ti amo” e dispensavano vita con una voglia senza ombre.

E mia madre continua:

«Ti ho impedito quelle piccole felicità naturali a cui, almeno da giovane, ogni essere ha diritto.»

Sono troppo stanco per negarlo, per mentirle ancora. Mi appoggio alla spalletta del Tevere e mi pare che tutto un mondo che mi è stato nemico mi pesi sulle spalle.

Mia madre fa lo stesso, affiancandomi, aggiungendo:

«E pensare che ho lottato tanto, per averti... Se...» lascia una pausa dopo questo “Se”. «Ti avrei risparmiato anni di dolore. Ma non avremmo potuto vivere insieme questi momenti.»

Mi prendo la faccia fra le mani. Mi sembra di essermi controllato contronatura per un tempo infinito, e ora posso finalmente piangere nelle mani con cui mi copro il volto, come avrei voluto tante volte da piccolo, all’età di Giacomo, quando mi veniva severamente proibito di piangere sotto gli occhi di mia madre, per non turbarla. E cerco che il mio pianto non abbia suono, nemmeno un singhiozzo, che scivoli via da me in silenzio insieme alla mia angoscia, come quello della ragazza di cui non ricordo il nome, nella notte di prima neve su Roma.

Come tutto torna...

E sotto gli occhi di mia madre che intuisce perfettamente le mie parole inespresse, posso dire a me stesso: che gran balordata la vita mia, che se non ci fosse stata sarebbe stato mille volte meglio.

Mia madre mi lascia sfogare fissando le acque del fiume.

Che immensa conquista, fra noi, anche questa.

Giacomo si è seduto sotto un albero e finge di non vedere, anche se so che è addolorato per me, che vorrebbe correre ad abbracciarmi, se non altro per ricambiare il favore, perché spesso è capitato che fosse lui a smarrirsi, e io a rincuorarlo, abbracciarlo.

Prende a lanciare sassi nel vuoto e fischietta, ma malamente, perché anche lui ha un nodo in gola. Mi arriva quel fischiettare con una gran voglia del contrario, per rassicurarmi e farmi intendere che questi sono momenti che passano...

Così è, infatti.

Ci sono davvero momenti in cui basta il fischiettare di un ragazzino che avrebbe voglia di piangere con te, questo colpo mirabile di grazia che ti concede proprio la stessa vita che maledici. Mi basta per tirarmi su dalla spalletta del Tevere, riprendere a camminare, facendo scoprire a chi non l'ha mai vista che Roma, in fondo, è una gran bella città.

5.

Li spio, là, immersi nella mappa del cielo, con le due teste vicine dentro la calotta gremita di stelle, quasi facessero parte degli infiniti sistemi, respirassero con il loro stesso respiro.

Mia madre è andata a salutare l'Omino Alessio, davanti al suo telescopio. Ascoltano il silenzio sconfinato della volta celeste. Lui le afferra la mano, perché quel silenzio comunica e parla, ci avverte che, lassù, esiste un linguaggio che siamo noi.

Lei chiede, serenamente:

«Chi accese la luce nell'Universo?»

Lui le risponde a voce bassa, segnalando dei punti, qua e là.

E la voce di mia madre:

«Io l'ho sempre vista, la bellezza, fuori di me. L'ho avuta anche, ero molto bella da giovane. E poi...»

L'Omino Alessio le indica Venere, le spiega che nell'Universo si specchia ogni caso umano, e questa è una grande consolazione, e le rivela che il suo caso ricorda la storia di Venere, che stava per diventare come la Terra:

«Venere, una volta, era un pianeta dove la bellezza si preparava a fiorire nelle sue forme più grandiose: c'erano acque limpide, e c'era il mare, e la vita già si sviluppava con quei mirabili esseri microscopici che poi inondarono l'atmosfera d'ossigeno della Terra. Era destinata a uno splendido avvenire cosmico, Venere, perché le sue potenzialità vitali superavano ogni altra. Ciò avveniva almeno tre miliardi di anni fa... Poi, un rovente muro di tenebra la isolò dal cosmo che stava per farne la sua eletta, e le negò l'armonia con gli altri corpi celesti.»

Si fissano, mia madre e l'Omino Alessio, che le sfiora la mano e le sorride:

«Ma Venere resta la stella dell'amore...»

Furtivo, lui si allontana, si immerge nel buio, torna reggendo le sue registrazioni stellari.

Ora i due ascoltano la musica delle stelle. L'Omino Alessio la dirige, ispirato, per mia madre estatica, ma che d'un tratto chiede, come senza svegliarsi da quel sogno:

«E mio figlio?...»

Il fervido maestro si aspettava la domanda e non manifesta sorpresa; senza soluzione di continuità, abbassa i prodigiosi suoni, la sua mano scende verso il basso, quasi ondulando una carezza rivolta ai remoti orchestrali del cielo, e non lo si vede toccare alcun congegno, per cui sembra davvero che quel "pianissimo" che ottiene intorno a sé e a mia madre, sia dovuto all'Universo che

Mi tremavano le mani, mentre aprivo la busta. Quale sarebbe stato il contenuto? Mi avrebbe smentito, messo a nudo, rivelando come stavano i fatti?

Fissavo il vuoto, paralizzato. Mi sono sentito sfilare la busta dalle dita.

Era mia madre che se ne impadroniva, con uno strano sguardo, perso nella dimensione enigmatica, più forte della sua volontà, in cui si rifugiava un tempo, durante le crisi della sua malattia. Ma ora le leggevo negli occhi felicità, non tenebre. Mi aveva stupito anche la rapida presa di possesso di qualcosa di privato che mi apparteneva; quel gesto proprio da lei, sempre rispettosa della mia intimità fino all'eccesso.

Che stava accadendo?

Ha cominciato a scorrere il foglio. Mi sentivo affacciato a un baratro e pensavo: doveva arrivare, il giorno, è arrivato, finalmente finirà la finzione e mia madre capirà, reggerà anche alla fine dell'ultima finzione fra noi. Mi pareva che il tempo della sua lettura fosse interminabile. Eppure, lei si faceva via via più sorridente; finché, restituendomi il foglio, ha esclamato con infantile entusiasmo:

«Per me sta bene. Ho sempre sognato di vedere il mondo!»

Mi ha stretto il polso:

«Come la volta che mi hai detto: andiamo a Parigi. Ti ricordi? È stato bello, a Parigi. La Mostra dei Baci...»

Ora la lettera la leggevo io. Conteneva ... to a un viaggio; anzi, al *viaggio*: quello di cui ... mi aveva sempre parlato, nel solo posto del... dove Dio si può vedere davvero, e che non ci ... possibile perché il nostro rapporto si era ... pochi giorni prima della partenza...

Miriam aveva avuto ... questo particolare. Né faceva cenno alcuno alla lettera di addio che mi aveva lasciato, al nastro registrato dove mi confermava:

“Esiste quel posto. Esiste, credimi. E io ti ci porterò. Qualunque cosa accada, abbi questa certezza: che ci andremo. Ma quando sarà arrivato il momento. Allora ci rivedremo, *fisicamente*, e sarà il nostro ‘viaggio alla grande luce estrema’.”

Il momento, dunque, si stava avvicinando, e del “fisico” contatto la lettera rappresentava il primo atto.

Miriam aggiungeva che, nell’avventura ultima, avrei dovuto portare mia madre, ne parlava come di un pegno, un talismano:

“Porta tua madre. Falle conoscere il mondo che tu hai attraversato e indagato, anche con me, nei suoi misteri.”

Ripeteva l’invito, o affettuoso ordine, che Rol mi aveva comunicato. I due interpreti di ciò che ho definito il mio cuore magico tornavano a esibirsi insieme, come li avevo una volta sognati: scambiandosi i ruoli dell’accompagnamento al pianoforte e del canto al centro della scena.

Ma dove mi avrebbe portato quel viaggio?

Miriam preveniva anche questa domanda. Le tappe di passaggio le avrei percepite di volta in volta, riconoscendole con quella sorta di radar infallibile che ormai possiedo: il *batticuore* della premonizione. Esso mi avrebbe guidato alla destinazione finale.

La lettera si concludeva con una nota rivolta a mia madre:

“Sti[illegible] [illegible]o pe[illegible] incontrarci di nuovo, carissima, e parleremo. Ri[illegible] [illegible]eremo le parole che ci siamo scambiate, allora, per[illegible] [illegible]hi mesi. Era bello, vero, stare a parlare fra noi?”

Sono seguiti g[illegible]

[illegible]uforia.

Mai avevo visto mia madre così lieta: di partire, di poter riabbracciare finalmente la sua amica salvatrice.

Non ha fatto che intrattenermi sulla "beltà del viaggiare", come l'ha definita. E mi ha confessato, in proposito, altre cose di lei che ignoravo.

Da bambina, quante terre sconosciute aveva attraversato con l'immaginazione! Se ne andava, tutta sola, lungo il Po e si diceva, di un frutteto, questa è la Francia; di un canale di Levante, questa è l'Olanda. E via via spingendosi oltre, incantata da una luce o da un verde pieno di magia o da un cantare che suonava straniero e forse lo era, perché in molti emigravano e poi facevano ritorno come Marco Polo, lei si diceva ancora: il Po di Venezia è la Cina o, chissà, la Persia misteriosa; il bacino di Canalbianco è il Polo Nord; l'Abbazia di Pomposa è tutto l'Oriente.

E poi era arrivato il giorno della "Nave di Comacchio", col suo favoloso carico. Il recupero della famosa imbarcazione greca, appunto dalla Laguna di Comacchio.

I giornali la definirono una delle più grandi scoperte del secolo.

In una domenica di primavera, e fra una folla assiepata sugli argini, la Nave si sollevò dalle sabbie del fondo con mirabili tinte sul blu e sull'oro, installandosi contro il sole che sembrò irradiarla nella volta del cielo. Accecata, mia madre bambina ebbe in quell'istante l'illuminazione del "Viaggio" che, un giorno, senza dubbio avrebbe compiuto.

Perfetto lo stato di conservazione, di straordinario interesse il carico di bordo: vasellame prezioso, gemme, scritture, e modellini di templi, che sarebbero rimasti oggetti di culto per gli esperti.

Mia madre aspettò che si facesse notte. Fra guardiani assonnati che non potevano sospettare di una bambina, penetrò nella Nave deposta sulla riva, aggirandosi fra le meraviglie che conteneva e sognandosi durante il tragitto che essa aveva compiuto nel suo tempo remoto. La spingeva una forza di cui non sapeva darsi ragione, doveva obbedirle, anche quando condusse la sua mano a rubare un tempio d'Oriente in miniatura:

«L'ho sempre portato con me» mi ha confessato. «È stato il mio idolo, a cui mi afferravo nei momenti più difficili, come tu ti afferri a volte agli idoli di Miriam... Lo stringevo fra le mani e lo supplicavo, come fosse un piccolo Dio: "Aiutami a superare anche questo!".»

«Mostramelo» l'ho pregata, con un improvviso turbamento.

«Non l'ho mai mostrato a nessuno. L'ho nascosto a chiunque, persino a tuo padre. Perché è parte di me, del mio cuore.»

«Mostramelo.»

Mi sono trovato la miniatura fra le mani. Splendeva nel suo oro, nella sua gemma al centro. Mi è stato subito chiaro che si trattava di un reperto di inestimabile valore, che doveva aver avuto, per un popolo antico, una fatalità sacra.

Lo muovevo fra le dita, ne avvertivo un crescente calore magnetico.

Perché, subito, il *batticuore*? Perché, pur in quelle minime proporzioni, mi è parso di riconoscere il tempio? Io l'avevo visto, durante i miei viaggi, a dimensione naturale. Ne ero certo: aveva avuto un ruolo nella mia vita.

Ma dove, quando vi ero penetrato? E come mai il mio segnale mi avvertiva, con tanta urgenza, che presto mi avrebbe accolto di nuovo?

Non riuscivo a ricordare.

Ho restituito la miniatura a mia madre e lei si è affrettata a nasconderla.

7.

Stavo preparandomi alla partenza e stavano capitando solo piccole cose, quando si verificò l'episodio del giudice...

Si aprì la finestra che dava sul poggiolo della villetta di periferia, e dal poggiolo il mio amico giudice si mostrò a me e a Marta, la mia ex moglie, che lo stavamo aspettando nel piccolo giardino. Ci apparve come un personaggio del tempo andato.

Ci aveva detto:

«Venite. E aspettatemi nel giardino.»

Era chiaro che si stava mostrando non soltanto a noi, ma a un suo mondo di pensieri e avvenimenti, che andava ben oltre le nostre due figure ferme fra le siepi. Era come se, sotto di lui, si stendesse un mare o una distesa immacolata di neve, e lui li scrutasse perdersi all'infinito.

Portava un cappello di feltro, alla Boito, una gran sciarpa bianca, un soprabito di taglio eccentrico, e si infilò i guanti con gesti raffinati. Si era abbigliato come, probabilmente, usava da giovane, nel periodo più eccentrico della sua vita. E, a suo modo, impersonava la fantasia e l'eleganza.

Ci rivolse un cenno sorridente, poi fece comparire fra le mani un prezioso bastone da passeggio, che prese a far volteggiare con l'abilità di un prestigiatore. Della sua figura, silenziosa nel poggiolo, ci sfuggiva il senso: egli ostentava il privilegio di essere il simbolo di qualcosa. Ma di cosa? E per quale motivo ci aveva convocati lì, alla sua villetta, verso l'ora del tramonto?

Già in passato, il giudice ci aveva sorpreso con ingiunzioni enigmatiche, mai dissociate da un'affettuosa ironia. Come quando ci aveva "ordinato" di accompagnarlo a vedere *Mariti e mogli*, di Woody Allen, con Mia Farrow. E io e Marta eravamo stati seduti ai suoi lati, nel cinema, chiedendoci perché mai dovessimo assistere insieme a quella proiezione. Certo, il film destava curiosità dopo lo scandalo scoppiato intorno ad Allen e alla Farrow, e s'aggiungeva che nelle vicende della celebre coppia, sia private che trasferite sullo schermo, si rifletteva la condizione, oltre che mia e di Marta, di ogni infelice smarrito nei labirinti di una separazione; il repertorio lo conoscevamo a memoria: rancori, pettegolezzi, insulti, dispute a due e soliloqui concitati su anni sprecati invano in una convivenza.

Ma il giudice ci aveva convocati fuori del Tribunale, e addirittura in una sala cinematografica, solo affinché ci specchiassimo in due simili più noti di noi? Usciti dalla proiezione, egli si era limitato a giudicare il film non eccezionale, a rilevare, con un tocco d'ironia, che Woody Allen aveva interpretato il ruolo di Gabe Roth, un romanziere, e che Judy, il personaggio assegnato alla Farrow, godeva alla fine della miglior fortuna. Nella scena d'apertura, qualcuno aveva citato la frase di Einstein: "Dio non gioca a dadi con l'Universo". E il giudice aveva commentato: «Con l'Universo magari no, ma con i sentimenti sì!». Poi si era dato a fischiettare "What Is This Thing Called Love", il motivo con cui Cole Porter, sui titoli di testa, si chiede: cos'è quella cosa che chiamiano amore?

Fischiettava, il giudice, con le mani dietro la schiena, affrettando il passo di quel tanto che gli consentiva di precederci lungo la strada, e noi due, sentendoci ignorati alle sue spalle e cogliendo una nostalgia profonda nella sommessa modulazione dell'amico, avevamo finalmente capito. Il giudice se l'era visto per sé, il film: anche lui era un infelice, al pari nostro, che aveva vissuto anni prima un'identica, amara esperienza di separazione da una moglie – morta da qualche tempo – che aveva molto amato, per cui aveva continuato a nutrire rimpianto dopo che si era sposata con un altro.

Era stata quell'esperienza a indurlo, nella professione, ad abbandonare il penale, dove eccelleva, per il civile; a diventare l'arbitro delle cause di separazione. Io e Marta, dunque, gli eravamo serviti da semplici compagni di pena (ma quale, di noi due, il ladrone buono?) ai lati di una sua crocefissione del tutto personale.

E ora, che voleva da noi il giudice?

Lassù, nel poggiolo, egli fece volteggiare ancora una volta il bastone da passeggio poi, accorgendosi della nostra presenza fra le siepi affondate nell'ultimo sole, esclamò:

«Entrate!»

Marta non aveva mai messo piede in casa sua. E appena superata la porta, restò abbagliata. Lampade e faretti, dislocati con malizia, proiettavano fasci di luce sulle pareti letteralmente tappezzate – devo ricordarlo – di donnine riprodotte in qualsiasi forma e formato: cartoline intime, nudi fotografici, illustrazioni, pitture erotiche e miniature di tempi e civiltà diversi, stampe, ex-libris, litografie, figurine pubblicitarie, vignette.

Le pareti esplodevano di colori, creavano una fantasmagoria di sinuosità femminili, dalle più dolci alle più audaci, e l'effetto ottico confondeva la vista ovunque si posasse lo sguardo.

La lanterna magica, da cui quella fantasmagoria si era proiettata per anni, stava nella testa bizzarra dalla quale l'amico giudice sollevava ora, con la mano sinistra, il cappello alla Boito, mentre con la destra continuava a imprimere capriole al bastone da passeggio:

«Ecco la mia vita dispersa in amori da nulla» esclamò con un gesto intorno. E accennando al bastone: «Inutili acrobazie, poveri frutti di illusionismo, banali giochetti di prestigio!... Per averne cosa? Il senso perduto di una luce che mi veniva da dentro, una ridente luce infantile che mi spingeva a cercare delizie illusorie in corpi femminili, tanti bei colori che mi salivano dal cuore spegnendosi nel grigio di effimeri rapporti... Una marea di corpi in cui non si distingue nemmeno un volto, solo un ammasso di forme confuse!»

Ci ordinò di nuovo:

«Venite. Seguitemi.»

Ci introdusse in una stanza all'opposto delle altre.

Ci trovammo in una camera da letto che era un regno della polvere. Qui le pareti apparivano nude e il solo filo di luce cadeva dalla finestra accostata che dava sul poggiolo da cui il giudice ci era apparso. La polvere aveva, sì, coperto ogni cosa, tuttavia usando una sorta di sorprendente pudore nel depositarsi e nell'avvolgere quelle poche presenze.

Un letto matrimoniale, e di fronte un grande ritratto in cui la polvere impediva di distinguere la figura, un armadio, un giradischi su un basso tavolinetto. Nient'altro.

Il giudice si avvicinò al ritratto, si tolse il cappello e amorosamente, come se andasse deponendo baci qua e là, cominciò a soffiar via la polvere. Si delineò, ai nostri occhi, un volto di donna, bella, che guardava alla propria destra, mostrando un profilo perfetto:

«Era mia moglie» mormorò il giudice. «Una brava moglie a cui ho voluto bene, a cui ho procurato molti dispiaceri, pur senza il cinismo e la volgarità dei tanti uomini che ogni giorno si siedono di fronte a me, in tribunale... Una moglie che ho fatto soffrire, dunque, e che accusavo di non capirmi solo per poter disporre di una libertà da adolescente testardo e mai cresciuto.»

Ora la polvere si alzava, e la corrente d'aria la portava a volare oltre il poggiolo. Ed era come se la staccasse anche dall'anima dell'uomo immobile, concentrato nella commozione, al centro della camera.

Il giudice si scosse. Aprì l'armadio dove si mossero

al vento, riacquistando vita, vestiti femminili che erano certamente appartenuti alla donna del ritratto; sciarpe appese sventolarono insieme, trasformandosi in un segnale di saluto... Anche se non l'avesse spiegato, l'avremmo capito: il giudice si era abbigliato come il giorno del suo matrimonio.

Aggiunse:

«Io vi saluto, amici. Ho rinunciato al mio incarico di giudice. D'ora in poi, trascorrerò le mie giornate qui. C'è tanta polvere da togliere...» Mi si avvicinò, mi prese le mani: «Ti ringrazio per la compagnia che mi hai fatto, in questi anni, e ti prego di perdonarmi se ho lasciato correre un po' troppo la vostra causa di separazione. Avevi ragione: temevo di perdere, con la sua fine, la tua amicizia». E rivolto a Marta, con un sorriso: «D'altra parte, è stata anche la tua riserva mentale, no? Anche tu, nonostante i tuoi furori, speravi che, insieme alla causa, continuasse un legame fra voi, qualunque esso sia: forse solo la malinconia, attiva e non dimessa, che unisce a causa di un passato che comunque conta».

Si avvicinò al giradischi. Prima di azionarlo ci raccomandò, a spalle girate:

«Qualunque sarà il vostro destino, ricordatevi... Con grazia, ogni tanto, soffiate via un po' di polvere anche da voi stessi, la polvere dei rancori che si depositano: è così brutta, credetemi, la polvere!»

Sul giradischi stava ancora l'ultimo disco, una vecchia incisione, che il giudice e la moglie avevano ascoltato insieme. La voce di Beniamino Gigli tornò a diffondere dal poggiolo, sul giardino e sulla distesa indefinita in cui il giudice apparendo aveva perso il suo sguardo, l'aria dell'*Africana* di Meyerbeer:

"O Paradiso..."

8.

E questa è la vigilia della partenza mia e di mia madre.

Sono qui, con Giulia J.

«Anch'io» mi dice «ho sognato a lungo mondi lontani.»

Leggo quei sogni nello sguardo che tiene fisso su di me:

«Era un modo per rendere favoloso il tempo, che cerca sempre un'identità diversa, un luogo d'arrivo. Il tempo non è che una forma del nostro desiderio, della nostra inquietudine.»

Il tempo...

Ce ne resta poco, ormai, prima di salutarci. Ma il viaggio, forse, avrà un ritorno; forse, tornerò presto.

Giulia vorrebbe stringermi le mani, invece cerca di non dar peso al nostro salutarci, per non accentuare l'idea di separazione, e quella voglia di stretta la scarica su di sé, in sé: si conficca le unghie nel palmo.

So che non userà grandi parole, ma la semplicità:

«Siamo stati bene, insieme.» Si corregge: «Stiamo bene, insieme».

Il tono è di chi sa che il tempo aggiusta molte cose. Provo nostalgia delle sue prime *lettere verdi*.

Il tempo...

Le valigie sono pronte. Giulia mi ha aiutato a farle.

Ho viaggiato tanto, ma fare le valigie è sempre stato per me un rito ansioso e faticoso.

Le consegno le chiavi di casa:

«Vorrei che le tenessi tu. Che continuassi a frequentarla, questa casa, come quando c'ero io, e tu arrivavi allegramente, la mattina.»

«Va bene.»

«Vorrei che neanche la casa accusasse interruzione, e tutto corresse, fosse pronto, caldo, per cui, tornando, potrei immettermi dolcemente nelle nostre abitudini, come se nulla fosse accaduto.»

Ricordando i nostri primi incontri, lei sorride con malinconia:

«Ora toccherà a me convivere coi fantasmi.» Si rianima: «Io conto che ci sarà, un tuo ritorno».

Il tempo...

C'è il tempo per un caffè, e Giulia lo prepara. Beviamo dalle tazzine impiegando quel tanto di lentezza, per restare ancora un po' seduti uno di fronte all'altra, con le ginocchia che si sfiorano. Giulia calcola la sua lentezza sulla mia, a piccoli sorsi, fissando ora me ora la tazzina, per darmi un minimo di pace e di illusione in più, e questa minima, estrema concessione di benevolenza mi appare straordinaria: riassume tutto il suo capirmi, il suo avermi assecondato con rispetto e con grazia.

Mi assalgono ricordi di momenti. Di nuovo, i più semplici: i fine settimana passati in posti di mare vicino a Roma, nei gradevoli alberghetti di Cala Piccola, di Porto Ercole, dove le nostre fughe si svolgevano con un'armonia rilassante e sensuale. Anche quei viaggi brevi, prevedibili eppure resi sempre memorabili dall'imprevedibilità di qualche nuova scoperta nella nostra vita affettiva, mi sembrano contrapporre una loro grandezza al viaggio verso l'ignoto che sto per intraprendere.

«Ci rivedremo» afferma.

Giulia mi bacia la testa, e io la testa la tengo bassa, con una stretta al cuore, e mi impongo di fissarmi le mani fra le ginocchia, di fissare il pavimento. Mi sforzo, anche, di pensare ad altro, di staccare il pensiero da questo momentaneo dolore, e mi viene in mente mio padre. Mi viene in mente, chissà perché, quando lui si è accorto di essere scampato alla morte e di potersi ancora servire delle dita per vivere. Mi ha chiesto un foglio bianco e un pennarello, e ha disegnato un occhio, e poi con estrema concentrazione, verificando come la mano gli tremasse sempre meno e acquistasse sempre più sicurezza, ha affondato la punta del pennarello per dare una pupilla al tondo di quel globo oculare.

Capivo che cercava di non pensare alla vita che riaffluiva nelle sue vene e nei suoi arti, lasciandola operare senza intralciarla con la sua ansia.

Per non vedere Giulia che si alza, se ne va verso la porta, per resistere alla spinta di questo rimpianto che mi si rivela uno dei sentimenti più puri che abbia mai provato, penso a mio padre, al suo recuperato potere di dominare anche il più piccolo scarto delle dita, badando che la pupilla si incidesse esatta, sicura.

Sollevo gli occhi solo quando, dalla porta aperta, l'ombra di Giulia, già uscita ma ferma, ancora, un attimo, si proietta sulla parete.

A quell'ombra dico:

«Grazie.»

Vorrei essere là, davanti all'ascensore, aspettando che arrivi al piano, come quando lei se ne andava in attesa di rivederci l'indomani, e c'era quel bacio, diverso, dove già si insinuava la stanchezza del sonno, con un abbandono fra noi d'altra natura.

La porta si chiude. L'ascensore si allontana.

Sotto la porta, Giulia ha lasciato un biglietto del figlio

Giacomo. Lo trovo soltanto verso sera quell'ultimo, inaspettato segno di grazia:

"Non mi riesce bene, il Cirlìnn, senza di te. Giacomo."

È notte, e io non ho acceso nessuna luce intorno a me, quando Rol mi telefona. Gli parlo del mio stato d'animo, prima della partenza, paragonandolo a quello che a Po chiamano l'*impruvìs* del gabbiano reale, che un giorno, improvvisamente appunto, contrae le ali a mezz'aria, in un controvento che non c'è. L'ha capito da un'ombra, da un odore della terra, come il barcaro lo capisce dallo sforzo di quel distacco, in cielo: una stagione è passata ed entrambi sconfinano dall'estate.

Verifico, con Rol, gli ultimi dettagli. Rispetterò il proposito che mia madre possa, da ogni luogo, ricevere una nuova rivelazione di sé, della propria mente, specchiandosi nelle civiltà dei popoli: la sua mente a confronto con le meraviglie di cui la mente umana è stata capace. Rispetterò il suo piacere e il suo divertimento, il suo desiderio di rivedere Miriam.

Rispetterò me stesso quando avrò raggiunto il punto. E il punto lo avvertirò con il *batticuore*.

Ho tenuto il biglietto del piccolo Giacomo fra le dita, finché non è arrivato il momento di raggiungere mia madre, per condurla con me.

9.

È stato un lungo viaggiare...

Mia madre ha fatto propria la confessione di Miriam: "Sono sempre stata una viaggiatrice incantata."

Non si concedeva soste: voleva vedere, vedere... Non cedeva alla stanchezza nemmeno se le esplorazioni avvenivano in zone impervie, in climi infuocati o di gelo, che fiaccavano la mia resistenza. L'incanto che subiva la trasformava in una creatura senza età, che poteva giovarsi di tutte le forze, psichiche e fisiche, che durante gli anni dell'isolamento non aveva dovuto spendere verso l'esterno, per competere col mondo che ora assorbiva come un assetato può finalmente abbeverarsi.

Rol aveva previsto i meccanismi che avrebbero fatto esplodere questa rabbia di rivalersi, dimostrando alla vita che ormai non poteva più negarle nulla, perché lei era più forte. Il miracolo della sua guarigione raggiungeva il culmine.

Mia madre voleva uscire all'alba, rientrare a notte alta.

Mi sforzavo di assecondarla. Mentre lei ignorava la mia tensione crescente. Quando avrei avvertito il segnale che il luogo era quello designato? Quando, e dove, avremmo rivisto Miriam?

Avevo avuto indizi strani, che si erano rivelati ingannevoli.

Si erano prodotti al Cairo, con una scena sconcertante

lungo il Nilo, dove a mia madre era sembrato di rivedere il Po. Ci eravamo staccati dal battello su una barca a motore guidata da un vecchio che si teneva dritto dentro un mantello impermeabile che ricordava i barcari delle nostre parti.

Era stata mia madre a chiedere di essere portata al largo. Esclamando:

«Mi è apparsa, laggiù, la Grande Barca dalle vele azzurre!»

Durante il tragitto, ai turisti che ci accompagnavano, lei aveva ripetuto entusiasta che quello era il fiume che Verdi aveva reso immortale, più ancora dei Faraoni, specie all'inizio del terzo atto dell'*Aida*, e poiché da ragazza aveva cantato nella Corale del Teatro Regio di Parma, era in grado di citare a memoria la nota con cui Verdi stesso aveva delineato la scenografia: "Le rive del Nilo. Rocce di granito fra cui crescono palmizi. Sul vertice delle rocce il tempio di Iside per metà nascosto tra le fronde. È notte stellata. Splendore di luna... Da una barca, discendono Amneris, Ramfis, alcune donne coperte da fitto velo e Guardie".

E ancora raccontava che, in una rappresentazione, lo scenografo aveva messo in scena una Grande Barca dalle vele azzurre, che alla platea e ai loggionisti era apparsa come se davvero solcasse luminosamente le acque, portando nascosto, dentro la sua struttura e il suo splendore, un coro formato da giovani, uomini e donne, che poi avrebbero dovuto sbucare in coperta e invadere il palcoscenico.

Era stato dentro quello scafo effimero che, ammucchiata con gli altri e un po' soffocando, lei aveva alzato gli occhi e incrociato lo sguardo di mio padre, che allora possedeva anche lui una bella voce e si prestava in certi casi a infoltire il coro, solo perché le coriste erano belle e si poteva con facilità fare conquiste.

I due si erano conosciuti, dunque, nel ventre della Grande Barca dell'illusione, che cigolando e traballando avanzava verso gli occhi e le luci del mondo, a ricevere un grande applauso: anch'essi parti vive dell'illusione, di quel sortilegio da nulla per cui il sogno è spettacolo, e si erano toccati per la prima volta le mani, con la scusa dei sobbalzi, lei commossa dall'armonia che veniva dall'orchestra, un'armonia che la colmava come una dichiarazione d'amore, un primo bacio:

... ora la barca a motore correva, ma non si avvistavano, intorno, né rocce di granito, né palmizi, né alcun tempio nascosto tra le fronde. C'era, sì, lo splendore della luna, e la notte appariva stellata. Mia madre si lasciava portare tranquilla, lei che aveva sempre avuto terrore dell'acqua, e questo terrore mi aveva trasmesso.

D'improvviso, anch'io ho creduto di vederla, la Grande Barca dalle vele azzurre: la sua sagoma inclinata sul fianco sembrava aspettarci, dondolando, con qualche impennata. Ma più la barca a motore dava l'impressione di avvicinarsi conquistando un tratto di fiume, più l'apparizione si sottraeva scivolando all'indietro di uno stesso tratto.

Non saremmo mai arrivati sottobordo, lo sapevo. Non ora, almeno.

Quella fantasmagoria, che forse ero io a trasmettere al cervello di mia madre, avrebbe continuato a navigare con il solo scopo che l'inseguissimo, oltre che sul Nilo, sulla terraferma popolata e sulle sabbie dei deserti. Lo capiva, mia madre? Capiva che essa rappresentava una sua, una nostra, idea del futuro?

«Vede niente?» chiedeva al barcaro.

«Niente» rispondeva il vecchio.

Allora mia madre rovesciò indietro la testa, offrendosi al vento che le faceva svolazzare i capelli e la veste, e scoppiò a ridere, ubriaca un po' di sogno, un po' di vento e di corsa veloce. Sul fiume si alzò la sua risata che il mondo, ora, doveva riconoscere sovrana. Era felice. E lo era perché si rendeva conto che il suo futuro, che stava ravvisando, era sempre stato dentro di lei, limpido e suggestivo come la Grande Barca.

Le vele piene, facili a scambiarsi per nuvole, portavano come dipinte le terre che l'avevano finora incantata e quelle che l'aspettavano. Le impennate dello scafo, il suo inabissarsi per risalire di nuovo, quel dondolio o ballo bordato di schiuma, erano la sua gioventù innamorata che si trasmetteva, laggiù, dalla sua anima:

«E non sente niente?» chiedeva ancora al barcaro.

«Niente.»

Allora mia madre intonò le parole con le quali toccava ai coristi annunciare la discesa, dalla Barca, di Amneris e Ramfis.

A quel punto della rappresentazione che li aveva fatti incontrare, mia madre e mio padre si erano uniti al coro con un attimo di ritardo, perché i loro sguardi perduti l'uno nell'altro già li avevano isolati fuori del tempo, ed era stata una compagna a dar di gomito a mia madre:

"... Diva che i casti palpiti – Desti agli umani in cor, – Soccorri a noi pietosa – Madre d'immenso amor."

Mia madre cantava felice perché, oltre ad averlo nel cuore, il suo futuro, l'aveva sempre udito nella sua musica prediletta. E il suo cantare si perdeva nella scia che si lasciava dietro la barca a motore.

10.

Il secondo episodio, fra i più rilevanti, si è verificato sul lago di Tiberiade. Venivamo dalla Bassa Galilea e ci sorprese una grandinata fuori stagione.

Mia madre mi fece notare come fosse strano che proprio su quelle rive, dove si svolsero molti fatti della vita di Gesù, si producesse inspiegabilmente un fenomeno che di nuovo ci ricordava la nostra terra-acqua d'origine, quando, per i campi e gli argini, ci si avventurava appunto sotto le grandinate d'estate e tutti si davano a bruciare l'ulivo benedetto per scongiurare il Demonio che si credeva tempestasse sugli alberi e le tegole.

Era un gridare, intorno:

"Al Diàvol! Al Diàvol!»

Invece a lei sembrava impagabile la suggestione della grandine che, magari in pieno luglio, copriva la terra col candore delle grandi nevicate d'inverno: quelle che avevano formato il suo sogno, dopo averle a lungo scrutate dalla *stanzetta della neve*.

Cessata la tempesta, io mi ero avventurato in solitudine. E mi ero girato a un certo punto, di soprassalto, per uno scricchiolio leggero, trovandomi mia madre alle spalle. Per distinguerla nel sole che rendeva il bianco accecante, dovetti scrutarla proteggendomi gli occhi con le mani. La vidi quasi incorporea, con la trasparenza di un'altra dimensione, come un giorno avevo visto la reliquia della santa bellissima, sospesa nel chiarore evanescente della teca, con una traccia rossosangue all'altezza del petto, una grande rosa purpurea, che la rendeva simile a una farfalla incerta fra il cielo e la terra.

Era stata quella visione, dopo una notte di rimpianti per amori perduti, a convincermi che dovevo immergermi, fino al delirio, in una moltitudine umana.

Come, ancora, tutto tornava a coincidere...

«È bello» mi sussurrò mia madre «tutto questo bianco dove Gesù ha camminato e parlato con la voce di Dio.»

La presi sottobraccio e la condussi, mentre la grandine scricchiolava sotto i nostri piedi, il vento continuava a fischiare rasoterra:

«Lo senti? È il Dio dei venti, dei firmamenti e delle stelle...» E sorrise: «Il vento dell'Omino Alessio, che dà un suono ai nostri passi. Pensare che allora, dalle nostre parti, dicevano che era il fischio del Demonio, invece...».

«Invece?»

«È solo un capriccio dei cieli che si placa. La fantasia, quando esplode, è sempre come una grandine fuori stagione. Perciò gli uomini ne hanno paura. Essi temono tutto ciò che non è prestabilito... Come la fede che, secondo me, dev'essere anche invenzione e gioco.»

Parlava fissando le acque, alle acque:

«Questo vento sul lago, questa musica di note un po' matte... Le senti come saltano, si fermano, riprendono a saltare? Giocano, giocano, le note della fede, argute e un po' impertinenti a dispetto delle leggi del tempo, delle nostre paure. Dio ha una sua eterna fanciullezza nella fede, ricordalo. Guai a prenderlo senza la giocosità dello spirito. Perché allora siamo noi, il Diavolo.»

Il lago di Tiberiade tornava a risplendere della sua immensa pace. La Galilea si segnalava, remota, con un orizzonte di piccole nubi.

Perché avevo la sensazione – il *batticuore*, anzi, che durò qualche attimo – che mia madre mi parlasse con parole non sue? E che anch'io fossi indotto a interrogarla con domande che mi venivano da un'altra mente?

Le chiesi:

«Un giorno, dopo che la vita terrena sarà finita... Ci rivedremo, quel giorno, madre mia?»

Scrutava il lago, intensamente.

«Ci ascolteremo, forse» mi rispose «come due musiche lontane. Prive, mi auguro, di armonia prestabilita. E io vorrei che tu mi udissi giungere al tuo orecchio come quel po' di vento pieno di gioco, dopo una grandinata d'estate... E vorrei che il posto ultimo dove si arriva, avesse la pace di questo lago...»

Poi con serenità, senza alcuna sorpresa, come continuando il discorso, mi indicò sulla destra:

«Non è Miriam, laggiù?»

Io non vidi che la grandine che si scioglieva nel sole. Il vento era caduto. I nostri piedi tornarono a muoversi in uno sciacquio informe. Quando prendemmo la strada del ritorno, per prepararci a una nuova partenza: l'indomani, presto.

11.

Abbiamo viaggiato dai paesi della cultura occidentale a quelli della sapienza orientale, abbiamo attraversato terre delle più diverse religioni, spaziando dagli antichi dèi mediterranei agli dèi dell'India. Abbiamo visitato i paradisi dell'archeologia, con le leggende e i grandi enigmi del passato, i regni delle scienze e dei linguaggi perduti, ma anche i laboratori dove le più recenti scoperte stanno per rivoluzionare il futuro del mondo, svelando molti misteri dell'esistenza, decifrando i messaggi che ci arrivano dall'ignoto e aprendo le porte degli archivi del cosmo.

Siamo stati semplici turisti piacevolmente coinvolti e ci siamo inoltrati dove la magia nasconde la sua vera natura, persino il segreto della vita dopo la morte.

Ci siamo persi dove si insegna che la felicità si raggiunge con l'arte dell'oblio; ma abbiamo imparato anche a ricordare meglio, insieme, il nostro passato, come abbiamo appreso il ricordo delle altre vite attraverso le quali siamo passati.

Abbiamo cercato di arrivare, il più possibile, dove la

creatività dello spirito si dimostra degno specchio umano delle meraviglie dell'Universo.

Incalzati da una destinazione che ci resta ignota, di cui abbiamo soltanto il sentimento incoraggiante, ci accorgiamo di aver impiegato un tempo relativamente breve, e di quanto sia facile spostarsi oggi dall'uno all'altro estremo della Storia, fin quasi a raggiungere una coesistenza degli opposti nell'umanità che ci accoglie. Questo senso di ubiquità ci esalta, ed è come se ci sentissimo addosso il mondo, posseduto nel piccolo spazio del nostro cuore.

E ancora andiamo, ricordando il *cammina, cammina* di Miriam, mentre mi ripeto la domanda che mi ha suggestionato fin dall'inizio di questa storia:

"Come andrà a finire?"

12.

E questo è il monastero di Tashi. Questa è la foresta di Tashi.

È una notte nel monastero e di fronte alla *foresta*...

Siamo arrivati da una settimana. Il monaco mi ha accolto come se gli anni non fossero trascorsi e ci fossimo lasciati solo ieri; anzi, come se non ci fossimo mai detti addio e io fossi rientrato, semplicemente, da una delle mie esplorazioni o da una passeggiata a Gangtok, la vicina capitale.

Tashi ha subito chiamato mia madre per nome, pronunciando quel nome in modo perfetto, mentre le offriva una pietra preziosa che ha fatto brillare alla luce tra le sue dita da asceta raffinato, e ha stretto le mani a me, tenendomele in un comune gesto di preghiera. Di nuovo gli è bastato fissarmi per leggermi negli occhi pensieri e desideri.

Perciò non ho dovuto usare parole per comunicargli ciò che stavo meditando, appena arrivato:

"È solo una sosta, Tashi. Qualche giorno, poi riprenderemo il viaggio. Ci aspetta una destinazione di cui ancora non sappiamo nulla. E io la riconoscerò leggendo nei lineamenti di quel luogo destinato – nelle sue montagne, forse, o nelle sue valli, o nei suoi deserti – come tu ora stai leggendo profondamente in me."

Tashi ha abbassato la testa, ma non era un segno di

approvazione; prima del suo inchino, ho afferrato nel suo sguardo un lampo che ben conoscevo. Ma poi l'ho visto trasformarsi, illuminarsi, allorché mia madre, per ricambiarlo, gli ha dato in dono la miniatura del tempio, che rubò da bambina dai tesori nascosti nella "Nave di Comacchio".

Tashi sembrava non credere ai propri occhi. Si è inginocchiato ai piedi di mia madre, tenendosi al petto la miniatura, raccogliendosi in un'estasi che lo ha isolato da noi.

L'idolo aveva raggiunto la sua patria perduta.

«Venite» ha mormorato il monaco.

Ci ha preceduto lungo i corridoi. Una pesante porta di legno si è aperta: ci siamo trovati nella cappella che è il luogo delle cerimonie segrete, dove dimorano gli Yidam, gli dèi tutelari. Qui, in tempi remoti, il tempio raffigurato nella miniatura era stato simbolo del "Loto della Fede Gioiosa", oggetto di culto in riti solenni; migliaia di fedeli gli avevano donato anima, corpo, pensiero.

Ci siamo commossi all'estrema delicatezza con cui Tashi ha collocato il tempietto al posto che fu suo, fra gli affreschi che rappresentano, sulle pareti, i Protettori in lotta con le invisibili forme del male. Mentre ci suggestionavano anche spazi di colore, senza figure. Antichi maestri avevano cercato di dipingere, intorno all'idolo, il Silenzio, il più puro, sacro: quello giallo delle sassaie; quello celeste e verde dei ghiacciai; quello indaco delle valli dove, contro il sole, roteano i falchi.

Tutto questo era parte del Dio che mia madre cercava di ritrovare, un Dio che si era portato negli anni, senza saperlo.

Dal cuore dei silenzi, il tempietto sembrava darci, con rimpianto, il suo addio.

Il Sikkim è un principato che si espande in mari di spazio, dove incombono montagne smisurate, vegetazioni vertiginose, e si respira cielo, volte celesti solcate dalle cime scintillanti: un respiro che si dilata quando appaiono gli orizzonti del Nepal, del Tibet, del Buthan e dell'India, che aggiungono le loro immensità.

Per contrasto, Gangtok è una capitale minuscola, e si potrebbe parlare, anche in questo caso, di "miniatura". Essa ha deliziato mia madre con il suo bazar giocattolo, i giardini giocattolo, le casette giocattolo, immerse nelle orchidee selvatiche, sormontate da nubi come piccole macchie tracciate dalla mano di un bambino.

In ogni luogo che abbiamo visitato, mia madre ha avuto l'abilità di trovare similitudini con la nostra terra-acqua d'origine, e qui si è mostrata più euforica che altrove, perché Gangtok le ricordava di continuo proprio il "regno" (lei lo chiama così, e così lo chiamava la madre di mia madre) in cui siamo nati, dove sorge la casa con *la stanzetta della neve...*

Illuminato dai suoi raffronti, mi rendevo conto anch'io della stupefacente somiglianza con Sabbioneta: la cerchia a stella delle sue mura, gli edifici concepiti da Vespasiano Gonzaga, il quale sognava una reggia smisurata e invece venne relegato in quella cittadina dalle proporzioni irrisorie. Macchiato da delitti e oppresso da drammi, il Gonzaga non rinunciò al suo sogno di potenza e bellezza, e chiamò i maestri dell'illusionismo, quali gli Alberti e il Pesenti, dandogli incarico di ingrandire all'infinito la sensazione di spazio servendosi delle false prospettive e della tecnica del "trompe-l'oeil": nel Palazzo Ducale, nella Galleria degli Antichi, dovunque.

Come potrei esprimere a parole ciò che provavo mentre mia madre mi conduceva sottobraccio nel cuore di una terra che, la prima volta che l'avevo visitata, non solo mi era apparsa di una lontananza siderale dalla mia patria, ma mi aveva provocato una soggezione mitica in cui mi ero smarrito? Di questa soggezione, mia madre non manifestava alcun sintomo; riusciva a rendere tutto familiare, di una familiarità luminosa, a tratti arguta, indicandomi:

«Vedi? Vedi?... Quella non sembra la Volta del Pergolato che, nel nostro Palazzo del Giardino, con un inganno di tralci e foglie dà l'illusione di intravedere un cielo bianco che si stende fino alle soglie del Paradiso?»

Attraverso le felci arboree che avvolgevano le casette giocattolo, quel cielo si intravedeva davvero su Gangtok, ma era il cielo dell'Himalaya.

Esclamò:

«Qui, come a Sabbioneta, trionfa l'arte di trasformare le cose in ciò che non sono e come noi vorremmo che fossero.»

Si girò a sorridermi, sfiorandomi una guancia. E mi fu chiaro che, in quel momento, io ero il bambino e lei la madre giovane che mai avevano passeggiato sottobraccio per Sabbioneta, negli anni in cui sarebbe stato giusto e dolcissimo: io ad ascoltare, lei a semplificarmi come fole le avventure del vivere. Quella potenza, e privilegio, che sono soltanto materni, di trasmettere le verità a un figlio con la semplicità e l'umiltà, mi liberavano anche dai miti che, simili alle mie paure, mi avevano soggiogato durante i miei viaggi precedenti, dimostrandomi quanto sia importante familiarizzare col mistero e quanto sacro sia, e magico, il detto popolare che passa per banale: tutto il mondo è paese.

... lo stesso fenomeno si è prodotto quando ci siamo inoltrati nella foresta.

Ho spiegato a mia madre che quel "regno" – ho usato lo stesso tono di venerazione che lei riserva a Sabbioneta – aveva avuto una grande importanza nella mia vita recente. L'avevo eletto a metafora dell'umanità nella quale mi ero immerso – prima per la gente in genere, poi soltanto per le donne – dividendo destini, dispensando i miei poteri, coinvolgendo il mio corpo e la mia psiche fino al rischio personale.

La precedevo, per farle scudo contro eventuali pericoli, e le indicavo:

«Guarda: in nessun altro posto al mondo vita e morte, splendore e orrore, sono così indissolubili. Guarda quell'enorme farfalla dai colori mirabili, posata sulla carcassa di un animale orribilmente dilaniato... Lo vedi come ogni vita, qui, si fa largo a spese di altre vite?»

Mi rendevo conto di usare espressioni che suonavano improprie, proiezioni del mito con cui avevo sacralizzato quel "regno" dentro di me, e ogni mito ha una sua cifra di cui avvertivo il bisogno di liberarmi, mentre udivo il suono dei passi di mia madre, che alle mie spalle suggerivano naturalezza con la loro tranquilla cadenza.

Più ci inoltravamo, più quel suono mi faceva nascere una sete di parole essenziali, chiare, e anche la mia mente si illimpidiva, e i trasalimenti che mi avevano sconvolto allora – quando, terrorizzato mi capitava di correre a rifugiarmi nei labirinti protettivi del monastero – si trasformavano in emozioni che dominavo.

Girandomi, chiedevo:

«Non hai paura?»

E mia madre, pur scrutando intorno:

«Perché dovrei?»

Eppure passavamo da zone di vento e di freddo a distese di frutti che scoppiavano di succhi, a fiori carnosi, colorati in viola, in azzurro, deposti come velluti alle radici degli alberi; da piane lussureggianti a spazi cosparsi di rettili insidiosi, vermi, tronchi morti, foglie secche crepitanti al vento, e nel silenzio si incideva solo quel rumore sinistro, mentre poco prima, al contrario, i colombi selvatici avevano cantato con una malia seducente.

«Come puoi non aver paura?»

Eravamo arrivati ai limiti della foresta. Mai, da solo, avevo avuto il coraggio di spingermi fino a tanto.

Allora è accaduto "un immenso fatto da nulla".

Mia madre stava ammirando una selva di rododendri, che nell'Himalaya sono alti come tigli. Si è voltata verso di me e mi ha detto:

«Avvicinati.»

Le ho obbedito. Era un invito che mi aveva rivolto infinite volte da quando era guarita, dopo il lungo tempo in cui era stata costretta ad allontanarmi. Ma, mossi i primi passi, ho capito che si trattava di una svolta ben diversa. Io mi avvicinavo, e sentivo il polso battermi più in fretta; quando mi ebbe davanti, lei pronunciò una frase, anch'essa ripetuta, usata come modo di dire, che tuttavia ora esercitava su di me un potere di liberazione, come un messaggio segreto che ogni mio segreto illuminava, come una formula magica:

«È la vita...»

Il suo sguardo, sottolineato da un gesto, prese ad abbracciare la foresta, e io l'accompagnai col mio, mentre ripeteva:

«È la vita...»

In virtù di quella semplice frase, del suo tono in cui risuonavano un'anima, tutto un passato, io non avevo più paura della foresta che mi ero portato nel cuore ravvisandovi l'umanità che avevo attraversato, e da cui mi ero lasciato attraversare come da una miriade di lame.

Rividi, all'istante, il lampo che avevo afferrato negli occhi di Tashi, quando il monaco mi aveva letto dentro, oltre la coscienza del pensiero.

I segnali scanditi, accelerati del polso, diventarono il mio *batticuore*.

Tashi l'aveva capito subito: il monastero, la foresta,

non erano semplicemente una sosta, prima di riprendere il viaggio.

Erano la meta raggiunta.

13.

... E questa è una notte nel monastero e di fronte alla foresta.

La notte in cui so, con certezza, che arriverà Miriam.

Mia madre dorme sotto la finestrella dove, anni fa, provai la nostalgia di lei lontana. Tutto, intorno, si ripete come allora. La mano di Tashi si stringe alla mia e scopro che sulle cose della terra possono regnare le purezze finali; un raggio lunare rende di cristallo una farfalla chiusa nel suo sonno, posata sopra un mattone, e che d'improvviso prende a riflettere nelle ali minuscoli bagliori di verde, rosa, oro: un annuncio dell'alba imminente.

Come quando Tashi mi procurò la prima visione: *la visione della mia nascita*.

Brillano le stelle, la luna scivola per i canaloni di ghiaccio, mentre aspetto.

Questo è il punto del mondo in cui la mente umana, per piccoli miracoli, si realizza al massimo come strumento di comunicazione col cosmo, e il potere delle visioni si fa illimitato.

È stata la notte delle visioni.

Ho avuto la visione di Rol. Mi sorrideva in una posa di quelle che assume quando vuole far intendere la giocosità del suo spirito, e con i suoi poteri appunto gioca, perché è il suo modo di comunicare affetto e amicizia, e così dal suo sorriso, da appena una mossa delle dita sulla fronte appoggiata alla mano, si irradia a distanza, su un foglio bianco, la sua scrittura o un suo disegno.

Ho avuto la visione di Giulia.

L'ho vista sottrarsi al corteggiamento di un uomo, da cui pure era attratta, che teneva gli occhi fissi in quelli di lei, soddisfatto della sua sfida da animale giovane. Se fossi stato presente, Giulia si sarebbe divertita a ingelosirmi, e magari si sarebbe appartata con quell'individuo affine a lei per avvenenza e per il bene impagabile della gioventù. Invece, nella visione, lei si è alzata di scatto, estraniandosi dal gruppo che stava facendo festa, per starsene in solitudine davanti a una finestra.

Fissava, attraverso i vetri, la distesa notturna di Roma, con una nostalgia che le inumidiva gli occhi, ma anche con la certezza – una delle sue, che la rendono irremovibile – che io tornerò presto, nella mia casa che fu un tempo *della grande solitudine*, e dove lei, dopo Miriam, ha riportato la vita. So che l'ha mantenuta pronta per il mio arrivo, badando persino che le mie penne, sul tavolo di lavoro, si mantenessero allineate con la cura maniacale con cui le disponevo io, facendone geometrie capaci di propiziare il rito della scrittura.

Le visioni si succedevano, distinte, a intervalli, precedendo i pensieri e impedendo le confuse emozioni che di solito accompagnano il riepilogo di tante vicende personali; il cervello ne era dominato, era come il teatro di una rappresentazione che alternava scene animate in una viva luce a pause di buio dove tornavo cosciente del solo, vago chiarore che la luna diffondeva dalla finestrella sul corpo addormentato di mia madre.

Ho avuto visione di mio padre, che camminava attraverso il piccolo aeroporto di Parma, e di Tano alla testa degli amici spiritosi, e di Mara viva che spargeva le sue fotografie per la casa, e del mio amico giudice, col cappello alla Boito e la gran sciarpa bianca, che immobile ascoltava perdersi dal poggiolo l'aria dell'*Africana* di Meyerbeer:

"O Paradiso..."

E subito Marta, la mia ex moglie, passava sul far della sera sotto le mie finestre, sperando di scorgerne una accesa.

Ho avuto visione della madre di mia madre incantata dall'Omino Alessio, e le sue figure mi hanno fatto alzare gli occhi, qui dove le stelle appaiono più grandi che altrove, come se si proiettassero lassù le cime sovrane che sono pura forma e luce.

E ancora...

14.

... Mi raggiunge il suono dei suoi passi.

So che è Miriam.

Benché arrivi quasi in punta di piedi, echi ne segnalano, qua e là, il suo spostarsi per i corridoi del monastero. Prendo coscienza di questo primo manifestarsi della sua presenza, che la memoria e la fantasia hanno a lungo accarezzato. Capisco che il tempo ha il capriccio di un mare, e in quel mare che si compiace della propria pazienza e delle proprie tempeste, i passi spuntano come le capriole dei delfini che fanno strada al ritorno di un navigante che ha toccato molte isole e rive straniere.

Tashi si avvia verso la cappella, procedendo leggero e rapido, quasi si muovesse per levitazione.

So che è Miriam anche se, dal punto in cui mi trovo, ne vedo semplicemente l'ombra, quando si arresta poco prima della porta, come ho visto proiettarsi sulla parete l'ombra di Giulia che, già uscita dalla casa, ha avuto un'ultima incertezza che l'ha tenuta ferma, ancora, un attimo.

Mia madre ha aperto gli occhi e, dal giaciglio sistemato sotto la finestrella, la vede, le sorride.

Ne pronuncia il nome.
Respiro il momento dell'alba, di fronte alle montagne simili a isole nella profondità del cielo. La natura ha una dignità estrema. Tutto è cristallo.
Sto come le farfalle che in questa terra sono grandi, di un'incredibile varietà di forme e colori: disseminate a centinaia davanti al monastero, già sveglie, muovono impercettibilmente le ali, ma non osano sollevarsi; formano un immenso prato vibratile, soggiogate dal timore di turbare, alzandosi in volo, il momento privilegiato dell'alba.
Miriam aveva ragione: è il punto dove Dio si può vedere davvero, perché Dio altro non è che pace della mente, senza che nessun male, nessun terrore possano negarle la sua divina libertà.
Sono in pace.
Assaporo questa salute e grazia di tutto me stesso, finalmente raggiunte, nel giorno che sta per nascere.
Eccola, la grande luce estrema a cui dovevo arrivare. E ho una certezza: che i miei sensi non sono più soltanto incantati, sono attivi, dotati di forza. E i poteri che mi sono stati concessi da una sensibilità umana e naturale, io li userò, in ogni modo e con ogni mezzo, in un mondo che si è fatto sempre più lontano dal cuore magico, da questa trasparenza che mi circonda, mi invade.
I passi di Miriam li ascolto alle mie spalle, sempre più vicini. Finalmente reali.
Si alzano in volo le grandi farfalle dopo che è passato sulla loro distesa il primo fiato di sole che questo luogo sperduto nella terra avverte come una carezza divina.
Si è fatto giorno.

Indice

Sgarbi, Lezioni private 2
Saul, I misteri di Blackstone
Willocks, Re macchiati di sangue
De Crescenzo, Socrate
Iacchetti, Questo sì che è amore
Jackson, Il Guinness dei cos'è
Salvi, Storia della cultura mondiale
Greggio, Chi se ne fut-fut
Høeg, Racconti notturni
Baldacci Ford, Il controllo totale
García Márquez, Notizia di un sequestro
Castelli, I mondi segreti di Martin Mystère
Schelotto, Il sesso, probabilmente
Di Stefano - Buscemi, Signor giudice, mi sento tra l'anguria e il martello
Ravera, Nessuno al suo posto
Knight - Lomas, La chiave di Hiram
Boneschi, La grande illusione
Forattini, Io e il bruco
Alten, Meg
Quilici, Cielo verde
Leroux, Il fantasma dell'Opera
Citati, La luce della notte
Vespa, La sfida
Bonelli - Galleppini, Tex e il figlio di Mefisto
Clancy, Stormo da caccia
Katzenbach, Il Cinquantunesimo Stato
Silva, La spia improbabile
Barbero, Bella vita e guerre altrui di Mr. Pyle, gentiluomo
Regan, Il Guinness delle gaffe reali
Zecchi, L'incantesimo
Fede, Finché c'è Fede
Grisham, Il partner
Rendell, Il segreto della casa
De Crescenzo, Nessuno
Cornwell, Il cimitero dei senza nome
Matheson, Al di là dei sogni
Galli, Gli Agnelli
Milingo, Guaritore d'anime
Bettiza, Esilio
Robertson, Oasis
Sclavi, Non è successo niente
Evangelisti, Cherudek
Di Stefano, Alle sogliole del Duemila
Cornwell, Il nido dei calabroni
Gervaso, I sinistri
Harrer, Sette anni nel Tibet
De Crescenzo, Sembra ieri
Braghetti, Il prigioniero
Jacq, Il faraone nero
Castellaneta, Racconti d'amore
Zadra, Tantra
Messori, Qualche ragione per credere
Blauner, Il nero dell'arcobaleno
Bevilacqua, Gialloparma
Collins M.A., Salvate il soldato Ryan

«Un cuore magico»
di Alberto Bevilacqua
Bestsellers Oscar Mondadori
Arnoldo Mondadori Editore

Questo volume è stato stampato
presso Mondadori Printing S.p.A.
Stabilimento NSM - Cles (TN)
Stampato in Italia. Printed in Italy

39564
2001